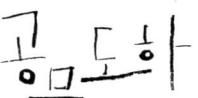

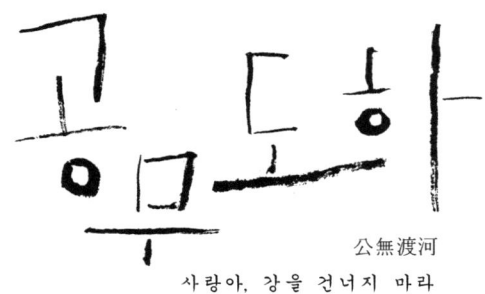

公無渡河

사랑아, 강을 건너지 마라

김훈 장편소설

문학동네

님아 강을 건너지 말랬어도
기어이 건너려다 빠져 죽으니
어찌하랴 님을 어찌하랴
_여옥의 노래

장마전선이 제주도 남쪽, 북위 32도 해역에 포진했다. 남중국 해역에서 일어서는 바람이 기압골을 따라 동진했다. 구름의 떼들이 해수면에 낮게 깔리면서 원양을 건너왔다. 북위 32도 해역에서 물과 구름이 뒤엉켰다. 바다에서 물은 보이지 않았고 구름의 세력은 도시에서 보이지 않았다.

　장마전선은 불규칙하게 반도를 내습했고 기상청은 비구름의 뒷자락에 매달려 갈팡질팡했다. 바람이 서남에서 동북으로 반도를 훑었다. 바람에 쏠리는 백두대간이 어둠 속에서 울었다. 바람이 비에 젖은 울음을 몰고 DMZ를 넘어갔다. 산들의 울음은 낭림산맥을 따라 북상했고 계곡들이 물을 쏟아냈다. 육군본부는 전방 각 사단에 비상경계를 시달했다. 퇴근했던 대대장들이 영내로 돌아왔고, 중대본부 상황병들이 유선전화로 진지를 불러서 골짜기의 초병들을 확인했다.

강들의 상류에서 다목적댐들이 만수위로 부풀어서 헐떡거렸다. 하류의 보조댐들은 첫번 호우 때부터 수문을 열고 물을 방류했으나 지천支川으로부터 물은 계속 밀려들어 초당 유입량이 방출량을 넘어섰다. 물은 수계水系를 벗어날 수 없었지만, 물은 기어이 제 갈 길을 가는 것이어서 수계가 따로 없고 물이 가는 방향이 수계였다. 물이 경계수위에 육박하자 상류의 다목적댐과 하류의 보조댐이 비상전화로 방수량을 조정했다.

―14시 08분에 열겠다. 초당 2만 톤 내려간다.

―받을 수 없다. 내일 03시까지 한강 하구는 밀물이다. 물을 도심 구간에서 박치기시킬 셈인가.

―못 받으면 어쩔 건가. 여기가 터지면 다 터진다. 초당 1만 5천 보내겠다.

―못 받는다. 초당 1만 보내라. 거기서 열면 우리도 다 열 수밖에 없다. 여기도 만땅꼬야.

02시께 비가 멎었으나, 젖은 산맥들이 물을 내질러서 수계는 더욱 부풀었다. 강물은 밤새 한강 교량들을 홍수경계수위로 압박하면서 새벽 썰물의 초입에 서해에 닿았다. 하구 쪽 습지의 새들이 송전선 위에 도열해서 가득 찬 강물을 내려다보왔다.

　서울 서북경찰서는 철야 비상근무했다. 비번들이 불려나와 하천 유역을 순찰했고 산복도로 아래 주민들을 대피시켰다. 서북순환도로는 14시부터 차단되었고 17시에 침수되었다. 02시에 열병합발전소에서 변전소로 들어가는 고압전선의 철탑 전주가 쓰러졌다. 03시에 순환도로 제3구간의 노면이 침하되면서 700밀리 간선송수관이 파열되었다. 물기둥이 왼편으로 쏠려서 인근 먹자골목의 점포들이 무너졌고 지하철 역사가 침수되었다. 03시 30분에 산복도로 옹벽이 무너졌다. 무너진 자리에서 물이 솟아서 흙더미가 길게 흘러내렸다. 낙석방지벽이 도로에 흩어졌고 영세민 가옥 58동이 매몰되었다. 주민들이 미리 대피해서 인명피해는 없었다. 재래식 뒷간이 넘쳤고 가축공장 폐수탱크가 터졌다. 분뇨와 오폐수가 뒤섞여 하천으로 흘러들었다. 상류 쪽 농축단지가 침수되면서 죽은 닭들이 떠내려왔다. 닭들의 사체가 와류에 실려서 빙빙 돌았다. 덜 죽은 닭들은 널빤지 위에 올라타서 퍼덕거렸다. 비에 젖은 사내들이 물가에서 장대로 닭을 당기다가 경찰에 쫓겨갔다. 119 대원들이 로프로 몸을 묶고 하천으로 들어가서 물에 빠진 승용차에서 인명을 수색했다.

　열병합발전소의 송전구역 전체가 단전단수斷電斷水되었고,

수재민 250명은 고등학교 실내농구장에 수용되었다. 서북경찰서장은 변두리 경찰서만을 전전하며 늙었지만 순경에서 총경까지 승진한 베테랑이었다. 홍수가 몰고 오는 모든 사태가 선명한 그림으로 그의 머릿속에 떠올랐다. 서북경찰서장은 수재민 수용소와 지천 상류 쪽 피혁공단에 사복형사대를 배치했다. 지방선거가 다가오고 있었다. 시장, 구청장, 시의원 출마 예정자와 그들의 운동원들이 과자와 컵라면을 사들고 수재민들을 위문했다. 선거운동원들은 TV 카메라의 앵글 쪽으로 어깨띠를 내밀었다. 형사들이 정보원들을 자원봉사자로 위장시켜서 수재민 수용소 안으로 들여보냈다. 정보원들은 안주머니에 감춘 소형녹음기로 예비후보와 운동원들의 언동을 기록했고, 수재민들 사이에 번지는 보상 논의와 유언비어를 채집했다.

지천 상류 쪽 공업단지에는 명품 핸드백 회사의 재하청업체들이 있었다. 가죽 원단을 화공약품에 절여서 털을 제거하고 압착기로 눌러 유연하게 만들어서 거기에 염색작업을 하고 있었다. 독극물이 함유된 폐수가 흘러나왔다. 정화시설 용량이 모자라서 조업 정지나 고발을 당해도 벌금을 내고 다시 공장을 돌렸다. 비용을 절감하느라고 정화시설을 가동하지 않고 폐수를 가두어놓았다가 홍수가 나면 하천으로 방류하는 업체들도 있었다.

공업단지에 매복했던 형사들이 물이 불어난 하천에 폐수를 방류한 공장장 세 명을 수질환경보전법 위반의 현행범으로 연행해왔다. 구청 환경과 직원들이 현장을 사진 찍고 폐수를 비커에 담아서 물증을 확보했다. 공장장들은 하천물이 가득 차서 굽이치는 시간을 기다려서 초저녁에 한 번, 새벽에 두 번 방류했다. 형사대와 구청 직원들은 현장에서 철야했다.

하천 물이 위험수위를 넘어올 때 상류 쪽에서 주민들 사이에 패싸움이 벌어졌다. 서북천西北川은 하폭 3미터의 지방2급 하천으로 갈수기에는 수량은 많지 않았으나 유역이 넓고 물굽이가 사나운 사행천이었다. 곡류曲流 구간에서 물이 휘돌면서 남쪽 하안河岸에 넘실거렸다. 하천 남쪽지역 주민들이 물굽이 안쪽에 모래가마니를 쌓았다. 물은 북쪽 동네로 밀려들어갔다. 북쪽 동네 사내들이 삽을 들고 다리를 건너서 남쪽 마을로 몰려왔다.

—야, 이 씨발놈들아. 니들만 살자고 물을 남의 동네로 밀어붙여! 물은 고루 퍼져야 하는 거야.

북쪽 동네 사내들이 남쪽이 쌓은 모래가마니를 헐어내려고 덤벼들었다.

—뭐야, 이 새끼들아. 너네들도 쌓으면 될 거 아냐.

남쪽 동네 여자들이 모래가마니 위에 엎드렸다. 북쪽 사내
들이 여자들을 끌어내고 모래가마니에 삽날을 박기 시작했다.
남쪽 사내들이 모래가마니 앞을 막아섰다. 여자들이 울부짖었
다. 신고를 받고 달려온 순경들이 싸움을 뜯어말렸다. 싸움이
벌어지는 동안에 북쪽 마을이 물에 잠겼고 남쪽이 쌓은 모래
가마니 뚝방이 쓸려내려갔다. 물은 양쪽 마을에 고루 퍼졌다.
머리가 깨진 사내들이 동네 의원으로 몰려가서 상처를 꿰매고
고소용 상해진단서를 발부받았다. 모두 전치2주에서 4주짜리
였다. 순경들이 주민 일곱 명을 쌍방폭행 혐의로 연행했다. 파
출소에서 사내들은 서로 상대방이 먼저 삽을 휘둘렀다고 소리
질렀다.

—야 인마, 개소리 하지 마. 본 사람이 있어.

—뭐야? 본 사람은 나야. 니가 먼저 치는 걸 내가 봤다구.

아침에 구청 방역차가 침수지역을 연막소독했다. 아이들이
소독차를 따라서 푸른 연기 속을 달려갔다. 물이 빠진 고수부
지에 쓰레기가 엉겨서 악취를 풍겼고 닭들의 사체가 교각에
걸렸다. 수면이 낮아져서 죽은 닭들은 공중에 걸려 있었다.
시설관리공단 불도저들이 산복도로에 쌓인 토사를 밀어냈다.
해병전우회 대원들이 호루라기를 불면서 도로 양쪽을 통제했

다. 예비역인 대원들은 군복 바지에 줄을 세웠고 견장을 차고 있었다.

　형사대들이 귀서해서 간밤의 근무 내용을 서장에게 보고했다. 서북경찰서장은 폐수를 방류한 공장장 세 명을 검거한 실적과 채집된 증거의 내용을 시민환경단체들에게 통고해서 치안관서나 행정관서를 겨누려는 환경단체의 공세를 사전에 차단했다. 서북경찰서장은 피해를 집단화해서 정부기관을 압박하려는 수재민들의 동태와 거기에 편승하는 출마 예정자들의 언동을 본청 정보계통에 문서로 보고했다. 서북경찰서장은 08시에 퇴근했다. 08시까지 서울 서북 수해지역의 상수도와 전기는 복구되지 않았다.

　전기가 끊기자 수돗물이 끊겨서 고층아파트 화장실이 마비되었다. 구청 위생과의 용역업자들이 단전단수된 고층아파트 광장에 간이화장실을 설치했다. 아침 용변을 보려는 아파트 주민들이 화장실 앞에서 남녀별로 줄을 섰다. 행상들이 몰려와서 줄을 선 주민들에게 김밥과 페트병에 담긴 물을 팔았다. 출근 차림의 젊은이들이 줄을 서서 김밥을 먹었다. 줄은 어린이 놀이터 앞까지 길게 늘어섰다. 줄의 뒤쪽에서 술이 덜 깬 사내가 소리질렀다.

　―니미, 이럴 땐 똥칸 오줌칸을 따로 만들어줘야 할 거 아

냐. 야, 오줌들은 빠져. 아무 데나 누라구.

　놀이터 미끄럼틀 위에서 사진기자들이 화장실 앞에 늘어선 대열을 찍어댔다. 사진기자 한 명이 김밥장수에게 대열로 좀 더 가까이 가라고 손짓했다. 08시에 기상대는 중부지방의 호우경보를 주의보로 낮추었다. 09시에 서울 서북경찰서는 전경들을 원대복귀시키고 비상해제했다.

　한국매일신문은 02시 30분에 조간신문 서울판을 마감했다. 야간국장은 마감시간을 평소보다 삼십 분 당겨놓고 도로 침수에 따른 배달 지연사태에 대비했다. 0시에 사회부 당직차장이 야간국장의 조치를 현장 선임기자 문정수에게 전화로 알렸다.

　―야, 문정수. 오늘 삼십 분 당긴다. 02시까지 송고 끝내라. 각 라인에 전해.

　―알겠습니다. 남쪽이 더 많이 깨진 것 아닙니까?

　―야, 말도 마. 경남 창야昌野에서 저수지 뚝방이 터져서 마을이 싹 쓸렸어. 다 쓸려버려서 몇놈 뒈졌는지는 아직 몰라. 저수지 물이 꽉 찼는데 수문 관리하는 놈이 기계를 만지는 척하더니 혼자서 튀어버렸대. 주민들이 올라가서 주물렀는데 기어가 녹슬어서 작동이 안 됐다는 거야. 기막히지, 기막혀.

　―창야엔 취재진을 보냈습니까?

—지금 도로가 끊겨서 보낼 수도 없어. 주재기자들도 현장 접근이 안 돼.

　당직차장의 목소리 너머에서 전화로 현지 주재기자들을 다 그치는 내근기자의 고함소리가 들렸다.

　……야, 동네를 싹 뒤져서 그 수문관리인 놈을 잡아. 그놈을 쪼아야 얘기가 나올 거 아냐. 그놈이 핵심이야. 목격자 없나?

　……그놈도 뒈졌을 경우엔 말이야, 배수시설의 정비상태를 따져야 하니깐 물 빠지면 기계설비를 확인해.

　……그놈 소속이 어디야? 군청이야, 수자원공사야? 뭐, 촉탁? 야, 지휘계통 정확히 파악해!

　뻔한 상황이었다. 사태는 크지만 현장 장악이 불가능하고 마감시간은 임박해 있었다. 피해 내용을 알 수 없는 상태에서 현장을 두루뭉수리로 묘사하는 원격 스케치 기사와 롱숏 사진으로 지면을 멀겋게 메울 수밖에 없을 것이었다. 데스크는 수문관리인의 진술에 초점을 맞추어놓고 주재기자들을 닦달하는 판이었다.

　당직차장이 말했다.

　—야, 문정수. 수습들은 재난대책본부에 박아놓고 계속 체크해. 한강은 어때?

―상류에서 계속 쏟아져들어오지만 03시부터 썰물이니까 물이 도심에서 부딪치지는 않을 겁니다.

　―야, 문정수. 너 그런 끔찍한 소리 하지 마. 창야 저수지 붕괴사고로 일면 톱에서부터 쫙 깔아버릴 테니까 서울 시내 상황은 요점만 메모로 간단히 보내. 각 라인에 전해라. 지하철 침수구간 아침에 복구되는지 한번 더 체크해.

　―알았습니다.

　―물에 빠지니까 옷이 젖는다는 얘기는 보내지 마. 수해기사는 만날 똑같으니 언놈이 이걸 신문이라고 읽겠나. 터지고 무너지고 파묻히고 뒈지고…… 야, 수고해. 문정수.

　말끝마다 후배기자들의 이름 석자를 거듭 불러댐으로써 상급자의 우월적 지위를 확인시키려는 데스크들의 말버릇에 문정수는 익숙해져 있었다. 이름이 그렇게 불릴 때마다 그 이름 석자가 자신과는 사소한 관련도 없는 낯선 대문의 문패처럼 느껴졌다. 그 이물감에 문정수는 길들여져 있었는데, 길들여진 이물감은 결국 이물감이었다. 이 터지고 무너지고 파묻히고 뒈지는 물난리의 진부함이 데스크들의 마음에 안 든다는 것인가. 그들의 그 비루하고 난폭한 말투는 세상을 들여다볼 뿐, 만질 수 없고 개입할 수 없는 자들이 겉도는 세상을 향해 내지르는 근거 없는 적개심이거나, 위악으로 연륜을 과장하려는 허세라는 것을 문정수는 모르지 않았다.

　문정수는 송고 마감 삼십 분 전에 서북경찰서 기자실로 돌아왔다. 타사의 야근기자들은 아직도 현장에 붙어 있는지 기자실은 비어 있었고, 먹다 남은 자장면이 비닐랩에 뒤엉켜 말라붙어 있었다. 간밤에 문정수는 송수관 파열사고와 하천 유역 주민들의 패싸움을 현장취재했고 한강 홍수통제소, 서울시청 당직실, 119지령실, 재난대책본부 비상통제실, 경찰청 교통상황실, 도로공사 상황실을 돌면서 붕괴, 범람, 침수, 침하, 차단, 유실, 실종 그리고 하구의 간만에 관한 정보를 수집했다. 홍수통제소의 정보와 상류 쪽 다목적댐의 실태 사이에는 시차가 있었다. 문정수는 경비전화로 다목적댐 담수통제실을 불러서 순간방수량과 유속의 증감을 확인했다.

　메모 형식의 기사를 작성해서 팩시밀리로 송고하면 물에 젖은 하루의 일과가 끝날 것이었다. 장화 속에 물이 들어와 질컥거렸다. 송수관 파열현장에서 긴급출동한 상수도사업본부 사고대책팀에게 접근할 때 119 대원에게 빌려 신은 장화였다. 치솟는 물기둥이 범람한 하천물과 합쳐져서 지하철 역사로 쏟아져들어갔었다. 분뇨와 공장 오폐수가 뒤섞인 하천물이 장화 속으로 들어와 발가락 사이의 무좀 상처를 통해서 몸속으로 스며드는 환각에 문정수는 종아리에 소름이 돋았다. 문정수는 장화를 벗어서 물을 털어내고 양말을 벗었다. 무좀 자리가 짓물러 있었다. 문정수는 허옇게 불은 발가락 사이를 휴지로 닦아내고 맨발로 책상에 앉아서 기사를 작성했다. 발에서 고린내가 올라왔다.

당직차장이 다시 전화를 걸어왔다.

─야, 문정수. 똑같은 얘기 길게 늘어놓지 마. 송수관 파열 사고는 물기둥 사진만 크게 쓸 테니까 기사는 사진설명 다섯 줄로 요약해. 그 패싸움은 말야, 4매짜리 박스기사로 보내. 쌈박질하는 통에 양쪽이 모두 물에 잠겼다면서?

─물이 고루 퍼졌습니다. 양쪽이 똑같이 잠겼지요.

─거참, 그랬겠구만. 그랬을 거야. 물은 고루 퍼지니까. 싸우다가 부러지거나 꺾인 놈은 없나.

─경찰이 초장에 뜯어말려서 큰 부상은 없었습니다. 전치 2주씩들입니다.

─몇놈이 부러져야 아귀가 맞을 텐데. 하여간, 야 문정수. 빨리 보내고 들어가서 쉬어라.

긴 하루가 끝나가고 있었다. 핏발 선 눈이 쓰렸고 무좀이 성이 나서 발가락 사이가 가려웠다.

물은 기어이 제 갈 길을 가면서 고루 퍼지는 것이고, 이쪽을 막으면 저쪽으로 몰리는 것인데, 물이 고루 퍼져서 양쪽 마을이 모두 물에 잠겼다면 그것이 기삿거리가 되는 것인지를 문정수는 데스크에게 되물어보고 싶었다. 문정수는 가려운 발바닥을 맞비비며 기사를 써나갔다. 취재수첩이 물에 젖어서 메모가 번져 있었다.

5년 전, 서북경찰서 관내의 영세민 밀집지역에서 존속 살해 사건이 있었다. 문정수는 수습을 마친 초임기자였다. 후처가 데리고 온 열다섯 살짜리 딸을 상습적으로 강간한 오십대 가장을 이십대 아들이 쇠절구로 쳐 죽인 사건이었다. 피살자는 건축공사장 잡역부였는데, 한 달에 20일은 일거리가 없었고, 아들은 퀵서비스회사의 스페어오토바이 기사였다. 가족은 생활보호대상자의 차상위계층으로, 생계비 지원을 받지는 않았다.

방 두 칸짜리 임대아파트 건넌방에서 아들은 쇠절구를 끼고 앉아 기다렸다. 피살자가 학교에서 돌아온 의붓딸을 안방으로 끌어들였다. 아들은 안방문을 박차고 들어가 피살자의 머리통을 쇠절구로 내리찍었다. 쇠절구의 무게는 21킬로그램이었다. 피살자는 아랫도리를 벗은 채 현장에서 절명했다. 두개골이 깨져서 뇌수가 흩어졌고 아래턱이 떨어졌다. 실신한 딸의 얼굴에 피살자의 뇌수가 튀었다. 아들은 의붓동생의 머리를 끌어안고 얼굴에 묻은 뇌수를 닦아주었다. 아들은 범행 후 달아나지 않았다. 오토바이는 현관에 세워져 있었다.

……여기 누가 사람을 죽였습니다. 아주 죽었어요. 서북임대아파트 9동입니다. 경로회관 옆동……

아들은 남의 일을 전하듯이 경찰에 신고했다. 형사기동대의 사이렌 소리가 들렸다. 아들은 다시 전화를 들어 119구급대를 불렀다.

……여기 여학생이 실신했습니다. 숨은 쉬는데, 움직이질 못해요. 경로회관 옆동입니다.

아들은 피살자의 뇌수가 흩어진 방에서 담배를 피우다가 검거되었다. 수갑을 받을 때 아들은 기도하듯 두 손을 모아서 내밀었다. 경찰서 취조실에서 아들은 낮은 목소리로 차분히 범행을 자백했다. 그의 진술은 명료했고, 시간대에 착오가 없었다. 현장검증 때도 범행을 재연하는 아들의 태도는 엄정하고 조신했다. 아들은 동작을 과장하거나 축소하지 않았고 경찰이 가져온 의붓동생의 플라스틱 모형을 산 사람 대하듯이 조심스레 다루었다. 문정수는 현장검증을 동행취재했다.

신문에 답변할 때, 범행을 재연할 때, 아들의 눈빛은 문정수가 알 수 없는 어딘가를 향해 고요히 집중되어 있었다. 그 집중된 시선은 사건의 맹렬한 핵심부에서 고요히 작열했다. 아들은 기소되었다. 아들을 기소한 검사조차도 그의 시선이 가리키는 맹렬한 핵심부의 적막에는 범접하지 못했을 것이었다.

범행현장을 찍은 사진과 함께 쇠절구가 증거물로 송치되었다. 검찰에 보낸 쇠절구에 '증거1호, 무게 21kg'이라는 메모와 피의자의 지문철이 첨부되었고, 거기에 경찰관서의 직인이 찍혀 있었다. 쇠절구는 범행 사흘 전, 아들이 퀵서비스 배송작업중에 이사간 집에서 버리고 간 물건을 주워서 오토바이에 싣고 온 것이었다. 경찰은 쇠절구의 운반경위를 확인했고, 범행의 계획성은 입증되었다. 오토바이는 쌍기통으로 배기량이 120cc가 넘었는데, 아들은 원동기면허가 없었다. 존속 살해에 도로교통법 위반이 추가되었다.

119구급차에 실려간 후처의 딸은 병원에서 깨어났다. 퇴원 후에 후처는 딸을 데리고 종적을 감추었다. 경찰은 모녀를 끝내 찾지 못했다. 모녀는 사라졌고, 가해자는 이미 살해되었으므로 경찰은, 강간 피해자 조서를 작성할 수 없었다. 부녀를 대질할 수도, 부부를 대질할 수도, 모녀를 대질할 수도 없었다. 경찰은 미성년자 강간사건에는 손댈 수 없었고 존속 살해 사건만을 기소했다.

피살자의 사체는 무연고 변사체로 시립화장장에서 소각되었다. 서울 서북구청은 거주자 장기이탈과 소재불명의 사유로 일가족이 살던 임대아파트 계약을 직권말소했다.

아들은 1심에서 존속 살해죄로 징역 12년, 도로교통법 위반으로 벌금 300만원을 선고받고 항소를 포기했다. 국선변호인은 생활공간 안에서 벌어진 상습적 강간에 대한 인간 본연의 분노의 불가피성을 주장하며 선처를 호소했다.

법원의 판단은 달랐다. 범행의 계획성이 입증되었고, 범행 현장의 증거와 정황으로 보아 강간이 벌어지고 있었다는 사실은 인정할 수 있으나 미성년자 강간 부분은 수사 불능의 사유로 기소되지 않았으므로 강간의 상습성에 대한 사실관계를 정립할 수 없고, 강간이 상습적이었다 하더라도 가정에서 벌어지는 상습 강간의 피해자를 구제하려는 가족들의 일상적인 노력이 없었고, 선고된 형량에 이미 정상이 참작되어 있다고 법원은 판결했다. 일주일 동안의 항소 제기기간이 만료되자 형량은 1심대로 확정되었다. 아들은 벌금 300만원을 내지 못했다. 판사는 벌금을 환형換刑해서 노역 120일을 부과했다. 아들은 지금 교도소에 있다.

물에 젖은 하루의 일이 끝나는 새벽 기자실에서 문정수는 아버지를 죽인 아들의 눈빛을 생각했다. 고요히 집중된 눈빛이었다. 수사할 수 없고 기소할 수 없는, 취재할 수 없는 그 눈빛은 지금 교도소에 수감되어 있다.

문정수는 02시 05분에 송고를 마치고 퇴근을 보고했다. 짓무른 발가락 사이에 스프레이 무좀약을 뿌리고 사물함에서 추리닝 바지를 꺼내 젖은 옷을 갈아입었다. 경찰서 마당에서 상황실장이 새벽에 출동하는 경비병력을 점검했다.

폭우가 쏟아지던 날 노목희는 출근하지 않았다. 사장은 아침 일찍 전화를 걸어와서 출근길이 불편한 직원들은 집에서 일해도 좋다고 일렀다. 분기에 네댓 권씩 인문서적을 내는 출판사였다. 매출이 적고 규모도 작아서 경영은 안정되어 있었다. 인문학의 대중화가 사장의 지향이었다. 대중화란 곧 개인화라고, 사장은 늘 말했다.

립스틱을 바르다 말고 노목희는 화장을 지웠다. 물 온도를 높여서 샤워를 하고 머리를 감았다. 생리의 마지막 날이었다. 물의 온도가 몸속으로 스미자 땀구멍이 열렸다. 몸이 물의 온도 속으로 퍼졌다. 온도를 받아들이는 몸과 온도 속으로 퍼지는 몸이 한몸이었다. 며칠째 비가 내리고, 습기가 숨을 눌러서 생리는 무거웠다. 몸이 온도 속으로 풀려나가자 묽은 생리혈이 밀려나왔다. 피가 물줄기에 섞여서 허벅지 안쪽으로 흘러내렸다. 노목희는 발바닥으로 핏물을 훑어서 배수구 쪽으로 몰고 물줄기로 욕실 바닥을 쓸어냈다. 생리기간 동안 몸속에서 웅크렸던 장기들이 기지개를 켜면서 제자리로 뻗어갔다. 창자와 허파와 자궁이 몸속에 가득 들어차는 꿈틀거림을 노목

희는 느꼈다. 젖은 머리카락 아래로 목덜미가 붉게 달아올랐
다. 노목희는 찬물로 몸을 식혔다.

아파트 유리창에 하루 종일 빗물이 흘러내렸다. 유리창 너
머에서 비에 젖는 거리의 풍경이 구획을 잃고 구겨졌다. 중량
에서 벗어난 풍경이 흔들리면서 다가오고 멀어졌다.

노목희는 하루 종일 원고를 읽었다. 중국의 문물文物학자 타
이웨이 교수가 쓴 역사기행서 『시간 너머로』의 번역원고였다.
분량이 700쪽이 넘었고, 가을 시장에 내놓을 예정이어서 작업
일정은 바빴다. 생리가 끝난 몸이 일에 빨려들어서 편안했다.
노목희는 란제리 차림으로 원고를 읽었다.

문장의 서두에서 주어를 짓누르는 수식어군을 뒤로 돌리고
긴 문장을 잘라서 글의 흐름에 리듬을 실어주고 중국어 발음
표기를 바로잡고 불필요한 역주譯註를 들어냈다. 원서에는 사
진이 없었다. 본문작업이 끝나면 국내 사진작가들의 작품들
중에서 원서의 내용에 맞는 컷을 골라서 배치해야 작업은 끝
날 것이었다. 노목희가 젖은 몸으로 원고를 읽을 때 젖가슴 사
이의 고랑에서 몸냄새가 올라왔다. 가깝고 비린 냄새였다.

타이웨이 교수의 글은 중국대륙의 역사와 문명, 시간과 공

간을 여행자의 사유와 정서 안에서 현재형으로 살려내고 있었다. 그의 여정은 발해의 길림성 유적지에서부터 저녁 무렵의 만리장성 성벽, 지평선을 건너가는 봉수대, 여러 왕조와 부족들의 폐허를 지나 둔황을 거쳐서 실크로드의 서쪽 끝으로 전개되었다. 지나간 시간과 사라진 공간들이 거기에 몸을 적시는 자의 마음을 통과해나오면서 글을 빚어내고 있었다. 폐허의 돌무더기 위에 빛이 내렸고 모든 시간과 공간이 현재의 빛을 받아 소생했는데, 그 빛의 발원지는 살아 있는 인간의 생명이었다.

그의 글에서는 역사와 문명을 구성하는 많은 요소들이 서로 연대하고 있었다. 모래산을 옮겨가는 사막의 바람과 바람에 쓸리는 억새와 산협을 휘도는 강물과 고원에 피는 들꽃 들이 모두 문명이라고 이름지워지는 지상의 삶 속에서 저마다 명징한 표정을 지니고 있어서 그의 글 속에서 문명과 자연은 배타적으로 구분되지 않았고, 그 두 개의 범주가 대척점에서 맞서 있지 않았다. 그는 인간의 존재를 표준으로 내세워서 이 세계를 안과 밖, 이쪽과 저쪽으로 구분하지 않았고, 사물과 풍경에 함부로 구획을 설정하지 않았으며, 그의 언어는 개념을 내세워서 사물을 무리하게 장악하려 들지 않았다. 그의 마음은 모든 보이는 것들, 보이지 않는 것들과 친화할 수 있었고, 친화로써 비밀에 닿았고, 그 친화의 힘으로 보이는 것과 보이지 않는 것 사이의 통로를 열었고, 그 통로를 따라 글은 전개되었는데, 그가 찾아낸 비밀은 단순하고 또 명료해서 비밀처럼 보이지 않았다.

그의 문체는 순했고, 정서의 골격을 이루는 사실의 바탕이 튼튼했고 먼 곳을 바라보고 깊은 곳을 들여다보는 자의 시야에 의해 인도되고 있었다. 그의 사유는 의문을 과장해서 극한으로 밀고 나가지 않았고 서둘러 의문에 답하려는 조급함을 드러내기보다는 의문이 발생할 수 있는 근거의 정당성 여부를 살피고 있었다. 그의 글은 증명할 수 없는 것을 증명하려고 떼를 쓰지 않았으며 논리와 사실이 부딪칠 때 논리를 양보하는 자의 너그러움이 있었고, 미리 설정된 사유의 틀 안에 이 세상을 강제로 편입시키지 않았고, 그 틀 안으로 들어오지 않는 세상의 무질서를 잘라서 내버리지 않았으며, 가깝고 작은 것들 속에서 멀고 큰 것을 읽어내는 자의 투시력이 있었다. 그의 글은 과학이라기보다는 성찰에 가까웠고 증명이 아니라 수용이었으며, 아무것도 결론지으려 하지 않으면서 긍정이나 부정, 그 너머를 향하고 있었는데, 그가 보여주는 모든 폐허 속의 빛은 현재의 빛이었다. 강을 건너고 산맥을 넘고 사막을 가로지르는 그 초로의 여행자는 관찰자인 동시에 참여자였고 내부자인 동시에 외부자였으며, 인간이 겪은 시간 전체를 살아가는 생활인이었다.

노목희는 타이웨이의 글에 온전히 빨려들어갔다. 개념의 틀을 벗어나서, 흐르는 시간에 합쳐지는 문자들이 대열을 이루며 저녁의 시간 속으로 다가왔다. '시간 너머로'라는 원제를 번역서에서도 그대로 쓰기로 했다.

타이웨이 교수는 지안 일대 고구려의 유적지에 대해서도 감수성 깊은 글을 발표한 적이 있었다. 번역서가 출간될 즈음 타이웨이 교수를 한국에 초청해서 강연회를 열고, 가능하다면 6개월 정도의 국내여행을 지원하는 조건으로 한반도를 소재로 하는 『시간 너머로』의 원고 집필을 제안해야겠다고 노목희는 생각했다. 노목희는 타이웨이 교수 초청강연을 전화로 사장에게 건의했다. 노팀장은 집에서 일해야 좋은 아이디어가 나오는구만…… 사장은 초청 제안을 서두르라고 지시했다. 가끔씩 누워 기지개를 켜면서 노목희는 하루 종일 원고를 읽었다. 샌드위치와 홍차로 점심을 먹었다. 아무런 전화도 걸려오지 않았다. 햇반과 낫토, 깻잎장아찌로 저녁을 먹었다. 밤중에 노목희는 타이웨이 교수에게 보낼 영문편지를 작성했다. 하루 종일 비가 내렸다.

밤 12시, TV 뉴스가 전국의 홍수사태를 보도했다. 글을 읽는 동안에 비가 저렇게 많이 쏟아졌구나, 그 비가 아파트 유리창에 흘러내렸구나, 흘러서 산과 강에 넘쳤구나…… 노목희는 침대에 누워서 TV 화면을 바라보았다.

TV는 경남 창야군의 저수지 뚝방 붕괴사고를 긴급뉴스로 보도했다. 앵커의 목소리는 다급했다. 기자는 현장에 접근하지 못하고 군청 상황실에서 리포트했다. 계곡에서 쏟아져내리는 물로 저수지는 삽시간에 만수위가 되었고 배수시설이 작동되지 않았다. 뚝방이 수압을 견디지 못해 터졌고, 총 저수량 50만 톤의 물이 마을을 덮쳐서 간선수로에 인접한 주민 30여 명이 급류 속으로 실종되었다고 기자는 전했다.

앵커가 물었다.

—물이 만수위에 이르기 전에 행정관서가 주민들을 대피시키지 않았습니까?

기자가 대답했다.

—저녁 9시 무렵에 한번 경고방송이 있었지만, 대피시키지는 않았습니다. 9시 이후의 저수지 상황이 군청으로 보고되었는지 수자원공사 지부로 보고되었는지, 아무 곳에도 보고되지 않았는지가 분명치 않습니다.

아직 사고현장 필름이 도착하지 않았는지, 뚝방이 터지기 전의 맑은 날의 저수지와 마을을 화면에 보여주면서 앵커는 같은 멘트를 되풀이했다.

화면 속의 마을은 늦가을이었다. 저수지 뒤쪽 오리나무숲이 헐거웠고 갈수기의 수면은 낮았다. 울타리 위로 감이 익었고 하루의 밭일을 마친 늙은 부부가 경운기를 몰아서 저수지 뚝 방길을 건너가고 있었다. 군청색 함석지붕과 녹슨 붉은색 지붕 들이 격렬한 부조화를 이루었고, 그 위에 햇빛이 부딪혔다. 녹슨 지붕들이 햇빛을 튕겨내면서 막무가내로 색을 뿜어냈고 저녁 어스름이 내리는 오리나무숲은 고요했다.

고향이라는 말의 어감이 노목희는 늘 거북했다. 지나간 시간의 더께가 불쑥 앞으로 뛰쳐나와 현재의 시간에 들러붙어버리는 당혹감이 고향이라는 어감 속에는 들어 있었다. 홍수에 쓸리기 이전의 고향마을을 TV 화면으로 보면서 노목희는 그 당혹감이 어디에서 비롯되는 것인지를 생각했다. 녹으로 삭아가는 함석지붕은 풍화의 시간 속에서 신생의 색을 뿜어내고 있었다. 팔레트에서 배합할 수 없는 낯선 색이었다. 고향은 지나간 시간의 저쪽에서 돌출했다. 노목희는 TV 화면을 향해 길게 담배연기를 뿜어냈다.

—난 아무래도 이 세상을 단념할 수가 없어. 넌 어떠니?

　7년 전 가을에, TV 화면에 비치는 그 저수지 뚝방길에서 장철수는 그렇게 말했다. 저녁을 맞는 작은 물고기들이 수면 위로 솟구치고 있었다. 뛰어오른 물고기들의 몸통이 석양에 반짝 빛났고, 물고기들이 다시 물에 잠기면 동그라미로 주름지는 물 위에서 노을이 흔들렸다.

　—말해봐. 넌 어떠니?

　……난 선배가 무얼 묻고 있는지를 모르겠어. 그게 질문이 성립되는 거야? 성립되지 않는 질문에는 난 대답할 수 없어.

　노목희는 그 말을 참았다. 대놓고 따지기에는 장철수의 어조가 너무도 암울하고 진지했다. 귀 기울이면, 수면 가득히 작은 물고기들이 뛰는 소리가 들렸다. 물 위에서 주름지는 노을의 동심원들이 물가로 다가와 잦아졌다. 노목희는 수면을 바라보고 있었다.

　……난 샤워를 하듯이 내 몸에 붙은 것들을 다 씻어내고 싶어. 선배는 어때?

라는 말을 노목희는 또 참았다. 속으로 밀어넣은 말이 바뀌어져서 나왔다.

　—난 선배가 세상을 긍정하는 사람이 되기를 바래.

　—너 그따위 소리 하지 마. 세상을 긍정하니까 단념할 수

없는 거야. 하지만 지금은 아니야. 이런 세상은 아니야.

장철수의 목소리에 노여움이 배어나왔다. 노여움에 목이 메었던지 장철수는 밭은기침을 뱉었다.

이런 세상이라니, '이런'이라니, 그렇게 웃자라서 휘청거리는 말로 세상을 규정할 수 있는 것인지를 노목희는 되묻지 않았다. 물으면, 다시 겉도는 말이 건너올 것이었다. 말을 따져 물어서 또다른 말을 만들기보다는 아무렇게나 걷어올린 그의 남방셔츠 소매와 그 밑으로 빠져나온 내복자락의 남루함을 누군가가 긍정해주는 것이 장철수에게는 절박한 일일 것이라고 노목희는 생각했다.

장철수는 고향 창야에서 농과대학을 졸업하고 농촌지도소에 취직해 있었다. 장철수의 직책은 축산계 돼지담당 지도보조원이었다. 돼지 값이 폭락하고 축산폐기물 단속이 강화되자 외지에서 들어온 대량사육업자들은 농장을 정리해서 마을을 떠났다. 장철수는 서너 마리씩 기르는 영세농가를 가끔씩 찾아가서 돼지 목덜미에 티피예방주사를 놓았다. 혈관에 찌르는 주사였다. 손아귀 힘이 약해서 장철수는 돼지 목덜미를 잡고 쩔쩔맸다. 장철수는 돼지를 틀어쥐지 못했다. ……거참, 닭 모가지 하나 못 비틀 위인이로구만. 이리 내놔…… 늙은 농부가 장철수의 손에서 주사기를 빼앗아 돼지 목에 찔렀다.

가을에 돼지 콜레라가 돌았다. 돼지들이 허연 똥물 위에서 버둥거리다가 죽었다. 돼지 콜레라는 인접 시군까지 번졌다. 창야군청은 콜레라 발원지 반경 30킬로미터 이내의 모든 돼지를 수거했다. 정부가 축산안전기금을 풀어서 창야군청에 보상비로 교부했다. 사육농가들은 보상금을 받고, 이미 값이 폭락한 돼지를 포기했다. 돼지 값 폭락으로 보상비 총액은 30퍼센트 정도 낮아졌다. 보상비 문제로 다시 축산인조합의 집회가 열리기 전에 군청은 전액을 일시불로 지급했다. 행정절차는 신속했다. 읍내 전자상가와 유흥업소에 단발성 경기가 살아났다. 다방 여종업원들이 예비군본부와 의용소방대 사무실로 커피를 배달했다. 돼지 6,500마리가 살殺처분되어 구덩이에 묻혔고 창야군 전역에 2년 동안 돼지사육이 금지되었다. 해안 보세공단은 알루미늄과 수입원목을 가공해서 가구나 사무용 집기를 만들어 수출했다. 공단 쪽으로 신시가지가 들어섰다. 산간 복합영농지역은 공가空家가 늘어나서 리里들이 폐지되었다. 농촌지도소 돼지담당의 일은 한가했다.

밤 12시 뉴스가 끝나고 나서도 TV는 창야군 홍수사태를 자막으로 속보했다. 피해규모가 커졌고, 심야에 총리가 비상각의를 소집했다. 저수지 뚝방이 터지기 훨씬 전에 복합영농마을은 폐촌되었다. 전화로 안부를 물어야 할 친척이 노목회의 고향에는 남아 있지 않았다. 빛바랜 기억 속에서 장철수의 헐렁한 옷차림이 떠오르는 것은 알 수 없는 일이었다. 한때의 시간을 공유했고, 들뜨고 어긋나기는 했으나 말이 오고갔다 해도 그것을 인연이라고 할 수는 없을 것이었다.

장철수는 졸업 후에도 대학 언저리를 떠나지 않았다. 읍내고시원에서 잠을 자고 공단 구내식당에서 밥을 먹으면서 장철수는 학내에서 벌어지는 후배들의 토론회에 나타나거나 보세공단 노동자들과 학생들의 연대집회 뒷자리에 앉아 있었는데, 구호를 따라서 외치지는 않았다.

달러 값이 떨어지고 중동산 원유 값이 치솟았다. 공단의 수출업체들은 재무제표를 공개하면서 생산라인의 삼분의 일 이상을 가동 중지시키고 노동자들을 고액 연봉자 순으로 해고했다. 6개월 후에 환율이 회복되고 공단 쪽 신축아파트에 중저가가구 수요가 늘어났다. 업체들은 해고된 노동자들을 1년짜리 계약직으로 격하시켜서 재고용했다. 노조는 고용지위와 임금의 원상회복과 해고기간중의 위로금 지급을 요구하며 파업을 벌였다. 파업은 2개월 이상 계속되었다. 중남미로 가는 계약물량의 선적시한이 임박했다. 업체들은 오래전에 퇴사한 고령자들과 외국인 노동자들을 대체인력으로 투입했으나 선적시한에 물량을 대지 못했다. 해외계약은 자동파기되었고 바이어들은 위약금을 요구했다. 선박예약이 취소되자 해운회사들도 대기료와 위약금을 요구했다. 위약금 총액이 계약고의 절반에 가까웠다. 자금력이 남아 있는 업체들은 생산설비를 정리해서 미얀마나 캄보디아로 공장을 옮겼다. 파업은 계속되었다.

공장 5층 옥상에서 보름째 천막을 치고 농성하던 생산직 노동자 한 명이 추락사했다. 샌드페이퍼로 목재를 밀던 계약직 연마공이었다. 노조는 악덕기업의 만행에 죽음으로 항거한 노동열사를 현창하고 강철대오의 진군을 절규하는 현수막을 내걸었다. 노조는 연마공의 사체를 시립병원 영안실로 옮겼다. 사수대가 영안실 입구에 연좌했다. 시멘트 바닥에 부딪혀 몸이 깨어질 때, 연마공은 토사물을 쏟아냈다. 삭은 라면과 위액에서 진한 술냄새가 났다고 목격자는 진술했다. 5층 옥상의 난간 높이는 30센티미터 정도였고, 추락 직전에 사망자는 난간에 바싹 근접해서 동료 네 명과 함께 바닥에 주저앉아 소주를 마셨고, 앉았던 자리에서 일어서는 순간 몸이 뒤로 휘청거리면서 난간 위로 쓰러졌고, 추락 직전에 아무런 구호도 외치지 않았으며, 추락 순간 팔을 뻗어 난간을 잡으려고 허우적거렸다는 정황 재구성에 목격자들의 진술은 대체로 일치했다. 경찰은 이 추락사가 투신자살이 아니라 취중의 실족사라고 결론지었다. 연마공은 유서, 일기, 편지나 죽음과 관련된 기록을 남기지 않았다.

노조측 목격자는, 죽은 연마공이 술을 마시면서 회사의 부당노동행위를 격렬히 성토했으며 주먹을 흔들면서 노동자 진군가를 불렀고, 죽음을 각오하는 듯한 눈빛을 순간적으로 동료들이 느낄 수 있었고, 추락 순간 팔을 뻗어 허우적거린 동작은 안 떨어지려고 난간을 붙잡으려는 것이라기보다는 낙하에 따른 자연스런 인체의 반응으로 보였다고 진술했다. 노조는 연마공의 사체를 영안실에 냉동시켜놓고 지방검찰청의 검시를 거부했다. 노학勞學연대는 노조의 요구가 관철될 때까지 장례를 연기하고 연일 추모집회를 열었다. 턱수염을 기른 노동운동가와 개량한복을 입은 도의원 들이 추모집회에서 연설했다. 대학캠퍼스 축구장에서 열린 추모집회에서 장철수는 졸업생 대표로 추도사를 읽었다. 추도사를 읽을 때 장철수의 목소리는 떨렸고, 밭은기침을 토했다. 추도사의 중간쯤에서 장철수는 말했다.

……인간은 비루하고, 인간은 치사하고, 인간은 던적스럽다. 이것이 인간의 당면문제다. 시급한 현안문제다……

노학연대 집행부가 장철수의 추도사 내용을 놓고, 비루하고 치사하고 던적스럽다는 인간이란 어디를 향해서 하는 소리인지를 따지는 토론을 벌였다는 얘기를 들었을 때도 노목희는 장철수의 헐렁한 옷차림을 떠올리고 있었다.

장철수는 키가 컸고 몸매가 가늘었고 어깨넓이가 엉덩이보다 좁았다. 걸음이 휘청거려서 버마재비처럼 보였다. 걷어올린 셔츠 소매가 늘 팔꿈치 아래 뭉쳐 있었다. 세상을, '이런 세상'이라고 장철수가 말할 때, 그 옷자락서 허망한 말의 표정은 장철수의 뭉쳐진 소매와 닮아 있었다.

……선배, 옷을 좀 단정히 입을 수 없어? 외양만이라도 좀 남들처럼 해봐.

……왜, 이게 뭐 어때서. 남들도 나처럼 안 하는데 뭐.

노목희는 때때로 장철수의 옷소매에서 출처를 알 수 없는 안쓰러움을 느꼈다. 그 안쓰러움은 투항이나 탈출 혹은 생포되기를 예비하는 자의 조바심에 대한 연민이었다는 것을 노목희는 장철수가 검거된 후에 알았다.

경찰이 장철수의 연고선에 정보망을 깔기는 했으나 장철수는 일급 수배자는 아니었다. 노학연대는 죽은 연마공의 장례를 치르지 않고 사십구재를 먼저 치렀다. 공단 안 야적장에서 행사를 마치고 나서 노학연대는 가투에 나섰다. 대열의 왼쪽에서 노동자 20여 명이 시멘트 송수관을 굴려서 경찰저지선을 뚫었다. 노동자들이 파출소로 몰려가 돌멩이를 던졌다. 돌멩이 몇 개가 파출소 안으로 날아들었다. 유리창이 깨지고, 경찰 총수의 지휘방침을 걸어놓은 액자가 부서졌다. 소내 근무하던 순경이 카메라를 들이대자 노동자들은 흩어졌다. 네 명의 얼굴이 카메라에 찍혔다. 공단 안에서 돌멩이를 들것에 실어와서 투석조에게 제공한 운반조가 동원되었으며, 돌멩이는 3개 방향에서 동시에 투척되었다고 전경 기동대장이 정보계통에 보고했다. 도경 형사국은 일선 경찰관서에 대한 투석공격을 치안기본법상의 특수파괴사건으로 분류했고, 노학연대 지도부가 조직을 작동시킨 범죄로 판단했다. 피습된 파출소는 시위 진압과 관련이 없는 민생치안관서이며, 파출소 근무자들이 시위대에게 적대행위를 한 사실이 없었음에도 불구하고 조직적인 행동으로 파출소를 공격한 사태는 전복의 예비음모에 따른 실행의 초기단계인지를 수사하라고 도경은 창야경찰서에 지시했다.

장철수는 이미 연고선이 드러난 대학 선배의 집에 은신해 있다가 검거되었다. 정보과 형사가 찾아와서 장철수의 행적을 물었을 때 노목희는 이런 사람이 전복의 예비음모와 무슨 관련이 있을까 싶어 형사가 한심했다. 장철수는 검거대상이 아니며 몇 가지 물어볼 일이 있어서 찾는 것이라고 형사는 말했다. 형사가 장철수에게 물어볼 일이라는 것은 일급 수배자들의 은신처나 동선動線일 것이라고 노목희는 짐작했다.

장철수를 숨겨준 대학 선배는 항만노조파업 때 노동쟁의조
정법상의 제3자 개입금지법 위반으로 구속되었다가 집행유예
로 풀려나 있었다. 그는 제3자 개입금지법 위반의 전과2범이
었다. 후배들은 그의 별명을 '제3자'라고 불렀다. 제3자란 없
다. 당사자가 있을 뿐이다, 모든 인간은 모든 인간의 당사자이
다, 라고, 풀려난 그는 술자리에서 소리질렀다. 그는 경찰의
사찰대상이었으므로, 그의 집으로 들어간 것은 자수나 다름없
다고 장철수가 검거된 후에 노학연대 집행부는 수군거렸다.

'제3자'의 팔순 노모가 장철수를 신고했다. 아들이 장철수
를 집 안으로 들이자 노모는 집행유예중인 아들의 신변에 들
이닥칠 위험을 직감했다. 자주 검찰에 불려다니는 아들을 뒷
바라지하면서 노모는 도망다니는 자를 숨겨주는 행위가 처벌
의 대상이라는 것을 알았다. 장철수는 그 선배의 집에서 사흘
을 묵었다. 사흘 동안 장철수는 건넌방 벽에 기대어 마당에 풀
어놓은 닭들을 바라보며 소일했다. 이따금씩 모이를 던져주기
도 했다. 사흘째 아침에 노모는 닭을 잡아 볶음탕을 끓이고 푸
른 완두콩밥을 지어 장철수를 먹였다. 노모는 골다공증으로
다리를 절었다. 설거지를 끝내고 나서 노모는 보건지소에 약
을 받으러 간다며 지팡이를 끌고 집을 나섰다. 노모는 두 시간

38

이 지나도 돌아오지 않았다. '제3자' 선배는 마루에서 신문을 읽고 있었다. 장철수는 마당의 닭을 바라보고 있었다. 노파의 행방을 묻고 싶은 조바심을 각자 참고 있었으나, 서로가 서로의 조바심을 알고 있었다.

　—형, 어머니가 멀리 가신 모양이지.

　—글쎄, 어디 마실 가 계신지. 점심때는 오시겠지.

　—다리가 불편하실 텐데.

　—멀리 가시지는 않았을 거야.

　노모는 절룩걸음으로 5킬로미터를 걸어서 면소재지 파출소에 신고했고, 파출소는 본서에 보고했다. 노모보다 형사대가 먼저 들이닥쳤다.

　장철수는 창야경찰서로 연행되었다. 형사 한 명이 집에 남아서 '제3자' 선배의 외출과 통신을 차단했다.

　장철수는 연행된 지 하루 만에 풀려났고, 풀려나는 길로 창야에서 잠적했다. 장철수가 연행된 후에 '제3자' 선배는 집 안에 연금상태로 갇혀 있었으므로 장철수가 연행된 소식은 노학연대 집행부에 알려지지 않았다. 수배자들은 은신처와 동선을 바꾸지 않았다. 장철수가 풀려난 그날 일급 수배자 다섯 명이 검거되었다. 검거는 원격된 5개 장소에서 동시다발로 이루어졌다. 한 건의 실수도 없었다. 형사대의 정보는 정확했다. 장철수가 수배자들의 연고선과 은신처를 경찰에서 모조리 불어 버린 것이라고 노학연대 집행부는 판단했다. '제3자' 선배에게도 배신의 의혹이 제기되었다. 도경은 장철수를 신고한 노모의 준법정신을 감안해서 집행유예중인 그 아들의 은닉죄를 덮었다. 이 노모의 모정을 어떻게 평가해야 하는가를 놓고 노학연대가 토론을 벌였는데, 노모의 몽매한 혈육주의를 규탄하는 쪽이 우세했다는 얘기를 노목희는 후배들에게 전해들었다. 그해 겨울에, 골다공증을 앓던 노모가 죽었다. 시신의 뼈가 약했다. 염습사는 염포를 바싹 당기지 못했다. 문상객이 없어서 장례식은 썰렁했다. 출상 때, 허리를 펴지 못하는 마을 노인들이 관을 들고 나갔다. 아들은 노모를 화장해서 뼛가루를 대숲에 뿌렸다. 경찰에서 풀려난 후 장철수는 한 번도 창야에 나타나지 않았다.

노목희는 지방대학 서양화과를 졸업하고 창야중학교의 미술교사로 취직해 있었다. 돼지 콜레라 이후 산간농촌은 빠르게 해체되었다. 공산품 값과 교육비가 올랐다. 복합영농은 가업을 승계시키지 못했다. 토지용도변경을 기다리는 외지 자본이 위장전입자를 앞세워 임야와 가옥을 매입했다. 공가 지붕 위에 버섯이 솟아올랐다.

학생 수가 줄어들어 미술시간에는 두 반을 합쳤다. 떠난 아이들의 출석부 명단에 빨간 줄이 그어졌다. 학적을 옮기지 않고 떠난 아이들도 있었다. 미술시간에 아이들은 준비물을 갖추지 못했다. 아이들은 연필 데생으로 제 주먹을 그렸다.

토요일 야외수업 때 노목희는 아이들을, 이제는 무너져버린 저수지 뚝방으로 데리고 나갔다. 저무는 해가 능선을 스치면서 내려앉는 저녁 무렵에, 수면에서 명멸하는 빛과 색 들의 변화를 노목희는 아이들에게 보여주었다. 기우는 해에 끌리는 쪽으로 빛들은 떼지어 소멸했고 소멸의 순간마다 새롭게 태어나서 신생과 소멸을 잇대어가며 그것들은 어두워졌다. 물 위로 뛰어오른 작은 물고기들이 다시 물에 잠기는 그 짧은 동안에, 물고기 비늘과 눈알에서 빛은 색으로 태어났다. 시간이 빛과 색을 가장자리 산그늘 쪽으로 끌어당겼고, 빛이 저무는 시간과 합쳐지면서 푸른 저녁이 수면 위로 퍼졌고, 색들이 그 위에 실려서 흘렀다. 산그늘에 덮여서 빛이 물러서는 가장자리 수면에서 색들은 잠들었고, 바람이 수면을 스칠 때 물의 주름 사이에서 튕기는 빛이 잠든 색들을 흔들어 깨웠다. 어두운 수면에서 빛들은 무슨 색으로 잠드는 것인지, 바람에 흔들려 다시 깨어나는 색은 잠들기 전의 색이 아니었다. 부서져서 흩어지고 다시 태어나는 그것들을 빛 또는 색이라고 노목희는 아이들에게 말해줄 수 없었다. 말을 하는 동안에 그것들은 다시 부서지거나 새로 태어나서 말 너머에서 명멸하는 것이었다. 그것들은 짧고, 정처없었다.

미대 서양화과에서 노목희의 실기점수는 늘 B학점을 넘지 못했다. 붓으로 기름물감을 찍어서 캔버스에 바를 때, 붓 끝에서 손목으로 와 닿는 물감의 유성油性이 노목희는 낯설었다. 붓이 물감을 밀고 나갈 때, 몸과 물감 사이의 저항은 뻑뻑한 이물감으로 팔에 감겼다. 그 저항을 뚫고 나가면 한바탕 색의 세상을 펼쳐낼 수 있을 터인데, 다가오려는 것들 앞에서 노목희는 자주 망설이면서 아직 다가오지 않은 것들을 기다리고 있었다. 노목희의 화폭은 주저의 흔적으로 남루했다. 실패한 화가인, 늙은 지도교수는 말했다.

······넌 왜 덤벼들지를 못하니? 뭘 그렇게 쭈뼛거려. 힘을 줘서 밀어내봐.

대학을 졸업하고 나서도 노목희의 화폭은 주저의 흔적을 떨쳐버리지 못했다. 도청소재지에서 열리는 서양화 공모전에서 노목희는 낙선했다. 이 세상의 색들은 빨강, 파랑, 노랑으로 주저앉는 것이 아니라 빨강에서 파랑으로 파랑에서 노랑으로 검정에서 흰색으로 흰색에서 검정으로, 끝없이 전개되는 흐름의 진행태였고 거기에는 지나간 시간의 흔적이 묻어 있지 않았다. 팔레트를 열고 나이프로 색을 으깨서 섞을 때 노목희는 그 흐름에 실려서 흔들렸다. 나이프 끝에서 색들은 피어나서 들끓었다. 저무는 해가 능선 아래로 깊이 기울어서 수면에 아무런 색도 남아 있지 않을 때 노목희는 아이들을 데리고 저수지 뚝방을 내려왔다. 거기가 창야였다.

넝쿨이 공가 지붕에 엉겼다. 공단 쪽 신시가지에는 외지인들이 들어와서 상권을 형성했고, 산간농가들은 전답을 처분해서 외지로 나갔다.

이제는 무너져버린 저수지 뚝방에서, 노목희는 가끔씩 장철수를 만났다. 복합영농 하는 산간농촌 출신이며, 대학 선후배라는 근거만으로도 그를 만나야 하는 것은 젊음의 의리에 속하는 일이기도 했다. 저수지 뚝방에서 장철수는 늘 노학연대의 사업과 수배된 동창생들의 소식을 말해주면서 '이런 세상'을 괴로워했다. 저무는 수면을 바라보면서 노목희는 그의 괴로움이 어쩐지 보챔과도 같다고 느꼈다. 늦가을 저녁의 한기 속에서 장철수는 그 헐렁한 웃옷을 벗어서 노목희의 어깨를 덮어주었다. 장철수의 옷에서 시큼한 몸냄새가 났고, 저녁의 수면은 지나간 시간의 흔적을 지우면서 어두워갔다. 무너져가는 고향의 잔해에 파묻혀 함께 매몰되거나 아니면 더 늦기 전에 고향을 떠나야 한다는 것을 서로 말하지 않고서도 알고 있었다.

장철수가 창야에서 사라진 다음해 봄에 노목희는 고향을 떠났다. 공가의 녹슨 함석지붕들이 봄빛 속에서 격렬하고 부조화한 색을 뿜어내고 있었다.

그것이 6년 전이었다.

TV는 새벽까지 창야의 홍수사태를 자막으로 속보했다. 무너지기 전의 저수지 뚝방길과 그 아래쪽 마을이 속보 때마다 화면에 비치었다.

노목희는 새벽에 침대에 들었다. 타이웨이 교수의 글과, 무너진 창야의 저수지 뚝방이 머릿속에서 겹쳐졌다. 창야와, 그 산간 소읍을 스쳐간 시간들과 거기서 만나서 신호를 주고받았던 사람들이 모두 홍수에 쓸려내려간 것이나 아닌지, 노목희는 어둠을 응시하며 누워 있었다. 타이웨이 교수의 글은 말의 대열을 이루며 밤의 타클라마칸 사막을 건너고 있었다.

어둠 속에서 핸드폰 램프가 깜박였다. 램프는 바늘귀 같은 구멍으로 새빨간 섬광을 쏘아대어 어둠을 찔렀다. 중학생 때 저수지 뚝방에서 본 뱀의 눈알이 떠올랐다. 핸드폰은 살아서 교신을 갈구하는 작은 짐승의 눈구멍처럼 깜빡거렸다. 핸드폰은 기지국의 전파와 연결되어 살아 있었다. 살아서 깜박거렸다.

신호음이 울렸다. 새벽 2시 15분이었다. 노목희는 엎드려서 핸드폰을 들여다보았다. 액정화면에 문정수의 전화번호가 떴다. 가늘게 찌르륵거리는 신호음은 어둠의 저편에서 건너오는 벌레 소리로 들렸다. 소리의 느낌은 무력했고, 무력한 만큼 다급했다. 여러 산꼭대기의 기지국 철탑들을 거쳐서, 폭우가 쏟아지는 캄캄한 공간을 건너오는 한 가닥 신호의 여정이 노목희의 마음에 떠올랐다. 신호음이 멎고, 철탑과 철탑 사이가 끊어졌다가, 다시 신호음이 울렸다. 서로 알게 된다는 것은 때때로 신호를 보내오는 개입을 용납한다는 것인지를 생각하면서 노목희는 폴더를 열었다. 문정수의 목소리는 메말랐고, 자음이 모음에 잠겨서 이명처럼 들렸다.

—나야. 자다가 깬 거야?

노목희는 침대에 걸터앉아 머리채를 목 뒤로 쓸어넘겼다.

—자려던 참이었어. 또 야근했구나.

—지금 마감했어. 홍수 때문에 힘들었다.

—그랬구나. 일이 많았겠어.

—너네 고향 뚝방이 터져서 물에 쓸렸다.

—TV에서 봤어.

말을 이어가기가 힘들어서 문정수는 더듬거렸다.

—네가 전화 안 받을까봐 조마조마했어. 신호가 너무 오래
가도록 안 받길래…… 끊었다가 다시 걸었어.

—새벽엔 신호가 무서워.

—받고 나면 덜 무섭잖아. 나 지금 가도 돼?

미군기지 마을에서 주둔군 지위협정의 개정과 보상을 요구
하는 시위가 벌어지던 날 새벽에 야근을 마치고 찾아온 문정
수의 몸에서는 최루탄 냄새와 먼지 냄새가 났다. 경인화학공
단에서 불이 나던 밤에는 문정수의 몸에서 매캐한 탄내가 났
다. 노목희의 아파트에 오는 새벽에 문정수는 냄새나는 옷을
벗어서 신발장에 넣었다. 아침에 문정수는 신발장에서 옷을
꺼내 입고 출근했다. 샤워를 하고 나서 젖은 머리통을 노목희
의 가슴에 들이밀 때도 문정수의 목덜미에서는 스티로폼이 타
고 화공약품이 타는 연기 냄새가 났다. 그런 새벽에 문정수의
몸은 다급했고 맥없이 무너졌다.

—비누칠을 좀더 해. 타월로 문질러봐.

—마찬가지야. 며칠 지나야 빠져.

—며칠 지나면 또 딴 냄새가 나겠지.

—그러니까 마찬가지야. 졸립다.

어둠 속에서 그런 말들을 주고받다가 문정수는 잠들었고 노

목희는 여린 빛의 입자들이 내려앉는 새벽의 유리창을 바라보며 누워 있었다. 강물이 발원하는 먼 상류의 환영이 새벽 유리창에 어른거렸다. 잠든 문정수의 몸에는 그 자신과 아무런 관련도 없어 보이는 이 세상의 온갖 냄새들이 묻어 있었다.

나 지금 가도 돼? 라고 문정수가 말했을 때 노목희는 핸드폰을 귀에서 떼었다. 노목희는 침대에 엎드려서 핸드폰을 눈앞에 대고 액정화면을 들여다보았다. 배터리의 마지막 눈금 한 개가 가물거리면서 꺼져가고 있었다. 어쩌라고 이 시간에 신호를 보내오는 것일까. 눈금이 하나밖에 안 남았는데. 지금 그가 오면 젖은 옷에서 물비린내가 나겠구나. 더러운 시궁창 냄새가 나겠어.

폴더 구멍에서 문정수의 목소리가 흘러나왔다. 목소리는 조바심치고 있었다.

—나 지금 가도 돼? 오라고 좀 그래봐.

꺼져가는 배터리 눈금이 대답을 재촉하고 있었다.

—와. 배고프겠네.

—먹을 게 좀 있니?

—낫토 있어. 올 때 김밥이나 사발면 사와.

노목희는 냉장고에서 낫토를 꺼내 전자레인지에 넣었다.

해망海望에서 지평선은 수평선에 포개져 보였다. 농경지가 서쪽으로 펼쳐져서 일몰에 들이 붉었고 잔산殘山이 물러서는 가장자리에서 바다가 열렸다. 보름사리의 썰물은 아득했다. 젖은 갯고랑에서 노을의 조각들이 퍼덕거렸다. 사리 썰물에 물은 멀어서 보이지 않았고 내륙으로 향하는 바람이 바다의 먼 냄새를 실어왔다. 썰물을 따라 먼 갯벌로 나아갔던 철새들은 밀물이면 마을 쪽으로 날아왔다.

처서 무렵에 철새들은 어두워지는 바다에서 울음으로 서로를 불러서 발진發進의 대오를 편성했다. 새들의 울음소리는 속이 비어 있었고 높이 떠서 멀리 나아갔는데, 갯벌이 비어서 아무 데도 닿지 않았다. 새들의 대오는 새벽 밀물에 반도를 이륙해서 대륙의 연안으로 북동진했다.

썰물이면 해망 앞바다의 무인도가 그루터기를 드러내고 수평선에 걸렸다. 무인도는 북에서 남으로, 낮고 길게 뻗어 수평선과 평행을 이루었고 전장全長이 15킬로미터였다. 북쪽 끝이 뱀 대가리 모양으로 돌출했고 거기에 흰 새똥이 퇴적되어 석양에 빛났다. 연안 주민들은 그 섬을 뱀섬이라고 불렀다. 해안 단애가 가파르고 밀물이 단애에 맞바로 부딪쳐서 5톤 이상의 선박은 뱀섬에 접안할 수 없었고 썰물 때 갯고랑을 따라 포구를 드나드는 소형 어선들이 단애 밑 너럭바위에 배를 붙일 수 있었지만 갯고랑이 밀물에 잠기면 섬은 고립되었다.

섬에 약초가 우거졌다. 농민 몇 가구가 섬으로 들어가 초막을 짓고 흑염소를 방목하거나 풀뿌리를 캤는데, 섬 전체와 주변 수면이 미군의 폭격 훈련장으로 공여되자 농민들은 소개되었다.

뱀섬은 주변에 다른 유인도가 없고 능선이 낮고 DMZ에서 멀어서 최적의 공습폭격훈련장으로 꼽혔다. 뱀섬의 공여기간은 10년이었다.

공습훈련이 시작되면 폭격기 50대를 실은 항공모함이 아열대의 기지를 떠나 동지나 쪽 공해로 항진했다. 항모는 밤바다에서 유도등을 밝혔다. 자정에, 폭격기들은 항모에서 발진했다. 활주로 캐터펄트가 폭격기들을 바다 위로 쏘아올렸다. 폭격기들은 고도를 잡는 순간 초음속에 진입했다. 음속을 돌파할 때 폭음이 원양을 울렸다. 음파에 밀려 바닷물에 고랑이 패었고 별들이 항적운航跡雲에 묻혔다. 폭격기의 편대들은 북북동으로 뱀섬을 향했다. 뱀섬 상공에서 편대는 섬의 북단과 남단으로 갈라졌다. 조종사 앞 스크린에 지상목표물의 영상이 뜨고 발사각도가 방위별로 펼쳐졌다. 조종사는 목표 지점에 조준선을 고정시키고 급강하했다. 연안에 사이렌이 울리고 마을은 소등했다.

폭격기들이 저공으로 접근하면서 공대지 미사일을 발사할 때 수평선 너머의 어둠이 찢어졌다. 미사일들은 직선탄도로 날아왔다. 바닷물에 비치는 불의 꼬리들이 파두波頭를 뚫고 섬으로 다가왔다. 해안단애가 무너져내렸다. 폭격기들은 급강하로 기수를 내리박는 순간 로켓탄을 발사했다. 불덩어리들이 수직으로 쏟아졌다. 편대는 파상波狀으로 달려들었다. 저공편대는 능선을 폭격하고 급상승했고 고공편대는 섬의 북단을 급강하 폭격했다. 02시에 항공모함은 돌아온 폭격기들에 재급유했다. 연료를 채운 폭격기들은 삼열종대의 연합대오로 다시 뱀섬을 향했다. 폭격기들이 수면으로 저공접근할 때 파도가 후폭풍에 깨져서 물러났다. 연합편대는 섬 상공을 선회하며 기총사격했다. 고도에 따라 발사각도가 바뀌었다. 섬은 전방위로 실탄을 받았다.

일출 무렵에 폭격기들은 철수했다. 섬은 열기를 품어냈고 능선에서 먼지가 피어올랐다. 열기 속에서 먼지가 흔들렸고 해풍이 화약 냄새를 해안으로 실어왔다. 아침에, 사이렌이 울려서 비상경계가 해제되고 연안 유자망 어선들은 무인등대 사이를 지나서 출항했다.

폭격 훈련은 8년 6개월 동안 계속되었다. 안개 긴 밤이나 태풍이 올라오는 기간에는 폭격이 없었다. 크리스마스 때나

부활절에도 폭격은 없었다. 크리스마스 때 폭격기 편대들은 후미등을 밝혀서 십자가 대열을 이루며 섬 상공을 선회하고 돌아갔다. 폭격기들은 성탄절의 밤하늘에서 사랑의 하트를 그렸다.

해안마을의 소들이 대가리가 둘 달린 송아지를 낳았고 닭들의 털이 빠지고 산란율이 떨어졌다. 이혼과 노인의 자살이 늘었다. 봄 가을에도 통과조通過鳥들은 갯벌에 착륙하지 않았고 개들이 가출해서 돌아오지 않았다. 과수원 유실수 열매들이 가벼운 바람에도 떨어졌다. 물고기들이 연안으로 접근하지 않아서 어획은 줄고 출어경비가 늘어났다.

해망 청년회는 이 모든 변고가 폭격기들의 비행폭음과 폭격분진에 따른 것이라고 주장하면서 보상을 요구했다. 청년회는 주민들을 모아서 훈련장을 관리하는 미군부대로 몰려가 시위를 벌였다. 철조망 밖에서 사람들은 노래했다.

나의 살던 고향은
꽃 피는 산골
복숭아꽃 살구꽃
아기 진달래

―갓 댐 스팅키 애니멀!

흑인 초병은 씹던 껌을 뱉었다. 초병은 전화기를 들어서 대대본부에 상황을 보고했다.

―댐 잇! 페이 노 어텐션!

대대장은 초병에게 대응하지 말도록 지시했다.

군수와 도의원들이 주민들을 면담했다. 군수는 주민들의 요구를 미군과 중앙정부에 전달하겠다고 약속했다. 정부의 합동조사단이 결성되었다. 해양환경동태분석을 전공한 교수들, 환경음향학자, 동식물변이분석가, 식물종자학자, 그리고 미군극동사령부 민정관들이 조사단을 구성했다. 조사단은 주민을 인터뷰하고 시료를 채취하고 소음의 강도를 측정하고 소음이 발생할 때 나타나는 동식물들의 반응을 관찰했다. 조사는 6개월간 계속되었다. 조사단은 폭격훈련과 생태변이 사이의 인과관계를 증명하지 못했다. 폭격훈련이 시작된 이후 해안마을 환경과 생태에 비정상적이라고 할 수 있는 변화들이 산발적으로 발생한 것은 사실이나 폭격훈련이 그 직접적 원인이라고 단정할 만한 근거를 확보할 수 없었다고 조사단은 기자회견에서 말했다. 시간상의 선후관계가 인과관계의 근거가 될 수는 없으며, 산발적으로 발생한 여러 변화들 사이에도 상관관계를 설정하기가 어려웠다고 조사단은 말했다. 물고기가 연안으로 접근하지 않고 닭털이 빠지는 사태는 지구 온난화에 따른 변이일 수 있고, 유실수들의 수력樹力이 감퇴한 사태에는 일조량과 강우량의 영향이 작용하고 있으며, 인간의 자살률이 높아진 사태는 생태환경적 조사 이외에도 사회경제적 환경과 개인사적 조건 그리고 심리학적 분석이 병행되어야 하므로 판단을 유보한다고 조사단은 기자들에게 설명했다. 철새가 돌아오지 않고 개체수가 줄어든 사태는 비행 폭음과의 상관관계를 유추할 수 있으나, 철새가 보상의 대상이 되는 것인지는 조사단이 아니라 중앙정부가 결정할 일이라고 조사단은 말했다. 기자회견은 서울 인터콘티넨털 호텔 컨퍼런스홀에서 열렸다. 내외신 기자들과 환경전문잡지 기자들, 미 극동사령부 기관지 기자들 그리고 환경감시단체의 활동가들이 기자회견에 참가했다. 조사단장의 브리핑이 끝나고 질의답변 자리가 마련되었다. 〈파이스턴 데일리 리뷰〉지의 여기자가 물었다.

—환경변이가 폭격훈련과 무관하다는 결론인가?

조사단의 관계분석팀장이 답변했다.

—여러 가지 변이들에 보편적으로 적용될 수 있는 인과관계의 존재를 증명할 수 없었다.

한국매일신문의 문정수 기자가 물었다.

—증명되지 않으면 부재하는 것인가?

분석팀장이 답변했다.

―부재는 증명의 대상이 아니다. 증명되지 않기 때문에 부재하는 것은 아니고, 그 반대도 또한 아니다. 존재와 증명 사이에 상관관계나 인과관계가 있다는 전제도 증명되기 어려운 것이지만, 증명되지 않는 것들의 실체를 긍정할 수 없는 것이 과학의 고충이다. 이해를 바란다.

기자석 뒷자리에서 〈아시안 위클리〉 기자가 발언권도 없이 말했다.

―말이 어려워서 알아듣지 못하겠다. 그럼 조사는 왜 했나?

조사단장이 답변했다.

―쉬운 말은 아니다. 오늘 회견은 여기까지다.

보고서를 제출하는 것으로 조사단의 활동은 종료되었다. 보고서는 전국 대학도서관과 군사 관련 자료실에 배포되었고 영문 번역판은 UN과 EU 산하 연구기관에 발송되었다. 보고서 출간과 배포작업을 마치고 조사단은 해체했다.

조사단이 해체되던 날, 미 극동군사령관 데일리 모어 중장이 성명을 발표했다.

―폭격기들은 고도로 발달된 항법장치, 관측장치, 유도장치를 장착하고 있지만 목표물을 식별, 조준, 명중, 격파하는

최종적 인식능력은 조종사의 관능이다. 폭격기는 하나의 생명체라고 할 수 있다. 이 생명체와 조종사의 관능이 밀접히 교감함으로써 명중은 가능하다. 그러므로 표적과 기체에 대한 조종사의 감각과 관능을 건강하게 유지하기 위해서 폭격훈련은 불가피하다. 지상의 표적을 부단히 조준하고 격파해야 하는 군의 입장을 이해해주기 바란다.

폭격훈련은 계속되었다. 항공모함에서 발진 준비가 끝나면 연안 관리부대는 해망 군청과 경찰서에 1급 경계발령을 요청했다. 해안 초소들이 사이렌을 울렸다. 어선들은 포구에 묶였고, 마을은 소등했다.

해안마을 개척교회의 젊은 목사가 뱀섬에 인간띠를 만들어서 폭격을 저지하자고 주민들을 설득했다. 폭격이 임박한 저녁 썰물에 목사는 소형 어선에 마을 청년 30명을 태우고 갯고랑을 따라 뱀섬으로 향했다. 뱀섬 쪽에서 미리 대기하고 있던 해경의 고무보트가 다가와 목사 일행의 어선을 연행했다. 갯고랑은 외길이었다. 목사는 연안 어선 출입항관리법 위반 혐의로 기소되었고, 청년들은 준법각서를 제출하고 훈방되었다. 각서 작성을 거부한 세 명은 약식재판에 회부되었다. 주민들이 인분을 담은 소주병 수백 개를 미군부대 철조망 안으로 던졌다. 분뇨의 악취가 해풍에 번졌다. 마스크를 쓴 MP들이 달려나와

소독약을 뿌렸다. 인분병을 던지면서 청년들은 노래했다.

　　나의 살던 고향은
　　꽃 피는 산골
　　복숭아꽃 살구꽃
　　아기 진달래

　뱀섬의 공여기간은 10년이었지만, 미군은 8년 6개월 만에 폭격훈련을 끝내고 연안 관리부대를 철수했다. 정부간에 합의된 공여기간을 1년 6개월 단축시킨 것은 각성된 주민들의 승리라고 언론들은 보도했다. 군부대가 철수하던 날 주민들은 돼지를 잡고 꽹과리를 울리며 축제를 벌였다. 축제는 사흘 동안 계속되었다. 철수작전이 완료되던 날 데일리 모어 중장이 다시 성명을 발표했다.
　—연안 관리부대에 대한 주민들의 공격을 우리는 인내로 감당해왔다. 폭격훈련이 장기간 계속되는 지역에서 훈련장에 인접한 원주민들의 사랑과 지지를 획득하는 방안을 장기 연구 과제로 추진해나가겠다.

　무너져내린 뱀섬은 그루터기만으로 파도를 맞았다. 주저앉은 능선에서 먼지가 날렸다. 초목이 전멸해서 마른 바위가 햇빛을 튕겨냈고 바람이 화약 냄새를 해안으로 실어왔다. 파도가 없는 날에도 직벽바위들이 무너져서 물속으로 잠겼다. 섬뿌리가 흔들려서 새울음 소리에도 바위가 쏟아져내린다고 노인들은 말했다. 섬 주변에 화약독이 퍼졌다고 해서 주민들은 섬 쪽으로 다가가지 않았다. 무인등대 사이를 빠져나간 어선들은 섬을 멀리 우회해서 어장으로 나갔고 새들은 뱀섬에 내려앉지 않았다.

서울 동남경찰서 관할구역은 초겨울에는 생계형 범죄가 급증했고 초봄에는 우발적 성추행과 폭행사건, 오토바이를 동원한 날치기가 늘어났다. 입동이 지나면 차량통행이 드문 도로구간에서 가드레일이나 중앙분리대 난간, 공중전화 동전통이 뜯겨나갔다. 구청은 경찰서에 도난피해를 신고했다. 동남경찰서 순찰대가 피해구역을 야간순찰할 때 안전모에 형광조끼를 걸친 차림으로 가드레일 분리작업을 하는 사내들을 목격하고 지나쳤는데, 경찰은 시설공단 직원을 가장한 그 사내들을 용의자로 지목했다. 뜯어낸 가드레일 철판에는 관리공단의 마크가 찍혀 있었다. 용접으로 마크를 지우지 않으면 장물 처분은 쉽지가 않을 것이었다. 도범계 형사들이 용접소와 고철상을 뒤졌으나 장물유통망에 선을 대지 못했다. 우수가 지나면 8차선도로에 뿌렸던 제설용 염화칼슘이 봄바람에 먼지로 날렸다. 봄에는 폭행사건에 뚜렷한 원한관계를 설정하기가 어려웠다. 형사정책연구소는 서울 동남지역의 계절별 범죄경향을 분석한 연구보고서를 치안관서에 제출했다. 보고서는 이 지역의 사회환경적 특징을, 부도심을 이루는 밀집지역 안에서 8차선도로 양쪽으로 빈부의 격차가 극심하고 명품상가와 영세민 주거지역이 근접해 있는 점이라고 규정했다. 보고서는 초겨울에 공공안전시설물 손괴 및 절취가 급증하는 현상은 생계형 범죄자들의 월동준비이며 봄철에 성추행과 우발적 폭행이 늘어나는 까닭은 명품상가 여자들의 노출 시작과 관련이 있을 것이라고 추정했다. 오토바이를 탄 날치기범들은 인도 쪽으로 접근해서 질주하면서 앞가슴을 드러낸 여자들의 목걸이를 뜯거나 핸드백을 낚아채서 달아났다. 여자들의 봄옷은 얇고 주머니가 부실해서 겨우내 코트 주머니에 들어 있던 돈지갑이 봄이 오면 핸드백에 담기게 되므로 봄에는 오토바이 날치기가 늘어나는 것이라고 보고서는 분석했다. 서울 동남경찰서는, 길을 걸을 때는 차도 쪽으로 걷지 말고 건물 쪽으로 걸을 것, 횡단보도에서 신호대기 할 때는 핸드백을 어깨에 가로질러 멜 것, 장신구는 되도록이면 모조품을 이용할 것을 보행자들에게 당부하는 현수막을 명품상가 간선도로변에 걸었다. 봄바람에 현수막이 펄럭였고, 영세민 지역에서 날리는 연탄재 먼지가 8차선도로를 건너왔다. 염화칼슘의 산화가 끝나는 청명 무렵에는 자동차 보디가 염분에 부식되어 머플러를 교체하는 차들로 카센터는 바빴고 가로수의 유독성 꽃가루가 거리에 흩어졌다. 봄에, 나무와 도로와 자동차는 빠르게 풍화되었다. 황사가 몰려온 봄밤에 한강이 안개를 뿜어내면 앞차의 후미등이 멀어 보여서 강변도로에는 추돌사고가 급증했고, 늙은 비둘기들은 송전탑 꼭대기에서 숨을 헐떡이다가 추락했다.

　봄에, 서울 동남지역 대로변 가로수의 20퍼센트가 고사했다. 고사율은 예년 수준이었다. 고사한 가로수는 대부분이 작년에 묘포장에서 옮겨심은 1년차 나무들이었다. 죽은 1년차 나무들은 도심지역에 이식되기 전에 묘포장에서 4년 동안 적응훈련을 받았다. 뿌리와 가지를 반쯤 잘리고 물기 없는 땅에서 돌멩이가 많은 땅으로 옮겨가며 악지惡地 적응훈련을 받았다. 묘포장에서는 이 나무들을 훈련목이라고 불렀다. 훈련목들은 뿌리가 뽑힌 채 햇볕을 받으며 며칠씩 버려지며 지옥훈련을 받았다. 훈련을 견디고 살아남은 나무에는 '수료목'이라는 인식표가 걸렸다.

　수료목들은 봄에 도심에 이식되었고 1년차인 이듬해 봄에

반 정도가 죽었다. 수료목들은 매설물이 깔린 도심의 지하에 활착活着하지 못했다. 포장된 도로에서 빗물은 땅속으로 스미지 않고 노면수로 넘쳤다. 수료목들은 땅속으로 수직근을 내리지 못하고 지표 밑을 따라 수평으로 뿌리를 뻗어나가다가 보도블록 틈새로 실뿌리를 내밀어서 물기를 빨아들였다. 봄비가 내리고 눈 속에 섞인 염화칼슘이 녹아서 보도블록 틈새로 스미거나, 백화점과 명품상들이 봄맞이 단장을 하느라고 점포 앞 인도에 눌어붙은 껌을 긁어내고 합성세제를 풀어서 보도블록을 물청소하고 나면, 1년차 수료목들은 우듬지부터 말라 죽었고, 실뿌리들이 보도블록 틈새에서 바스러졌다. 까치들은 죽은 나무 꼭대기의 둥지를 버렸다. 조경업체 직원이 포클레인으로 죽은 나무를 뽑아내고 새 수료목을 보식補植했다. 조경업체 직원이 작업차 바스켓을 타고 나무 꼭대기로 올라가서 도로표지판을 가리는 나뭇가지들을 전기톱으로 잘라냈다. 전기톱이 건물 옥상을 지나는 고압전선의 방전전류를 빨아들였다. 톱날에서 스파크가 튀는 순간 조경업체 직원은 보도블록 위로 추락했다.

문정수는 아침 8시 30분에 서울 동남경찰서 형사실을 체크했다. 간밤의 당직사건은 기소중지자 검거 1건, 마약 1건, 폭행 4건, 변사 2건이었다. 검거된 기소중지자는 양계장 주인이 었다. 조류독감이 번져서 기르던 닭들을 살殺처분당하고 어음 이 부도났다. 부정수표단속법 위반으로 수배되어 숨어 지내다 가 술에 취해 명품점 쇼윈도에 방뇨했다. 가게 주인이 파출소 에 신고했고 양계장 주인은 신원이 드러났다.

마약사범으로 끌려온 이십대 청년은 아코디언을 연주하는 야간업소 출장악사였다. 밤 10시께 방석집 술자리에 불려가 서 연주했다. 취객들이 춤추며 노래했다. 삐끼한테 손님을 빼 앗긴 이웃 업소 주인이 소음공해를 신고했다. 필로폰에 취한 악사는 형사실 책상 위로 올라가 아코디언으로 〈엘레나가 된 순이〉의 한 소절을 연주했다. 담당형사가 따귀를 올려붙였다. 악사는 바닥으로 굴러떨어졌다. 수사과장은 악사를 일단 풀어 주고 밀착감시해서 마약 유통조직의 줄기를 당겨보라고 지시 했다. 아침에 풀려난 악사는 왜 풀려났는지를 몰랐고 어디를 다녀왔는지 기억하지 못했다.

폭행사건은 모두 고교생들이었다. 내기당구를 쳤는데, 진 쪽에서 돈을 내지 않자 네 명이 뒤엉켜 큐대를 들고 싸웠다. 한 명이 머리가 깨져 전치3주 진단이 나왔는데 누구한테 맞았 는지 식별할 수 없었다. 고교생들은 아침에 부모에게 인도되 었다. 머리가 깨진 고교생은 담당형사가 부모에게 전화를 걸자 울면서 애원했다.

　—아저씨, 그것만은 봐주세요. 아아, 제발……

　고교생은 두 손을 모아서 빌었고, 이마로 책상을 찧으며 울었다. 담당형사가 말했다.

　—야 인마, 내 맘대로 하는 게 아냐. 미성년자보호법대로 하는 거야.

　밤을 새운 당직 형사반장은 책상 위에 다리를 얹고 신문지로 얼굴을 덮고 있었다. 문정수가 다가가자 형사반장은 기지개를 켰다. 입가에 침이 흘러나왔다.

　—여긴 별거 없어. 조용해. 애들이 좀 싸웠어. 별거 아냐. 아주 고요해. 별거 아냐.

　형사반장이 하품을 하면서 말했다. 철야근무한 당직형사들은 아침에 형사실을 체크하는 기자들에게 늘 그렇게 말했다.

　……조용해. 절도, 폭행, 음주난동뿐이야. 늘 하던 지랄이야. ……아주 조용해…… 적막강산이지.

　철야근무를 마친 형사들에게 이 세상에 새로운 사건이나 귀 기울일 만한 음향이란 없는 듯싶었다. 살인, 방화, 총기강도의 용의자들을 뒤쫓다가 종적을 놓치고 빈손으로 돌아온 아침에도 형사들은 그렇게 말했다.

　……니기미, 쫓아가봤더니 조용하더군. 별거 아냐. 만날 터

지는 사건이지. 조용히 기다리면 연고선 안으로 들어오는 거야. 조용해야 해. 흔들지 마. 흔들면 안 돼.

아침에 형사들의 목소리는 하품과 기지개 속에 풀려 있었다.

형사반장이 서랍에서 피로회복제 드링크를 한 병 꺼내 문정수에게 내밀었다. 문정수는 형사반장 뒤쪽 소파에 앉아서 사건기록을 읽어나갔다.

변사 2건이 기록으로 정리되어 검사의 지휘를 대기하고 있었다. 가로수 꼭대기에 올라가서 전기톱으로 전지작업을 하던 조경업체 직원이 감전사했고 남동지역 외곽 주거형 비닐하우스 밀집지역에서 초등학교 5학년 아이가 기르던 잡종견에 물려 죽었다. 전날 초저녁에 접수된 변사사건은 발생보고서에 목격자 진술서와 보건소 의사의 사체검안서가 첨부되어 검찰지청으로 송부되기 직전이었다.

보건소 의사는 검안서에서 죽은 조경업체 직원의 직접 사인은 전류 충격에 의한 심장 파열이고 대퇴골 골절은 추락에 따른 결과이며 다른 외상은 없었고, 감전 이외의 사망 원인을 추정할 수 없다고 소견을 밝혔다.

죽은 초등학생의 시신에서는 개에게 물린 인후부와 경추부의 상처 이외에는 다른 외상이 발견되지 않았고 상처에서 과다한 출혈이 있었으므로 개에게 물려 쓰러지고 상당한 시간이 경과한 후에 절명한 것으로 보인다고 의사는 소견을 밝혔다. 의사는 죽은 아이의 목구멍 결후와 식도 초입의 인두, 그리고 목뼈인 제3경추와 제4경추를 부수고 들어간 개 이빨 자국을 그림으로 그려서 검안서에 첨부했다. 상처 부위로 보아서, 아이는 개의 1차 공격에 목덜미를 물려서 쓰러졌고, 물린 부위가 심하게 손상된 것으로 보아 개는 아이의 목을 물고 한동안 흔들었으며, 쓰러진 아이는 기어서 4,5미터쯤 이동한 후 2차 공격에 경추를 물린 것으로 보인다고 의사는 소견을 기술했다.

구내식당 종업원이 형사반장에게 라면을 배달해왔다. 형사반장이 젓가락을 들면서 말했다.

—야, 문기자. 그거 별거 아냐. 사건 안 돼. 나 좀 먹을게.

사건이 안 된다는 말은 범죄혐의를 설정할 수 없으므로 수사대상이 아니라는 말이었다. 문정수가 물었다.

—죽은 애는 식구가 없나?

—우리도 잘 몰라, 부모가 이혼했대. 학교 담임선생이 알 거야.

—현장은 치웠나?

—아냐. 보존했어. 검사 지휘 받아야지. 전경이 나가 있다구.

—개는?

―개? 갠 구속할 수가 없어. 법 적용이 안 돼.

―개 주인은?

―죽은 애가 개 주인이야. 그러니 아무 일 없는 거지. 조용한 거야.

―개를 죽였나?

형사반장이 형사실 입구 쪽에 있는 담당형사에게 소리쳤다.

―야, 김형사. 갠 어떻게 했어?

담당형사가 앉은자리에서 대답했다.

―초동 나간 파출소 직원이 가스총으로 재웠습니다. 지금쯤 깨어나서 묶여 있을 겁니다.

형사반장이 코트를 걸치면서 말했다.

―문기자, 개는 살아 있대. 갤 인터뷰할 건가. 난 좀 자러 가야겠어.

갈수기의 지방2급 하천이 악취를 풍겼다. 흐름이 끊어진 물이 웅덩이에 고여서 썩어갔다. 하천변 부지에 비닐하우스들이 들어서 있었다. 농업용 보온덮개를 씌운 지붕에 연탄난로의 연통이 꽂혀 있었고 비닐을 찢어서 창문을 냈다. 농업용이 아니라 주거용 비닐하우스였다. 비닐하우스 밖에는 프로판가스통이 놓여 있었고 개들이 묶여 있었다. 사행하천은 수량은 빈

약했지만 유역은 넓었다. 하천 부지는 시유지였다. 시청은 친수親水공간 확장정책을 내세우고 '물가에 살기' 사업을 전개하고 있었다. 시청은 하천변 시유지를 아파트 건축회사에 매각하고 건축허가를 내주었다. 건축회사가 하천 상류에 배수관문을 설치하고 유로流路를 직류直流로 바꾸는 고수高水공사를 부담하고 고수부지에 자전거도로와 근린공원을 조성해서 시청에 기부하는 조건으로 시청은 시유지를 공시지가보다 25퍼센트 싸게 넘겼다. 시청은 비닐하우스 거주 세대들에게 월평균 소득 추정액의 네 배를 이주지원비로 지급하고 강제철거를 계고했다. 업체가 고용한 용역회사 직원들이 비닐하우스 문짝마다 빨간색 스프레이를 뿌려서 '철거집행' '나가라 나가' 라고 써놓았다. 개에게 물려 죽은 소년의 비닐하우스는 하천 쪽 끝 동이었다. 폴리스라인이 쳐진 현장을 전경 두 명이 지키고 있었다. 사체는 하우스 안에 정부미 포대로 덮여 있었고 마취에서 깨어난 개는 문밖에 묶여 있었다. 개는 엎드려서 긴 혀를 내밀어 앞발을 핥았다. 개는 진돗개와 도사견이 섞인 잡종견이었고 체중은 27킬로그램이었다. 가축병원 수의사는 이 개가 목덜미 털이 낚싯바늘 무늬를 이룬 것으로 보아 맹견의 혈통을 유지하고 있으며, 오랫동안 묶여 있다가 낡은 목줄이 끊어지면서 풀려나는 순간 공격성의 발작이 일어난 것으로 보인다고 경찰에서 소견을 진술했다.

소년은 사체로 발견되기 이틀 전부터 등교하지 않았다. 담임교사가 한 동네 사는 학생을 앞세우고 소년의 집을 찾아갔다. 소년은 숨이 끊어진 채 쓰러져 있었고 주둥이에 피칠을 한 개가 사체 주변에서 어슬렁거렸다. 담임교사의 신고를 받고 출동한 파출소 순경이 가스총으로 개를 쓰러뜨려서 묶었다.

문정수가 현장에 도착하고 오래지 않아, 검사의 지휘를 받은 전경들이 소년의 사체를 들것에 실어 시립병원 영안실로 옮겼다. TV 카메라들이 몰려와서 비닐하우스 마을과 묶여 있는 개를 찍어댔다.

현장의 정황보다도 소년이 독거獨居상태로 고립된 경위와 가족해체의 배경을 취재하라고 차장은 지시했다. 소년의 학적부에는 부모의 인적사항이 기록되어 있었으나 부모는 3년 전에 어머니를 아이의 친권자로 정하면서 협의이혼했다. 도장塗裝보조원이었던 아버지는 이혼 후 무슨 죄목인지 알 수 없지만 구속 수감되었고, 어머니는 혼자 고향으로 내려가서 소년은 비닐하우스에서 치매 초기증세를 보이는 외할머니와 함께 살았는데, 최근에는 외할머니도 자주 집을 비웠다고 담임교사는 기자들에게 설명했다. 죽은 소년은 학교급식의 음식물 찌꺼기를 들통으로 퍼날라 개에게 먹였고, 가족을 그려오라는 미술

숙제를 내주었더니 개를 그려왔는데, 개에게 날개를 달아주고 개의 허리 부분에 크레파스로 색동옷을 입혔더라고 말하면서 여교사는 울먹였다.

여교사가 현장에서 기자들에게 설명하는 동안에, 개는 시뻘 건 아가리를 벌려서 하품을 했다. 혓끝에서 침이 흘렀고 혓바 닥 양쪽으로 송곳니가 치솟았다. 개장수가 픽업트럭을 몰고 왔다. 며칠 전에 소년의 외할머니에게 갯값을 지불했으며 오늘 개를 가져가기로 했다고 개장수는 말했다. 개장수는 갯값 영수증을 기자들에게 보여주었다. 개장수가 다가가자 개는 꼬리를 뒷다리 사이로 말아넣었다. 개장수는 능숙한 솜씨로 개를 철망 안으로 몰아넣고 트럭에 실었다.

강제철거가 임박한 빈민지역에서 버려진 아이가 기르던 개에게 물려 죽은 사건을 TV들은 시간대마다 톱뉴스로 보도했다. 개장수 트럭에 실려가는 개의 모습과 죽은 아이가 그린 색동옷을 입은 개의 그림이 화면에 비쳤다. 시유지 무단거주자와 철거지역 세입자 들에 대한 보상문제와 부모의 이혼으로 사실상 유기되는 극빈아동들의 실태를 TV는 보도했다. 아파트 건설회사 사장은 동정적인 여론의 확산으로 철거절차가 지연되는 사태를 막아야 한다고 상무에게 지시했다. 부지담당 상무가 현장에 나와서 철거지역 주민들의 동태를 살폈다. 부지담당 상무는 죽은 소년의 가족에게 위로금과 이주비 그리고 장례비용 일체를 지급하겠다는 내용의 보도자료를 기자들에게 돌렸고, 소년의 장례절차가 빨리 이루어질 수 있도록 도와달라고 주민들에게 당부했다. 철거구역을 담당하는 동남경찰서 정보과 형사는, 아직도 남아 있는 주민은 13세대 정도로 대부분이 노약자들이고 죽은 아이의 가족이 이 구역으로 이주해온 지가 얼마 되지 않아서 주민들과의 심정적 유대는 긴밀하지 않으며, 사고를 낸 개가 평소에 사납게 짖고 묶인 채로 날뛰어 주민들의 혐오의 대상이었다는 탐문보고서를 제출했다. 형사는 보고서 말미에, 현장 동태가 이러하므로, 외부 빈민세력의 연대를 차단하면 주민들의 집단저항은 없을 것으로 보이며, 죽은 아이의 장례식을 서두르는 것이 사태를 안정시키는 데 중요한 일이라는 소견을 첨부했다.

죽은 아이의 어머니는 현장에 나타나지 않았다. 마을 교회와 학교는 장례를 준비하고 친권자인 어머니가 나타나기를 대책없이 기다렸다. 담임교사는 어머니가 '고향에 갔다'는 말을 죽은 아이에게 들은 적이 있었으나, 그 고향이 어디인지는 알지 못했다.

문정수는 당직차장에게 현장 상황을 보고했다.

—개는 팔렸고 가족은 나타나지 않습니다. 집단저항은 없

어요.

　—야, 문정수. 현장은 됐어. 애 엄마를 찾아. 엄마를 만나서 빈민가족의 해체 배경과 아이가 고립된 과정을 취재해. 아주 자세해야 돼. 이럴 땐 정책을 까는 것보다 디테일을 챙기는 게 중요하다. 알잖아. 애 엄마를 찾아.

　—애 엄마가 어디 있는지 아는 사람이 없습니다.

　—야, 그러니까 찾으라는 거 아냐. 알면 왜 찾나?

　죽은 아이의 학적부 보호자란에 기록된 어머니의 이름은 '오금자'였고 나이는 45세였다. 그뿐이었다. 45세 오금자를 찾아가는 기나긴 하루가 시작되려는 참이었다. 오금자의 주거는 행정관청에 등록되어 있지 않았다. 죽은 아이의 아버지는 서울 남부교도소에 수감되어 있었다. 문정수는 교도소에 전화를 걸었다. 오금자는 수감된 전남편을 면회온 적이 없었고 면회신청인대장에 인적사항이 등재되어 있지 않았다. 교도소 보안과는 수감자의 전처의 행적과 주거이동에 관한 정보를 가지고 있지 않았다.

　문정수는 비닐하우스 안으로 들어갔다. 개 비린내가 끼쳤다. 하우스 내부는 합판 칸막이로 나뉘어 있었다. 위쪽은 시멘트 바닥에 전기장판이 깔렸고 아래쪽은 흙바닥이었다. 지난 달력 뒷면에 크레파스로 그린 개 그림이 여러 장 합판 칸막이에 붙어 있었다. 빨랫줄에도 개 그림이 집게에 물려서 걸려 있었다. 죽은 소년의 화폭 속에서 개는 색동옷을 입고 있었고, 천사의 날개를 달고 하늘을 날고 있었고, 앞발로 턱을 괴고 생각에 잠겨 있었고, 두 발로 서서 인라인스케이트를 타고 있었다. TV 카메라가 하우스 안으로 들어와서 빨랫줄에 걸린 개 그림을 찍었다. 들통이 쓰러져서 개밥으로 가져온 음식물 찌꺼기가 흙바닥에 흘렀다. 들통에도 개 그림이 그려져 있었고 까만색 크레파스로 '날개 밥통'이라고 씌어 있었다. 개 이름이 '날개'였다고 이웃 주민이 말했다.

전기장판 구석에 빈 라면상자가 놓여 있었고 그 안에 죽은 소년의 책과 공책이 담겨 있었다. 문정수는 궤짝을 뒤졌다. 바퀴벌레가 우글거렸고 부러진 크레파스 토막이 흩어져 있었다. 3학년 때 일기장이 남아 있었다. 2년 전 여름방학이 끝나고 과제물로 제출했던 일기장이었다. 담임교사의 확인 도장이 찍혀 있었다.

7월 29일 비

엄마하고 해망 외할머니 집에 갔다. 해망까지 버스로 두 시간 걸렸고 거기서 또 버스 타고 삼십 분 갔다. 외할머니 집은 바닷가였다. 물이 너무 가까워서 무서웠다. 밤중에 물

소리가 무서워서 나는 안방에서 할머니하고 자다가 건넌방으로 가서 엄마 옆에서 잤다. 물이 너무 가깝다.

8월 4일 흐림

외할머니는 몸이 아픈데도 아침에 교회에 갔다. 엄마가 외할머니하고 함께 갔다. 나도 따라갔다. 노을교회 사람은 기도할 때 손바닥으로 마루를 치며 운다. 왜 우는지 모르겠다.

8월 9일 맑음

오늘도 외할머니를 따라서 노을교회에 갔다. 뾰죽지붕 십자가 위에 까치가 집을 지었다. 까치 똥이 지붕에 쌓였다. 사람들이 올라가서 까치집을 허물었다. 까치들은 나무 위로 도망가서 자기 집을 쳐다보면서 꽥꽥거렸다. 노을교회는 노을길 끝에 있다.

8월 12일 흐림

엄마하고 외할머니하고 막 싸웠다. 외할머니가 아빠 욕을 했고 엄마도 따라서 아빠를 욕했는데 함께 욕하다가 싸웠다. 외할머니가 먼저 울었다. 엄마도 울었다. 엄마가 우니까 나는 슬펐다. 나는 밖으로 나갔다. 앞섬에 노을이 졌다. 노을진 섬을 그리고 싶었는데, 크레파스가 없어서 모래에 막대기로 그렸다. 해망에서는 노을 속에서도 그림자가 생긴다.

45세 오금자의 고향은 해망이었다. 죽은 소년의 일기가 해망의 해안선과 노을을 문정수의 눈앞에 펼쳐주었다. 문정수는 그 해안초소에서 소총수로 3년간 복무했다. 향토사단의 해안초소는 해망 해안선 남쪽에 진지를 틀었고, 사격장이 들어선 북쪽 뱀섬 일대는 미군의 경비구역이었다. 해안경비선은 400미터 간격으로 기관총 진지가 이어졌다. 밀물의 바다 위에 달무리가 내려앉으면 흔들리는 물결이 사람처럼 보여서 신병들은 겁에 질렸다. 거기가 문정수의 10년 전 복무지였다.

해망의 노을은 깊고 또 가까웠다. 해가 내려앉고 수평선 쪽 하늘이 붉어지기 시작하면 붉은 기운이 물 위에 가득 찼다. 해망의 노을은 하늘에 번졌고 대기중에 스며서 어두워지는 내륙의 산맥 너머로까지 펼쳐졌다. 해망의 노을은 바다와 마을에 가득 내려앉아 사람과 가축의 들숨에 실려서 몸속으로 빨려들었고 썰물의 갯고랑에서 퍼덕거렸다. 맑은 날 노을이 내릴 때 바다의 비린내는 가볍고 날카로워졌는데, 노인들은 먼 노을 쪽에서 간장 달이는 냄새가 난다고 말했다.

소총수들은 언제나 바다 쪽으로 돌아서 있었다. 저녁 해거름이면 초병들의 얼굴이 붉었고 기관총 총구 속에서 석양이 들끓었다. 마을에 걸린 빨래가 노을을 튕기며 펄럭였고 소금이 내려앉은 염전 바닥이 붉었고 숲으로 돌아오는 새들의 가슴이 붉었다.

노역에 끌려나온 죄수들이 염전 바닥의 소금을 밀었다. 법무부에서 노역장으로 쓰는 염전이었다. 소금은 눈처럼 내려쌓인 노을의 결정체였다. 카빈 총을 든 경찰이 염전의 네 귀퉁이를 지켰다. 죄수들은 육체의 동작을 아껴가며 천천히 소금을 밀었다. 해안초소에서 내려와보면 죄수들의 몸놀림은 지나간 시간의 지층 위를 기어가는 슬로 리뷰였다. 죄수들의 작업은 노동이 아니라 시간을 인내하는 자들의 종교의식처럼 보였다. 호송 나온 교도관들은 죄수들의 작업을 재촉하지 않았다. 노역의 수칙으로, 죄수들은 작업중에 묵언默言했다.

한낮의 해가 기울고 염전 바닥에 앙금이 엉기기 시작하면 마을의 염부鹽夫들은 '소금이 온다'고 말했다. 소금은 고요히 왔다. 소금은 노을 지는 시간의 앙금으로 염전에 내려앉았다. 소금 오는 바닥에는 폭양에 졸여지는 시간의 무늬가 얼룩져 있었고 짠물 위를 스치고 간 바람의 흔적이 남아 있었다. 공기가 말라서 바람이 가벼운 날에 바다의 새들은 높이 날았고 새들의 울음은 멀리 닿았다. 그런 날 햇볕은 염전 바닥에 깊이 스몄는데, 늙은 염부들은 '소금 오는 소리가 바스락거린다'고 말했다.

　죄수들의 노역은 50분 작업에 10분 휴식으로 이어졌다. 작업 끝과 휴식 끝에 교도관들은 호루라기를 불었다. 휴식의 호루라기가 울리면 죄수들은 소금 위에 주저앉아 바다 쪽을 바라보았다. 죄수들의 작업과 휴식은 구분되지 않았는데, 호루라기 소리가 그 모호한 경계에 금을 긋고 있었다. 날이 저물면 교도소로 돌아가는 호송버스 앞에 도열한 죄수들의 얼굴이 다시 노을에 붉었다. 버스는 해안으로 흘러내린 산맥의 끝자락을 돌아서 캄캄한 내륙으로 향했다.

　그 해안에서 제대를 3개월 앞둔 겨울에 대간첩작전이 벌어졌다. 해안초소의 경계태세는 이상이 없는 것으로 보고되어 있었다. 흔적선과 철조망에 이상이 발견되지 않았고 초병들은 특이사항을 보고하지 않았다. 4인조 무장간첩은 해안에서 10킬로미터 이상 떨어진 산속 700고지의 8부 능선에서 목격되었다. 4인조는 산속에서 마주친 늙은 심마니를 대검으로 찔러 살해하고 정상 쪽으로 도주했다. 뒤따르던 젊은 심마니가 현장을 목격하고 군부대에 신고했다. 젊은 심마니는 일당 네 명을 보았다고 진술했다.

향토사단은 고지 외곽을 포위하고 특전대가 정상 쪽으로 수색을 전개했다. 포위망이 조여들자 4인조 조장은 부하 두 명을 사살하고 자살했다. 총성이 울려서 사체들은 즉시 확인되었다. 쓰러진 부하들은 모두 앞으로 고꾸라져 있었다. 탄환은 정수리 위에서 아래로 직각으로 뚫고 들어와 턱밑으로 사출射出되었다. 죽은 부하들은 무릎을 꿇고 앉은 자세로 머리를 숙이고 뒤통수를 조장에게 대주었으며 조장은 일어선 자세에서 쏜 것이라고, 탄도를 분석한 대간첩본부 정보국장이 발표했다. 죽은 세 명은 자신들의 신분과 행적에 관련된 소지품을 남기지 않았다.

달아난 한 명을 사살하는 데 5일이 걸렸다. 날이 추웠고 쌓인 눈이 얼었다. 병사들은 기진맥진하였다. 해안초소에 경계병력이 늘어나서 산악수색병력은 새벽에도 교대하지 못했다.

문정수의 중대는 산 아래쪽 농경지 외곽 진지에 배치되었다. 방학중인 초등학교 분교에 중대본부를 설치하고 작전구역을 반복해서 수색했다. 공가의 마루 밑과 빈 창고, 폐선박, 우물, 하수도를 뒤졌고, 볏가리 속을 대검으로 찔렀다.

사단본부는 달아난 간첩에게 '쥐'라는 작전 암호명을 붙였다. 쥐를 생포해야 정보가치를 극대화할 수 있으므로 불가피한 경우가 아니면 사살하지 말고 쥐와 조우한 상황에서 생포의 가능성을 적극적으로 고려하라고 사단본부는 교전지침을 내렸다.

쥐는 추수가 끝난 논바닥을 파고 들어갔다. 비닐을 깔고 엎드려서 가마니로 위를 덮었다. 가마니 위에 눈이 쌓였다. 특전대 건십gunship이 저공비행하면서 지상을 정찰했으나 논바닥에 떨어진 눈 덮인 가마니를 주시하지는 못했다. 심리전 요원들이 방송으로 투항을 권유했다. 문정수의 소대는 그 논 가장자리에 매복해 있었다. 02시 무렵에 논바닥에서 들쳐지는 가마니를 신병이 목격했다. 쥐가 가마니 밖으로 머리를 내밀고 어둠 속을 노려보았다. 저기, 저쪽에, 가마니가…… 신병이 분대장에게 보고했다. 분대장이 적외선망원경을 들이댔다. 쥐는 구덩이 밖으로 나와서 어디론가 이동할 태세였다. 그 이동이 투항인지 도주인지는 쥐만이 알 것이었다. 분대는 사격했다. 쥐는 무릎을 꺾고 논바닥에 쓰러졌다. 분대는 다시 사격했다. 쥐는 쓰러진 몸을 뒤집어서 배를 하늘로 향하고 죽었다. 4인조 중 조장은 자살했고 두 명은 조장이 살처분했고 한 명은 아군이 사살했다.

무장간첩이 어느 해안초소 구역을 통과했는지, 통과한 시점이 언제인지는 밝혀지지 않았다. 사살된 간첩도 신원과 행적이 노출되는 유류품은 남기지 않았다. 쥐를 생포하라는 전투

지침이 내려왔을 때, 병사들 중에서 눈치 빠른 자들은 간첩이 생포되어 입을 열면 어떠한 운명이 들이닥칠지를 정확히 예견하고 있었다. 생포된 자를 심문하면 침투경로와 시간대별 이동상황이 드러날 것이고, 그가 통과해나간 모든 초소의 근무자와 초소장 그리고 그 지휘계통은 대대, 연대까지도 군 형법의 적용을 모면할 수 없을 것이었다. 적극적으로 생포하라는 전투지침을 전하는 중대장과 대대장 들도 생포된 자의 발길이 자신들의 경비구역을 밟았을 수도 있으리라는 것을 알고 있었다. 그가 어느 해안초소와 어느 후방초소를 통과했는지 알 수 없었으므로 그는 모든 초소를 통과한 셈이었다.

사살되기 직전의 쥐의 동작이 투항인지 도주인지 저항인지 알 수 없었으나 쥐는 결국 사살될 수밖에 없었던 것이라고 소총수 문정수는 이해했고, 초급 지휘관들도 그렇게 생각했다. 분대는 지향사격으로 일제히 발포했고 쥐는 네 발을 맞았다. 야간이었고, 표적이 멀어서 쥐가 이동하려는 의도를 판별할 수 없었으므로 자동연발식 지향사격이 불가피했다고 소대장은 보고했고, 사단본부는 분대의 대응을 승인했다.

사체는 저녁 무렵에 대대본부로 이송되었다. 사체는 들것에 실려 해안초소로 내려왔다. 소총수 문정수는 사체의 이송작업을 근접경비했다. 사체들은 해안대대 본부 막사 앞에 정렬되어 앰뷸런스를 기다렸다. 조여오는 포위망 속에서 죽음을 요구하는 조장의 권총 앞에 정수리를 대준 사체들과 언 논바닥을 파고 들어가서 닷새를 버틴 사체의 얼굴 표정은 죽어서 더욱 완강했다. 조장은 꿇어앉은 부하들의 정수리에 총구를 밀착시키고 격발한 것으로 감식장교는 보고했다. 뒤통수에 엉겨 붙은 뇌수에 근접사된 화약의 앙금이 스며 있었고 아래턱이 함몰된 사출구에 상악 치열이 드러나 있었다. 위생병이 시트를 내리고 사출구 안쪽 목구멍으로 포르말린 방부액을 분사했다. 턱이 떨어져나간 목구멍 안쪽은 붉고 어두웠다. 사체들은 그 목구멍으로 누구의 귀에도 들리지 않는 절규를 토해내고 있는 듯싶었다. 소총수 문정수는 그 적막에 귀가 멍멍했다. 사체들은 한 세상을 완강히도 거부하고 있었다. 말로 범접할 수 없고 손길로 지분덕거릴 수 없는 적막이었다. 쥐를 사살할 때 분대가 일제히 지향사격했으므로 탄도가 뒤엉켜 누가 쏜 총알이 어느 부위를 맞혔는지 밝힐 수 없었다. 해안대대 병사들은 그 뒤엉킨 탄도에 안도했고 죽은 자들의 침묵에 안도했다. 그들의 침투와 이동경로는 드러나지 않을 것이었다.

앰뷸런스 도착이 늦어져서 저녁해가 수평선에 걸린 무인도 너머로 기울었다. 해망의 노을이 대기에 가득 찼다. 사체들의 얼굴에 노을이 내렸다. 총알이 헤집고 나간 함몰부위 속으로 노을이 깊이 스몄고, 죽은 얼굴의 코와 이마가 어스름 속에서 뚜렷했다. 해가 더 기울자 노을은 산맥과 마을의 윤곽을 거두어서 어둠에 합쳐졌다.

문정수는 죽은 소년의 일기를 다시 읽었다. 하루의 노역을 마치고 돌아가던 죄수들의 얼굴과 사살된 간첩들의 총상에 내리던 해망의 노을이 문정수의 기억 속에 번졌다. 그 노을 속에서 45세 오금자를 찾아낼 수 있을까. 죽은 소년의 일기에 따르면, 어머니 45세 오금자의 고향은 해망읍에서 자동차로 30분쯤 걸리는 바닷가이며, 주거지가 해안선에 바싹 닿아 있는 마을이었다. 그리고 소년이 이 마을에 간 첫날은 밀물이 바싹 달려드는 보름사리 무렵이었고, 밀물은 해망뿐 아니라 서해안 전역에 밀려왔을 것이었다. 소년의 일기에 노을길, 노을교회 같은 명칭이 보이기는 하지만 '노을'은 교회나 도로의 이름으로 자연스럽지 못했고, 소년이 해망의 노을에 매혹되어 있었으므로 노을길 노을교회는 실제의 명칭이 아니라 몽상 속의 작명일 수도 있었다. 문정수의 기억 속에서 10년 전 현역병 시절의 해망 해안은 파도와 노을뿐인 무인지경이었고, 마을의 모습은 떠오르지 않았다. 이 빈약한 정보에 기대서 45세 오금자를 찾아 해망의 해안선을 뒤지러 나서야 할 것인지를 데스크에 묻고 재가를 요청한다는 것은, 결과에 대한 책임을 윗선으로 떠넘기려는 수작으로 오해받을 수 있고 또 그런 비루함이 실제로 작동되고 있을 테지만, 보고하지 않고 해망으로 떠날 수는 없었다. 차장은 대답했다.

— 야, 문정수. 니가 찾는 거지 내가 찾는 게 아니잖아.

노을교회는 노을길이 끝나는 언덕 위에 있었다. 첫날, 문정수는 해안선을 끼고 있는 4개 면에서 오금자의 주민등록을 추적했다. 오금자의 주거는 등록되어 있지 않았다. 면사무소 텔레비전이 철거예정지구에서 영세민 소년이 기르던 개에 물려 죽은 뉴스를 방영하고 있었다. 죽은 소년이 남긴 개 그림이 화면에 비쳤다. 뉴스는 시간마다 되풀이되었다. 아동복지 전문가, 결손가정 도우미 등이 나와서 불우아동에 대한 사회의 관심을 호소했고, 아들의 죽음의 현장에 나타나지 않는 어머니의 비정을 개탄했다.

둘쨋날, 문정수는 해망 읍내 개신교 교단 지부에서 노을교회를 확인했다. 해망군청은 노을 좋은 마을에 관광객을 끌어모으려고 군 남쪽의 바닷가 우마차도를 노을길이라고 이름붙였는데, 그 길 끝에 들어선 개척교회가 등록된 명칭은 충만교회지만 신도들은 노을교회라고 부르기도 한다고 교단 총무는 설명해주었다.

문정수는 폭격훈련장에서 해안도로를 따라 남쪽으로 차를 몰았다. 공여기간이 끝난 훈련장 일대 해안에는 간척사업이 진행되고 있었다. 뱀섬을 징검다리로 삼는 물막이 방조제가 포구 앞 바다를 가로막았고 갯벌 가장자리에서부터 내륙화가 시작되어 민들레와 쑥부쟁이가 뿌리를 박고 서식지를 넓혀갔다. 마른 갯벌에 소금기가 엉겼고 소금먼지가 마을로 밀려왔다. 방조제 끝 수문으로 드나드는 바닷물이 갯고랑으로 흘러들어서 마을과 바다 사이에 수로를 연결하고 있었다. 해안의 구조가 바뀌어서 10년 전의 해안초소와 법무부의 염전 노역장은 눈에 띄지 않았다.

노을교회는 물막이 방조제가 끝나고 다시 해안선이 시작되는 언덕 위에 있었다. 문정수가 도착했을 때, 도시에서 온 사진가 몇몇이 교회 마당에서 노을 지는 바다를 찍고 있었다. 수평선과 무인도와 먼 잔산의 구도 위에 내린 노을은 찍을 수 있었으나, 대기에 가득 차서 콧구멍 속으로 빨려드는 노을과 소금먼지에 실려서 흘러가는 노을의 미립자들이 찍히지 않아서 사진가들은 피사체를 조준하지 못한 채 필름을 허비했다.

문정수는 교회 신도회장으로부터 오금자의 신변에 관해 몇 건의 정보를 입수할 수 있었다. 오금자는 교회 신자는 아니지만 늙은 노모를 부축해서 가끔씩 교회에 왔는데, 최근 한 달 동안에는 나타나지 않았다고 신도회장은 말했다. 신도회 사무실은 교회 마당 한구석에 들어선 컨테이너박스였다. 사무실 텔레비전에서도 개에게 물려 죽은 소년의 뉴스를 방영했는데, 신도 회장은 오금자가 그 소년의 어머니라는 사실은 알지 못했다. 오금자는 읍내 버스터미널 옆 선짓국집에서 일하면서 서울을 왕래했으니까, 아마 서울에 가 있을지도 모른다고 신도회장은 말했다.

—그 선짓국집 이름을 아십니까?

—충만식당이요. 성령충만이란 말이지. 주인이 우리 교회 신도요.

버스터미널 옆 충만식당은 쉽게 찾을 수 있었다. 식탁 다섯 개가 놓인 간이식당이었다. 주방 쪽 벽에 파리끈끈이가 늘어져 있었다. 터미널에 버스가 드나들 때마다 배기가스가 식당 안으로 밀려왔다. 버스 정비공 두 명이 저녁밥을 먹고 있었다. 소뼈 고는 냄새에 시장기가 돌았다. 문정수는 설렁탕을 주문하고 주인 노파에게 오금자의 행방을 물었다. 노파가 국밥을 말면서 말했다.

—나도 몰라. 그저께 저녁때 손님 상에 밥을 나르다가 저 테레비를 보더니 팩 쓰러졌어. 끓는 뚝배기가 엎어져서 손님

이 데었어. 금자는 비실비실 일어나더니 밖으로 뛰쳐나갔어. 미친년처럼 눈알이 허옇게 뒤집혔더군. 손님은 허벅지가 벌겋게 벗겨져서 치료비 물어내라고 난리야. 그년을 찾아야 해.

— 어디, 갈 만한 데를 아십니까?

— 몰라, 본래 갈 데가 없는 년이야. 멀리는 못 갔을 테고 읍내 어디엔가 있을 거야. 그년을 찾아야 해.

— 그 사람이 왜 갑자기 쓰러졌나요?

— 그걸 모르겠어. 그때 테레비를 보니까 서울 어디서 아이가 개한테 물려 죽었다던데……

주인 노파가 상을 차려왔다. 설렁탕은 밍밍했다. 국물을 한 모금 넘기자 인공조미료의 노린내가 목구멍을 치받고 올라왔다.

오금자는 제 자식이 기르던 개한테 물려 죽은 꼴을 보는 순간 어디론가 숨어버린 것이었다. 더이상 추적할 수 없겠구나, 냅두자, 더이상 건드리지 말자, 오금자를 자식과 개에게 옭아매지 말자, 더이상 해망 읍내를 뒤지지 말고 이쯤에서 돌아서야겠구나…… 트림으로 설렁탕 노린내를 뱉어내면서, 문정수는 여기서 취재를 끝내야겠다고 생각했다. 10년 전, 해안초소 마당에 도열한 사체들과 염전 노역에 몰려나온 죄수들의 환영이 설렁탕 국물 위에 어른거렸다. 오금자를 찾아서 해망의 노을 속을 헤집고 다니다가는 그 얼굴들과 마주칠지도 모른다는 몽매한 두려움이 오금자 찾기를 단념하라고 문정수를 몰아댔다.

식당 유리창 밖으로 날이 저물고 있었다. 노을이 사위는 산맥 위로 어둠이 번졌고, 모르는 마을의 이름을 써붙인 시외버스들이 터미널을 빠져나가 어두운 지방도로의 끝 쪽으로 사라졌다. 해망의 여관방에서 하룻밤을 더 묵는 일을 문정수는 견딜 수 없었다. 식당 노파가 말했다.

— 그년을 찾으러 다니시오? 찾으면 내게도 연락 좀 해주시오.

저녁 7시, 지방판 마감이 지나 있었다. 문정수는 사회부 당직차장에게 전화를 걸었다.

— 오금자는 애 죽은 꼴을 보자 잠적했습니다.

— 안 잡히나?

— 연고선을 싹 뒤졌는데, 안 잡힙니다.

— 오늘 아침에 죽은 애 학교에서 장사를 치렀는데, 가족은 아무도 나타나지 않았어. 에미가 나타나야 얘기가 될 텐데.

— 의도적으로 숨은 겁니다. 인연을 잘라버린 거지요.

— 니미럴. 야, 알았어. 허탕은 병가의 상사다. 거기서 자지 말고 올라와.

해망 출장은 허탕으로 끝났다. 차를 몰아 해망을 떠나면서, 문정수는 오금자를 단념한 사실에 안도했다. 서해안고속도로에는 해무海霧가 짙었고 자동차들이 밀렸다. 뒤차의 전조등 불빛이 안개에 풀렸다. 딱정벌레 같은 불빛들이 어둠 속에서 배어나와 백미러를 흘러나갔다. 차창에 습기가 스멀거렸다. 또 무좀이 성을 내려는지 발가락 사이가 화끈거렸다. 문정수는 갓길에 차를 세우고 양말을 벗었다. 문정수는 출장가방에서 스프레이 무좀약을 꺼내 발가락 사이에 뿌렸다. 밤 10시 라디오 뉴스가 개에게 물려 죽은 소년의 장례식 풍경을 짤막하게 전했다. 급우들이 오열했고, 목사가 죽은 소년의 꿈을 하늘로 인도했으며, 가족들이 아무도 나타나지 않아서 지역 교회에 접수된 각계의 부의금은 법원에 공탁되었다고 아나운서는 말했다.

밤 10시에 서울요금소를 지나면서 문정수는 노목희에게 전화를 걸었다.

……아직 안 자? 일해?

……나 가도 돼?

……오라고 좀 해봐.

라고 문정수는 말할 참이었다.

노목희의 전화는 꺼져 있었다.

타이웨이 교수의 역사기행서 『시간 너머로』는 발간 2주 만에 인문서적 분야의 베스트셀러로 떠올랐다. 그후에도 판매량은 완만하고도 지속적인 증가세를 보였다. 인문학의 대중화를 지향했던 사장의 사업은 『시간 너머로』에서 한 절정을 이루었다. 인문학의 대중화는 힘겹고 또 느리게 밀고갈 수밖에 없을 터이지만, 인문화된 대중의 힘이 거꾸로 출판의 갈 길을 이끌어줄 것이라고 말할 때 사장의 눈은 자부심으로 빛났다. 대중화란 집단화가 아니라 개인화라고 사장은 늘 말했다. 사장은 신문에 책 광고를 내지는 않았지만, 광고비보다 더 많은 돈을 상금으로 내걸고 독자들의 독후감을 공모했다. 응모작은 300편이 넘었다. 노목희는 응모작들을 읽고 수상 후보작을 골라서 심사위원들에게 보냈다. 발해만에서 시작하는 타이웨이 교수의 여정은 홍안령興安嶺을 넘고 파미르 고원을 지나서 중국대륙 전체와 몽골, 곤륜에까지 이르렀고 은殷의 폐허에서부터 명말청초明末淸初의 금석문에 이르기까지 수천 년의 시간을 건너가고 또 건너왔다. 타이웨이 교수의 글은 과거의 시간 속을 파헤친 결과로 살아 있는 인간에 대한 이해에 접근했다. 그의 글에서는 과거의 시간이 살아서 이쪽으로 건너왔고 지식은 논리라기보다는 인간의 생명현상처럼 보였다. 그는 변하는 것들과 변하지 않는 것들 사이에 우열의 관계를 설정하지 않았다. 그의 글 속에서는 변하지 않는 것들이 강고한 화석으로 존재하는 것이 아니라, 변하는 것들 위에 실려서 함께 흔들렸다. 변하지 않는 것들은 변하는 것들 위에서 존재의 방식을 운영하고 있었다. 그의 글 속에서는, 은의 갑골문에서 기록으로만 남아 있는 피리 소리가 수천 년을 건너와서 현재에도 유효한 선율로 흔들리고 있었다.

피리의 음색과 그 선율의 진동은 아득히 먼 것들을 가까이 불러들이고 폐허 속에서 소멸된 것들을 흔들어 깨워서 지금 살아 있는 인간의 영혼 앞으로 바싹 끌어당겨놓는 것인데, 아마도 이 부름과 응답을 가능케 하는 것은 피리의 빈 관 속을 흘러나가는 살아 있는 인간의 날숨과 그 날숨을 분할해서 재편성하는 피리 구멍과 구멍 사이의 거리일 것이라고 그는 썼다. 그래서 폐허의 문서에 기록된 피리의 선율은 현재에 닿는 것이며 현재의 피리로 폐허의 피리를 흔들어 깨울 수 있을 것이라고 그는 썼다. 변하지 않는 것은 피리의 빈 관 속을 흘러가는 인간의 날숨과 피리 구멍을 열고 또 막는 인간의 손가락 동작일 터인데, 이 생명현상 또한 육신의 귀에는 들리지 않는 선율에 실려서 흔들리면서 흘러가는 것이라고 그는 은의 폐허에서 썼다.

그의 글 속에서는, 무기를 든 인간과 악기를 든 인간, 꿈꾸는 인간과 싸우는 인간, 세우는 인간과 부수는 인간, 쫓기는 인간과 짓밟히는 인간이 모두 저 자신의 자리에서 정당했다. 그것들은 모두 필연적인 존재로서의 정당성을 확보하고 있었다. 그의 글 속에서 '인생'이라는 단어는 그 유한한 종말이나 생애의 신산辛酸을 의미하기보다는 인간의 삶 앞으로 다가오는 시간의 운명적인 새로움을 의미하는 말로 쓰이고 있었는데, 그가 과학 지식의 객관의 틀을 훼손하지 않으면서 그 객관을 인생의 시선으로 바라보고 해석하는 대목에 많은 독자들이 공감하고 있었다. 독후감 공모에서 대학생 두 명과 직장인 세명이 상을 받았다. 상을 받은 대학생들은 모두 이공계이고 직장인들은 증권회사와 광고대행사 직원이라는 사실을 신문들은 소망스런 이변으로 보도했다.

타이웨이 교수는 한반도의 자연과 역사를 소재로 한국판 『시간 너머로』를 집필해달라는 노목희의 제안을 시간이 없고 북한지역의 답사가 불가능하다는 이유로 거절했으나 한국 방문 초청강연은 수락했다. 타이웨이 교수의 답신은 10월 초에 왔다.

인간이 그가 처한 시대를 받아들이고, 거기에 쓸리고 또 넘어서면서 역사를 형성하는 한 모습을 『삼국유사』를 텍스트로 설명하는 것이 그가 설정한 강연 주제였고, 거기에 따른 강연 제목은 '『삼국유사』에서 읽는 일연一然의 마음'이었다.

이번 한국 강연은 학술적 행사라기보다는 『삼국유사』의 저자인 일연의 마음에 강연자의 마음을 포개는 사적인 감정이입의 이벤트로 이해해달라고 타이웨이 교수는 답신의 말미에 밝혔다. 타이웨이 교수는 영어로 강연하겠다며 한국어 통역을 출판사에 일임했고, 사장은 노목희에게 통역을 맡겼다. 타이웨이 교수는 강연의 영문 초록을 미리 보내왔다. 타이웨이 교수의 한국 체류일정은 열흘이고 강연회는 서울 경주 부여를 순회하며 한 도시에서 한 번씩 열기로 결정되었다.

타이웨이 교수는 동행인 없이 혼자서 왔다. 노목희는 공항에서 그를 맞았다. 공항 기자실에서 30분 정도의 회견을 갖자는 보도진의 요청을 타이웨이 교수는 미리 정해진 일정이 아니라는 이유로 거절했다. 거절할 때, 그는 전혀 망설이거나 주저하지 않았다. 그의 태도는 가볍고도 선명했다.

그의 짐은 핸드캐리로 들고 나온 작은 여행가방 하나가 전부였다. 책은 한 권도 지니지 않은 모양이었다. 헐렁한 트렌치코트는 솔기가 닳아 있었고 바지는 폭이 넓어서 신발이 보이지 않았다.

머리는 반백이었는데, 흰 터럭과 검은 터럭에 모두 윤기가 돌아서 그의 머리는 흑과 백의 발광체처럼 보였다. 그는 눈을 가늘게 뜨고 멀리 보면서 혼자서 조용히 웃는 표정을 자주 지었다. 입국 대합실에서 노목희는 만날 사람의 이름을 쓴 팻말을 들었고 사장은 '시간 너머로'라고 중국어로 쓴 팻말을 들고 있었다. 타이웨이 교수가 팻말을 보고 다가왔다.

—제가 노목희입니다. 그리고 이쪽 분은 저의 사장님이십니다.

타이웨이 교수는 사장과 악수했다. 그에게서는 오랫동안 담배를 피운 사람의 체취와 비슷한, 몸속 깊은 곳에서 스며나오는 냄새가 풍겼다. 시간이 사람의 몸속에서 절여지면 이런 냄새가 날 것이라고 노목희는 생각했다. 그의 체격과 골상은 동양인이었지만, 그는 어느 대륙이나 어느 나라 사람 같지는 않았고, 그의 나라는 몸에 깊이 절여진 그의 체취 속으로 펼쳐져 있는 것처럼 노목희는 느꼈다. 타이웨이 교수가 노목희에게 손을 내밀면서 말했다.

—당신의 이름이, 짐승들을 먹이고 거두는 목희牧姬라서 평화로움을 느꼈습니다.

그의 영어는 음절을 흘리지 않고 정확히 발음해내는 영국식이었다.

　―글자란 참 고맙군요……

　뒤에, '선생님'을 붙이려다가 이럴 때의 '선생님'이 'sir'도
아니고 'professor'도 아닌 것 같아서 노목희는 말을 더듬었다.

　사장이 운전을 하고 노목희와 타이웨이 교수가 뒷자리에 앉
았다. 자동차는 공항 구내를 빠져나와 도심의 호텔로 향했다.
타이웨이 교수의 몸에서 나는 냄새는 빵이 익어가는 냄새 같
기도 했고 봄볕을 받은 붉은 흙의 냄새 같기도 했다. 타이웨이
교수는 한문으로 쓰인 한국 고전을 많이 읽기는 했으나 한국
여행은 처음이었다. 자동차 안에서 그는 눈을 가늘게 뜨고 한
국의 가을하늘을 오랫동안 바라보았다. 호텔 커피숍에서 노목
희는 타이웨이 교수에게 한국에서의 일정을 다시 설명해주었
고, 그의 요청에 따라 강연의 영문 초록을 수정했다.

　경주 강연회는 오후 5시로 잡혀 있었다. 타이웨이 교수는
강연 전에 황룡사 터를 먼저 보여달라고 요청했다. 옛 절터는
폐허라기보다는 폐허의 잔해마저 사라져버린 들판이었다. 그
들판이 아스팔트 덮인 차도에 인접해 있었다. 옛 법당과 목탑
의 주춧돌이 들판에 깔려 있었다. 돌 위에 가을햇빛이 반짝였
고 시든 풀숲에서 송장메뚜기들이 뛰었다. 들판에는 돌과 햇

빛과 메뚜기뿐이었다. 『삼국유사』에 따르면 거기가 인도 아소카 왕阿育王이 보낸 소망의 배가 16개의 큰 나라와 500개의 중간 크기 나라와 1만 개의 작은 나라와 8만 개의 마을을 헛되이 떠돌고 헤맨 끝에 당도한 인연의 땅이며 가섭불迦葉佛이 앉았던 득도의 바위가 그대로 남아 있는 불국토였다. 6세기 말에 완성된 사찰은 몽고 침략군이 남쪽까지 내려왔던 1238년에 병화兵火로 소실되었다고 『삼국유사』는 기록하고 있는데, 그때 폐허가 되어버린 들판에 다시 800년이 흘러서 타이웨이 교수가 그 주춧돌을 들여다보고 있었다. 구름이 흘러갈 때마다 구름 그림자가 들판을 스치고 지나갔다. 타이웨이 교수는 구름 그림자에 잠기는 들판의 돌들과 풀숲에서 뛰는 메뚜기를 사진 찍었다.

강연회는 황룡사의 폐허가 내려다보이는 문화회관 강당에서 열렸다. 청중은 200명 정도였는데, 인근 지방대학 학생들, 제철공단 직원들이었고, 정년퇴직한 초로의 사내들도 있었다. 대부분이 한국어판 『시간 너머로』의 독자들이었다. 타이웨이 교수는 넥타이 없이 줄무늬 와이셔츠 차림으로 연단에 올랐다. 그의 셔츠는 너무 커서 외투처럼 보였다. 헐렁한 소매가 둘둘 말려서 팔꿈치 아래 뭉쳐 있었다.

타이웨이 교수의 셔츠 소매를 보는 순간 노목희는 고향인 경남 창야의 학교 선배 장철수의 셔츠 소매를 떠올렸다. 타이웨이의 소매 속에서 장철수의 소매가 돌출했다. 장철수의 셔츠 소매도 타이웨이의 셔츠와 같은 표정을 지니고 있었다. 기억은 고압전류가 되어 몸속을 찔렀다.

　창야는 경주에서 가까워서 변두리가 맞닿아 있었다. 장철수가 풀려난 날 노학연대 소속 수배자 다섯 명이 원격된 은신처에서 동시다발로 붙잡혔고, 장철수는 경찰에서 풀려난 직후 창야에서 잠적했다. 고향의 저수지에서 저녁의 빛들은 신생과 소멸을 잇대어가며 어두워졌고, 수면 위로 뛰어오르는 작은 물고기들의 비늘 위에서 스러지는 빛들은 명멸했다. 지난 여름 홍수에 그 저수지 뚝방이 터졌고 마을은 쓸려내려갔다. 그후, 창야에서 올라오는 풍편에도 장철수의 소식은 들리지 않았다. 저수지 마을과 그 위에 눌어붙어 있던 것들은 모두 홍수에 쓸려서 떠내려갔고, 들판만이 남아서 메뚜기 뛰는 푸새밭으로 변해버렸을 것이었다.

　고향의 저수지 뚝방이 홍수로 무너지던 새벽에, 대도시의 홍수 속에서 야근을 마치고 아파트로 찾아온 문정수의 몸에서는 구정물 비린내가 났고, 젖은 머리를 노목희의 가슴에 묻고 조바심치던 그의 몸은 힘없이 무너졌었다. 타이웨이 교수의 셔츠 소매는 복병의 기습처럼 기억의 저 너머를 찌르면서 버린 것들의 이름을 불러왔다.

사장이 사회자로서 타이웨이 교수를 소개했다. 청중이 박수를 보냈다. 통역자 노목희는 타이웨이 교수 옆자리에 앉아서 그의 소매에서 시선을 거두고 냉수를 마셨다. 강연장 유리창 밖으로, 황룡사 터는 어두워져서, 주춧돌도 구름 그림자도 보이지 않았고 그 들판 위 하늘에 초저녁의 흐린 별들이 돋아났다.

타이웨이 교수는 황룡사를 만든 사람들의 마음에 관하여 말했다. 그의 말은 길지 않았고 그의 영어는 개념어를 피해가고 있었다. 노목희는 한국어로 통역했다.

—황룡사는 현세의 시간과 공간 위에 유토피아를 건설하려는 인간 염원의 소산입니다. 저는 이 염원이 아주 진지하고 집중된 놀이와 같은 것이라고 생각합니다. 황룡사를 짓던 시절에 신라는 인접 국가들과 잔혹한 살육전쟁을 벌여서, 피가 흘러서 개울을 이루었고 방패가 피에 떠내려갈 지경이었습니다.

타이웨이 교수는 『삼국유사』의 저자 일연의 생애를 설명했다.

—일연은 황룡사로부터 수백 년 후에 세상에 왔습니다. 그의 생애는 고려가 몽고의 침략을 받던 50여 년의 세월과 완전

히 일치합니다. 그는 몽고의 병란에 쫓기며 전국 산천을 유랑했고, 불타버린 황룡사의 잿더미와 무너진 세상 전체를 육안으로 목격했고, 그 야만의 시간과 공간으로부터 한 발짝도 비켜설 수가 없었습니다. 그는 일흔 살이 넘은 노구를 이끌고 그 무너져버린 세상의 역사를 쓰기 위하여 인각사로 들어갔습니다. 인각사로 들어가는 이 늙은 지식인의 뒷모습을 저는 눈물이 없이는 상상할 수 없습니다. 『삼국유사』는 거기서 쓰인 책입니다.

타이웨이 교수는 인각사 무무당無無堂에서 서안 앞에 앉아 벼루에 먹을 가는 일연의 마음과 그 마음을 들여다보는 자신의 생각을 말했다.

—일연은 무너진 황룡사의 잿더미와 그 참상에 관해서는 한 줄도 쓰지 않았습니다. 아마도, 일연에게 그 잿더미는 기록할 만한 가치에 미달했던 모양입니다. 일연은 오히려, 애초에 황룡사를 지은 사람들의 마음속에 살아 있었던 유토피아의 원형에 관하여 썼습니다. 부서질 수 없고 불에 탈 수 없는 것들에 관하여 그는 썼습니다. 이것이 당대의 야만에 맞서는 그의 싸움이었습니다. 저는 『삼국유사』에 수록된 많은 노래와 이야기 들은 그가 한 생애에 걸친 유랑의 길 위에서 채집한 것들이라고 생각합니다. 그 노래와 이야기 들은 모두 잿더미를 말하

는 것이 아니라, 원형을 노래하고 있습니다. 그의 생애는 야만과 살육의 시대에 쓸리며 소진되었지만, 원리와 현상이 다르지 않다고 믿었던 점에서, 그는 행복한 인간이었습니다.

통역을 하면서 노목희는 자기 자신의 말을 하고 있는 것 같은 착각에 빠져 있었다. 타이웨이 교수의 말이 귓구멍으로 흘러들어와 노목희의 말로 흘러나가는 것 같았다. 강연이 끝나자 청중은 한국어판 『시간 너머로』에 타이웨이 교수의 사인을 받았다. 사인을 할 때 타이웨이 교수는 흘러내리는 셔츠 소매를 말아올렸다. 경주는 창야에서 아주 가까운 곳이었다.

서울 서남소방서 인명구조특공조장 소방위 박옥출이 캐피털백화점 화재현장에서 귀금속을 빼돌렸다는 사실은 알려지지 않았으므로 사실로 성립될 수 없었다. 그것은 사실이었지만, 사실임에도 불구하고 풍문이나 낌새나 냄새만한 대접도 받지 못했다. 화재가 진압된 후에 불타고 남은 현장 건물이 철거되었으므로 사실은 증거와 함께 소멸되었다. 문정수가 그 낌새를 알았으나, 문정수는 그 낌새를 사실로 몰아갈 수 없었다. 그리고 그 낌새는 낌새에 불과했으나, 문정수와 박옥출 사이에서는 사실로 작용했다. 그 작용은 드러나는 흔적이 거의 없었다.

서울 서남소방서는 02시 05분에 캐피털백화점 화재현장에 출동했다. 최초의 신고자는 "두 군데서 불꽃이 치솟고 있다"고 진술했다. 발화점이 두 군데라면, 일상적인 화재는 아니라는 것을 출동대원들은 모두 알고 있었다.

지휘차 뒤로 고압펌프차 3대, 사다리차 2대, 앰뷸런스 1대가 따랐다. 심야의 8차선 도로에는 교통체증이 없었다. 서남소방서 선착대는 02시 10분에 현장에 도착했다. 02시 14분에 공격거점을 확보했고, 02시 19분에 고가사다리를 7층으로 전개했다. 사다리는 기립각 69도를 이루었다. 인명구조특공조와 파괴수 들이 고가사다리를 타고 7층 옥내로 진입했고 관창수들은 수관을 연결해가며 중앙계단을 따라 진공했다.

캐피털백화점 화재발생신고는 02시 01분에 119상황실에 전화로 접수되었다. 백화점 당직 경비원이 야간에 옥내를 순찰하다가 7층에서 연기와 화염을 발견하고 신고했다. 경비원은 "7층에 연기가 자욱하고 두 군데서 불꽃이 치솟고 있다"고 말했다. 비상경보장치와 스프링클러는 작동되지 않았다. 신고한 경비원이 최초의 목격자였다. 경비원은 소방대가 도착하기 전에 포말식 소화기를 들고 7층의 암흑 속으로 들어갔다가 연기에 쓰러져서 죽었다. 경비원의 사체는 아침에 잔화殘火 정리가 끝난 뒤에 7층에서 발견되었는데, 심하게 불에 타서 유전자 감식으로 신원이 확인되었다.

"두 군데서 불꽃이 치솟고 있다"는 경비원의 신고 내용에 따라서 서울 서남경찰서는 방화 쪽에 무게를 두는 화인 수사를 기획했었다. 백화점 사장은 7층에 입점한 임대점포 25개소의 월세와 보증금을 올려놓고 세입자와 분규가 확대되는 동안 다른 세입자와 임대계약을 체결했다. 백화점측은 7층 임대점포로부터 월세 이외에도 매출액의 2할과 권리금의 1할을 예금禮金 조로 걷어갔고, 매출이 부진한 점포를 퇴출시켰다. 집단소송과 폭행사건이 발생했다. 세입자협의회는 연명으로 사장을 집단고소했고 인접 점포 세입자들끼리 개별고소했고 선세입자가 후세입자를 폭행했다. '방화'는 화인수사의 방향으로 타당성이 없지 않았으나 화재를 처음 신고한 경비원이 현장에서 사망했으므로 경찰은 수사를 진전시킬 수 없었다. 초기 연소과정에서 두 군데에서 동시에 불꽃이 치솟은 사태는 방화의 혐의를 설정하기에 충분한 정황이었지만, 신고가 접수된 02시 01분 즈음에 백화점 7층의 암흑 속에서 솟구친 두 군데의 불꽃의 자리와 두 불꽃 사이의 거리를 경찰은 유추할 수 없었다. 경찰은 신고자의 목격 위치와 시선의 각도를 추정할 수 없었다. 경찰은 신고자의 진술의 신뢰도를 재신문할 수 없었고 7층의 발화상황에 대한 다른 목격자를 찾을 수도 없었다.

7층에서 발화된 불은 10층까지 4개 층을 태웠다. 7,8,9층은 전소되었고 10층은 반소되었다. 7층은 가죽제품의 명품매장이었고 8층은 귀금속과 실내장식품매장, 9층은 문화센터와 헬스클럽, 10층은 화랑과 미술품 위탁 보관창고였다. 백화점 사장은 8층에서 10층까지의 모든 점포와 영업체를 직계가족들을 내세워 직영하고 있었다.

서울 서남소방서 특공조장 소방위 박옥출은 선착대 전진수색조 세 명을 인솔하고 7층 옥내로 진입했다. 가죽제품이 타는 무거운 연기가 바닥에 깔렸다. 화세火勢는 초기에서 중기로 확장되었다. 옥외의 공기가 옥내로 빨려들면서 회오리쳤다. 회오리치는 공기가 불길을 위층으로 끌어올렸다. 전진수색조는 손전등으로 어둠을 밀어내며 인명을 수색했다. 수색조는 바닥에 쓰러진 경비원을 발견하지 못했다. 7층에 그밖의 다른 요구조자는 없었다.

남동소방서, 서북소방서의 후속대들이 도착했을 때 화세는 극성기로 치달았다. 후속대들은 현장을 방면별로 맡아서 살수 공격했다. 후속대 관창수들이 외벽 계단을 따라 7층으로 접근했다.

박옥출은 조원에게 7층 구역을 할당하고 8층으로 올라갔다. 중앙계단에 불길이 몰려 있었고 외벽 계단까지의 통로는 너무 멀었다. 박옥출은 7층 베란다에서 8층 유리창 난간으로 로프를 던졌다. 박옥출은 유리창을 부수고 8층 안으로 진입했다. 귀금속 매장으로 향하는 복도에 방범용 차단벽이 내려져 있었다. 박옥출은 도끼로 차단벽을 부수었다. 불길은 8층 중앙계단에서 넘실거렸다. 8층 귀금속 매장 안에 인명은 없었다. 박옥출은 중앙계단을 따라 9층으로 올라갔다. 불길은 아직 9층에 닿지 않았고 계단이 연기를 빨아올렸다. 9층과 10층에도 인명은 없었다. 박옥출은 10층 제연벽을 부수고 옥상으로 올라갔다. 수색조원 두 명이 이미 옥상에 도착해 있었다. 박옥출은 옥상에서 지상으로 신호를 보내 고가사다리를 불렀다. 박옥출은 사다리 바스켓을 타고 지상으로 내려왔다.

캐피털백화점 화재는 05시 40분에 화염이 진압되었고 07시께 잔화정리되었다. 신고한 경비원 이외에 인명피해는 없었다. 경비원의 사체를 시립병원 영안실에 옮겨놓고, 소방대원들은 07시 30분에 철수했다.

재산피해액 산정을 놓고 보험회사와 백화점측은 소송으로 다투었고, 경찰은 명확한 화인을 법원에 제출하지 못했다. 화인이 명확지 않았으므로 보험회사는 발화의 책임을 백화점측의 건물관리 태만으로 몰아갔고, 백화점측은 불복했다. 발화지점인 7층은 전소되었고 소방용수가 흘러내려 6층과 5층의 여성의류, 화장품 매장의 상품이 물에 젖어 폐기처분되었다. 8층 귀금속 매장의 진열장이 고열에 터져서 보석과 금붙이 들이 흩어졌다. 보석들은 물줄기에 쓸려 아래층으로 흘러내렸다. 공간의 사용은 불가능했다. 10층 화랑과 미술품 위탁 보관소에는 연기가 가득 찼다. 연기는 수증기에 젖어 무거웠다. 창고에 위탁보관중인 문화재급 동양화 30여 점이 연기에 그을리고 수증기에 우그러져서 폐기되었다. 10층 미술품 위탁창고에서 가장 큰 재산피해가 발생했으나 그림값에 정찰이 없어서 소유주와 백화점은 소송으로 다투었고 백화점과 보험회사는 밝혀지지 않은 화인을 제 쪽으로 유리하게 끌어당기면서 맞섰다. 백화점 건물이 무너져내리지는 않았으나 고열로 철골구조가 손상되어 10층 건물 전체가 5도 정도 기울었고 벽면과 옥상 슬래브에 균열이 생겼다. 인접 건물주들이 붕괴위험을 주장하면서 안전진단을 요청했다. 구청은 2개월의 시한을 정해서 백화점 건물을 철거하라고 행정명령했다.

철거공사가 시작되기 직전에 백화점 사장은 화재 당일 8층 귀금속 매장에서 보석류 50여 점을 포함해서 시가 4억5천만원 상당의 귀금속을 도난당했다고 경찰에 신고했다.

화재 당시 8층으로 진입한 사람은 전진수색에 나선 특공조장 박옥출뿐이었다. 8층에서 인명을 수색할 때, 진열장은 깨져 있지 않았고, 연기가 중앙계단에서 분출되고 있었으므로 시급히 9층으로 올라가서 수색을 계속했다고 박옥출은 진술했다. 진열장이 깨진 것은, 박옥출이 9층으로 올라가고 나서 외벽 계단으로 올라온 관창수들이 매장 안쪽으로 쏘아댄 물줄기 때문인 것으로 경찰은 추정했다. 관창수들은 8층 안으로 살수공격했으나 매장 안으로 들어가지는 않았다. 또 수색과 살수가 계속되는 동안 8층에서 밖으로 나간 사람은 없었다. 나가는 사람을 보았다는 목격자를 경찰은 찾지 못했다.

진열장이 깨져서 바닥에 흩어진 귀금속들이 물줄기에 떠내려가 하수구 속으로 흘러들어갔거나 무너진 건물 잔해나 잿더미 속에 섞여 쓰레기하치장으로 갔다면, 도난이 아니라 멸실일 터인데, 경찰은 어느 쪽으로도 수사의 방향을 정하지 못하고 있었다. 서남경찰서 형사계장은, "수사의 방향을 열어놓고 있다"고 기자들 앞에서 브리핑했다. 문정수 기자는 그 말을 아무런 방향도 설정할 수 없다는 말로 알아들었다. 열어놓고 있다는 말은 닫혀 있다는 말과 크게 다르지 않았다.

형사계장은 말했다.

─물건이 없어졌다고 해서 모두 도난사건이 될 수는 없다. 또 멸실이 아닐 수도 있다. 애초에 있었던 물건의 총량이 얼마였는지를 증명하기 어렵기 때문에 도난인지 멸실인지, 아무일도 아닌지를 지금 확정해서 말할 수 있는 단계가 아니다. 이것이 형사사건인지 아닌지 알 수 없지만 수사는 계속하겠다.

기자들은 더이상 질문하지 않았다. 형사계장의 브리핑이 있은 지 사흘 뒤에 백화점 건물은 철거되었다. 철거는 스위스 건축공학계가 개발한 최신 폭파공법으로 진행되었다. 유압처리된 고농축 폭약을 철골구조의 마디에 장전하고 시공사 감독이 발파 버튼을 눌렀다. 진동과 소음이 거의 발생하지 않는 공법으로, 국내에 처음 소개되는 철거기술이었다. 먼지막이 휘장속에서 백화점 10층 건물은 사라졌다. 한국매일신문은 이 첨단 철거공법의 성공을 보도하면서 "건물이 눈처럼 가루가 되어 고요히 내려앉았다"고 썼다. 청소용역업자들이 백화점 건물의 콘크리트 잔해를 덤프트럭에 실어서 고수부지 매립장에 쏟아부었고, 철근골조는 따로 챙겨서 고철가공업자에게 넘겼다. 백화점 건물이 사라지자 서남경찰서 형사계는 '도난'으로 신고된 귀금속 사건을 형사불성립으로 분류해서 상부에 보고했다. 경찰본청은 불성립 사유를 인정했고, 서남경찰서는 수사를 중단했다. 후속수사 계획이 없었으므로 중단은 곧 종결이었다.

백화점 건물이 사라진 자리에는 15층짜리 주상복합건물의 신축이 허가되었다. 철거된 백화점보다 용적률이 높았다. 백화점 대지의 소유주는 백화점 사장이었다. 용적률 증가만으로도 백화점 사장은 화재피해액을 탕감하고도 남는다고 서남지역 부동산업계는 평가했다. 폐기된 그림은 미술품 경매협회의 감정가에 따라 보상하기로 보험회사는 백화점 사장과 합의했고, 그밖의 피해는 약관에 따라 보험금이 지급되었다. 백화점 자리에 신축되는 주상복합건물은 건축 허가가 나던 날부터 분양신청이 접수되어 경쟁률이 20대 1이 넘었고, 분양 전에 이미 프리미엄이 분양가의 절반을 호가했다. 경찰이 귀금속 사건에 대한 수사를 중단하자 백화점 사장은 청와대에 탄원서를 보내서, 기업과 민생의 고통을 외면한 경찰의 무책임과 무능을 규탄했다.

서울 서남소방서 특공조장 박옥출은 가을에 소방서에서 퇴직했다. 캐피털백화점 화재사건 이후 6개월 후였다. 사직서를 제출하기 두 달 전에 박옥출은 특공조에서 행정부서로 전보되었다. 박옥출이 보직 변경을 요청했고 소방서장이 재가했다. 소방관서의 인사 내규는 특수훈련과정을 이수한 인명구조요원은 행정업무에 배치할 수 없도록 규정하고 있었으나 박옥출은 건강 악화를 증명하는 진단서를 제출했다. 박옥출의 병명은 만성신장염이었다. 캐피털백화점 화재 이후로 박옥출은 눈에 띄게 수척해졌고, 화장실 출입이 잦았다. 인명구조업무가 불가능했으므로, 박옥출의 사직서는 지체없이 수리되었다. 퇴직할 때 박옥출은 서른아홉 살이었고, 10년간 근속했고, 서남소방서 안에서 가장 많은 출동횟수를 기록했다. 박옥출은 10년 근속수당과 서장의 감사패와 동료들이 모아온 전별금을 받았다.

소방서 인사기록카드에 따르면 박옥출의 고향은 경남 창아였다. 박옥출은 복합영농 하는 산간농촌 출신으로 창아에서 2년제 기술대학을 졸업하고 임해공단에 근무하다가 상경해서 공채로 소방관서에 임용되었다.

문정수 기자는 여러 화재현장에서 박옥출과 자주 마주쳤다. 박옥출은 서남소방서 소속이었지만, 인접서 관할구역에도 지원출동했다. 문정수는 불타는 호텔 건물에서 실신한 투숙객을 고가사다리로 끌어내리는 박옥출의 모습을 사진 찍어서 신문에 실은 적도 있었다. 그해 소방의 날에는 베테랑 소방관 박옥출을 인터뷰해서 신문에 냈다.

인터뷰에서 박옥출은 소방서에 들어오기 전, 창아에서 보낸 시절의 일들에 관하여서는 말하지 않았다. 그의 상경은 무작정 상경처럼 보이기도 했다. 왜 소방관이 되었느냐는 질문에 그는 대답을 머뭇거리더니 "그저 먹고살기 위해서"였다고 말했다. 그리고 문정수를 향해 당신은 왜 기자를 하느냐, 라고 되물었다. 또 화염과 연기 속에서 인명을 수색할 때 구조받아야 할 사람은 바로 자기 자신이라는 생각이 들었다고도 말했다. 문정수는 그 말을 기사로 써서 제출했는데, 담당 차장이 삭제했다.

캐피털백화점 화재현장에서 10층 옥상으로 올라간 박옥출이 고가사다리를 타고 지상으로 내려왔을 때 문정수는 지휘차 옆에서 특공조가 착지하기를 기다리고 있었다. 박옥출은 구조한 인명 없이 홀몸으로 내려왔다. 탐조등이 위쪽을 비추었다. 사다리 바스켓에 실린 박옥출의 몸이 어둠 속에 드러났다. 문정수는 허리를 구부리고 내려오는 박옥출의 자세가 산전수전의 베테랑답지 않게 불안정하다고 느꼈다. 박옥출의 방열복에서 수증기가 올랐고, 방열복 앞섶이 불룩했다. 착지했을 때, 박옥출은 엉거주춤했고, 사다리에서 내려올 때 어기죽거렸다. 탐조등이 어둠을 휘저었다. 문정수는 박옥출에게 다가갔다. 박옥출은 방열복 허리춤에 두 손을 찔러넣은 자세였다. 문정수가 말했다.

―야, 너 왜 그래? 어디 다쳤냐?

―아냐, 괜찮아.

―자세가 힘들어 보인다.

―연기 속에서 기어다녀서 그래. 괜찮아질 거야.

―사람은 없었냐?

―못 찾았어. 야, 너 아직 마감 못 했니?

박옥출은 펌프차 뒤로 돌아가서 방열복을 벗었다. 문정수는 어둠 속에서 옷을 갈아입는 박옥출의 동작을 눈여겨 바라보았다.

귀금속 도난사건 수사가 영구미제로 종결되었다는 기사를 쓰면서, 문정수는 화재현장에서 고가사다리로 착지하던 박옥출의 그 엉거주춤한 자세와 머뭇거리던 동작을 떠올렸다. 현장에서 박옥출이 보여준 자세와, 도난신고 접수, 백화점 건물 철거, 경찰의 수사중단 발표, 박옥출의 퇴직으로 이어지는 사태의 전개가 매우 논리적이며 일관된 방향성을 지닌 것으로 문정수는 느꼈다. 희미한 느낌이었지만, 그 느낌의 밑바닥에는, 화재 당일 백화점 8층에서 귀금속을 훔친 범인은 박옥출일 것이라는 가정이 깔려 있었다. 그 가정은 희미할수록 확실하게 느껴졌다.

8층 현장은 물줄기에 부서져 씻겨내렸고 그후에 건물 전체가 사라져버렸으므로 유통경로에 선을 대지 못하는 한 경찰은 사건의 윤곽을 좁힐 수 없었다. 백화점 주인은 잃어버렸다는 귀금속들의 디자인을 컴퓨터그래픽으로 그려서 경찰에 제출했고, 경찰은 그것을 복사해서 귀금속 중간도매상과 재가공업체에 돌렸으나 제보는 없었다.

8층의 연기는 젖어서 무거웠다. 무거운 연기가 바닥에 깔렸다. 손전등 불빛은 수증기에 젖은 연기를 뚫지 못했다. 박옥출은 더듬으면서 8층을 수색했다. 박옥출은 귀금속에 대해서 아는 것이 없었다. 박옥출은 신발 바닥에 밟히는 보석이며 금붙이를 방열복 윗도리와 내복 사이에 쑤셔넣었다. 8층에는 박옥출뿐이었다. 다른 소방대원도 요구조자도 없었다. 지상으로 내려와 문정수를 만났을 때, 박옥출은 저자가 기자로구나 싶어서 등허리에 진땀이 흘렸다.

박옥출은 귀금속을 명품상가의 장물브로커에게 넘겼다. 브로커가 먼저 넘겨짚고 전화로 박옥출에게 접근했다. 브로커는 만날 시간과 장소를 지정했다. 그의 목소리는 낮게 깔렸고, "불 속에서 사람 구하느라 수고하셨소"라고 말할 때 그의 말투에는 '너의 소행을 알고 있다'는 협박이 배어 있었다.

—그게 다 보석은 아닐 거요. 아는 사람만 아는 거지. 하여
간 한번 봅시다. 그걸 끌어안고 있을 건 아니잖소.

브로커는 전화로 말했다. 박옥출은 그가 지정한 시간과 장
소를 거절할 수 없었다.

장물브로커는 절도전과 3범으로, 귀금속 소매업자와 재가
공업자 양쪽에 선을 대고 있었다. 브로커는 장물의 프레임과
디자인을 조금씩 바꾸고 감정협회의 감정서를 붙여서 소매업
자에게 넘겼다. 경찰의 장물수배망은 그의 유통망에 접근할
수 없었다. 그의 거래선은 서울 서남, 남동지역의 보석상과 부
유층을 고객으로 하는 혼수전문상가에까지 닿아 있었다.

—내가 신고하면 당신은 끝장이고 나도 끝장이야. 당신이
신고해도 마찬가지야. 그러니까 우린 서로 믿을 수가 있는
거지.

한강 고수부지 공원 벤치에서 만난 브로커는 말했다. 박옥
출은 물건을 가지고 나가지는 않았다. 브로커는 캐피털백화점
8층 물건이라면 대충 알 만하니까 물건을 들고 나오지 말라고
말했다. 신고된 피해액 4억5천만원이 과장된 액수는 아닌 모
양이었다. 브로커는 말했다.

—4억5천이라…… 그쯤 될 것도 같은데, 신고가격은 의미
없어. 장물이 되면 값은 새로 태어나는 거지. 우리들 사이에서

말이야.

브로커는 일시불로 일괄 거래를 요구했다. 귀금속 50점에 5천만원을 제시했다.

— 여러 말 하지 마. 말이 많아지면 믿음이 없어져.

고수부지 벤치에서 박옥출은 5천만원을 현금으로 받았다. 영수증은 없었다. 브로커는 박옥출에게 허름한 비닐백을 한 개 내밀었다. 물건을 솜으로 싸고 그 비닐백에 담아서 다음날 정오까지 이 벤치로 들고 나와라, 내가 보낸 오토바이 탄 사내가 기다리고 있을 것이다, 노란 모자에 선글라스를 끼고 있을 것이다, 브로커는 그렇게 말했다. 다음날, 박옥출은 한강 고수부지 벤치에서 오토바이 편에 물건을 보냈다.

한국어판 『시간 너머로』가 신문사로 우송되었다. 해망에서 오금자를 포기하고 빈손으로 돌아온 다음날이었다. 노목희가 보낸 책이었는데, '문정수님께 타이웨이 드림' 이라는 한글 글씨와 저자의 친필 사인이 들어 있었다. 문정수는 타이웨이 교수와 면식이 없었으므로, 저자의 친필 사인은 노목희가 부탁한 것이었다.

편집회의 시간을 기다리면서, 문정수는 책을 펼쳤다. 책 날개에 타이웨이 교수의 사진이 실려 있었다. 고비사막의 저녁을 배경으로 찍은 사진이었다. 저무는 지평선이 어깨에 걸렸고, 초저녁의 흐린 달이 떠 있었다. 사진 속의 타이웨이 교수는 트렌치코트 차림이었다. 벨트로 허리를 졸라맨 그의 옷매무새에서는 나그네의 가벼움이 풍겼고 사막의 바람 냄새가 나는 듯했다. 안경 안쪽에서 눈꼬리는 엷게 웃고 있었다. 그의 눈매는 멀리 보는 듯했고, 유복해 보였다. 세상의 어떠한 고통과 야만도 멀리 밀쳐놓고 사유의 대상으로 삼아서 즐길 수 있는 자가 바로 이런 자겠구나, 라고 문정수는 생각했다. 문명과 역사는 미완성으로서 아름답다는 것이 서문의 요지였는데, 그가 아름답다는 그 '미완성'이라는 것은 완성을 지향하는 과정이 아니라, 미완성 그 자체로서 하나의 자족한 국면을 이루는 것처럼 문정수는 느꼈다. 노목희가 몇 달 동안 이 책에 정성을 쏟은 것도 그 자족한 미완성에 홀린 때문일 것이라고 문정수는 생각했다.

편집국 부장단 회의가 늦어져서 사회부 편집회의도 늦어졌다. 부장은 차장에게 회의를 일임하고 먼저 퇴근했다.

—야, 문정수. 오금자 그 여자 말이야, 다 잡은 걸 놓친 거 아냐? 넌 냄새는 잘 맡는데, 무는 힘이 약해. 사건기자는 개처럼 콱 물어야 하는데 말야.

차장은 해망 출장에서 빈손으로 돌아온 문정수를 비아냥거리면서 나무랐다.

— 잡힐 듯했는데, 잡히지가 않더군요.

문정수는 얼버무렸다. 문정수는 잡을 수 있는 오금자를 의도적으로 포기해버린 것은 아닌지 자신에게 물어보았다. 대답은 떠오르지 않았다. 다만 오금자가 개한테 물려 죽은 자식과 비닐하우스 마을과 그리고 기자로부터 완벽히 절연된 곳에서 잘 숨어 있기를 자신이 바랐던 것인지를 문정수는 스스로 판단하기 어려웠다. 그래서 차장이 의도적 직무유기를 따지고 들어도 별로 할말이 없을 듯싶기도 했다. 차장의 나무람을 들으면서 문정수는 해망에서 빈손으로 돌아오던 밤에, 응답 없던 노목희의 전화, 그 적막이 몰고 오던 막막함을 떠올리고 있었다.

병들어서 퇴직하는 베테랑 소방관 박옥출을 인터뷰해서 작은 박스기사로 싣자고 차장은 문정수에게 말했다. 차장의 제안은 지시와도 같았다. 시민의 위험을 대신 감당하는 하위직 소방관의 사기를 보살피는 것은 언론의 기본적 사명이라고 차장은, 하나 마나 한 말을 했다.

작년 겨울, 서울 서남재래시장 대형화재 때 박옥출은 불구덩이에 들어가서 인명 다섯을 구한 적이 있었는데, 그때 인터뷰 기사를 크게 다루었고, 지금 다시 인터뷰를 해도 별 새로운 내용은 없으며, 그의 병도 업무상 재해와 관련이 없는 신장염이라는 이유로 문정수는 차장의 말에 반대했다. 차장은 스스로 제안을 철회하고, 회의를 끝냈다.

퇴근 무렵에 박옥출이 전화를 걸어왔다. 신문사 뒷골목 족발집에서 만나자는 것이었다.

—왜 그래? 제봇거리라도 있냐?

—제보가 아냐. 그냥 좀 할말이 있어.

박옥출은 미리 와서 소주를 마시고 있었다. 술병은 반쯤 비어 있었다.

—너, 아파서 퇴직한다는 얘기 들었다. 술 먹어도 괜찮냐?

—음, 한 병만 마실게.

박옥출은 취한 기색은 보이지 않았으나 자주 화장실에 드나들었다.

—신장염이라면서. 오줌이 힘드냐?

—음. 저녁땐 잘 안 나와.

문정수는 박옥출의 '할말'을 기다렸다. 박옥출은 퇴직하고 해망 바닷가 마을로 내려가서 고철중개상을 하는 고등학교 선배를 도와 작은 사업을 해볼 작정이라고 말했다. 고철중개상도 쉬운 일은 아니지만 불구덩이를 뒤지고 다니면서 쓰러진 사람을 찾는 일보다는 덜 힘들 것이라고 박옥출은 말했다.

— 고철중개상이 뭔데? 그걸 왜 바닷가에서 하나?

— 나도 얘기만 들었어. 바닷물 밑에서 고철을 건져올려서 재활용하거나 팔아넘기는 거래.

— 바닷물 밑에서? 쇠를?

— 그래. 미군이 쏜 포탄과 탄피라는데 물량은 엄청나다는 구만. 해망 바다 밑에 말야.

또 해망이로구나. 해망은 왜 이렇게 나를 따라다니는 것인 가…… 문정수는 족발 한 점을 새우젓에 찍어서 입에 넣었다. 돼지 발바닥 살이 입안에서 미끈거렸다. 살았을 때, 돼지의 발걸음은 어땠을까…… 문정수는 소주를 삼켰다.

— 해망이라고 그랬지? 나 거기서 군대생활했어.

— 그러냐? 무슨 부대였니?

— 해안 보초였다. 간첩도 잡고.

— 그랬구나. 고생했겠네……

쓸데없는 말 끝에 또 말이 끊겼다. 폭격훈련장 공여기간이 끝난 뒤 해망 갯벌은 대부분 매립되어 간척지로 변해가고 있 었지만, 매립을 모면한 남쪽 갯벌에서 날로 먹을 수 있는 보리 조개가 많이 나는데, 보리조개의 국물이 신장에 좋다고 박옥 출은 혼자서 중얼거리듯이 말했다.

그것이 박옥출의 '할말'은 아닐 것이었다. 문정수가 박옥출의 잔에 술을 따랐다. 술잔을 받으면서 박옥출은 문정수의 시선을 피했다. 박옥출이 말했다.

—너 기자 오래 할 거냐?

—글쎄…… 난 아직 신장염은 없어.

말이 끊겼다. 원형탈모된 박옥출의 머리통이 허허로워 보였다. 문정수는 자신이 박옥출의 소행을 짐작하고 있다는 것을 박옥출이 짐작하고 있을지도 모른다고 생각했다. 박옥출의 '할말'은 그것과 관련이 있을 것이었다.

문정수는 변죽을 울려서 가운데로 나아갔다.

—새 사업을 시작하자면 돈이 좀 필요하겠구나. 해망엔 돈 댈 사람이 있냐?

박옥출의 눈동자가 흔들렸다. 박옥출이 말했다.

—바로 그 얘긴데…… 넌, 알고 있었지?

문정수는 가운데를 향해 바로 들어갔다.

—그날 니가 많이 이상했어. 땅에 내려오자 비틀댔지.

—땅에 내려왔을 때 니가 있어서 무서웠다. 널 죽이고 싶었어.

이제, 편안히 가운데로 들어와 있음을 문정수는 알았다.

—그랬겠구나. 물건은 가지고 있니?

─처분했어. 힘들었다. 4억5천이라던데, 한 5천 받았어. 그걸로 해망에 내려갈 거야.

니기미, 나는 여전히 해망의 똥통에 빠져서 허우적거리고 있구나…… 나는 아직도 해망에 출장중인가…… 문정수는 짜증이 솟구쳤다.

─액수는 나한테 말할 필요 없어.

─미안해. 헌데, 할말이 있어.

─말해봐.

─너, 이거 기사 쓸 거야? 기삿거리 되잖아.

문정수는 갑자기 끓어오르는 취기를 느꼈다. 박옥출의 눈이 메말라서 눈동자가 버스럭거리는 듯싶었다. 문정수가 말했다. 이제, 사건의 한가운데서 빠져나갈 순서였다.

─안 쓸게. 기사 안 써.

─그래, 제발 쓰지 마.

이런 개자식…… 그 개자식을 욕하지 않기로 하고 문정수는 혀끝에 맴도는 욕을 안으로 밀어넣었다.

─안 쓸게. 그 보석은 다 니 꺼야. 니가 먼저 들어가서 집었으니까. 백화점 사장 것이 아니라구.

─사장은 불나서 더 많이 벌었대.

─그건 사장의 것이겠지. 사장의 것은 말하지 마.

—기사는 안 쓸 거지?

문정수는 다시 술잔을 들어서 마셨다.

—안 쓴다고 말했잖아.

—고마워. 나중에 갚을게.

—그런 말도 하지 마. 나중에 널 만날 일이 없으면 좋겠다.

문정수는 밤 11시께 박옥출과 헤어졌다. 택시를 잡아서 술 취한 박옥출을 먼저 태워 보냈다. 밤거리에서 아르바이트 소년들이 안마시술소 전단을 뿌리고 있었다. 백화점 사장의 귀금속을 백화점 사장에게 돌려주어야 하나. 아무래도 그럴 수는 없을 것 같았다. 그 귀금속은 본래 주인이 없는 물건이었던가. 아무래도 그럴 리는 없을 것이었다. 당직차장에게 물어볼 수도 없는 일이었다. 문정수는 박옥출에게 전화를 걸어서, 괜찮아, 그건 다 니 꺼야, 백화점 것이 아니야, 니 꺼니까 니가 가져, 걱정 마, 기사 안 쓸게, 경찰도 모르잖아, 라고 말해주고 싶은 충동을 억눌렀다. 억눌린 충동은 고함이 되어 터져나올 것만 같았다.

술에 취해 돌아가는 사람들이 택시에 몰려들어서 행선지를 외쳤다. 남녀 취객들은 저마다 돌아가서 잘 곳이 있는 모양이었는데, 행선지는 제가끔이었다. 마포, 영등포, 광명, 강남, 강서…… 두 배, 따따블…… 취객들은 필사적이었다. 교대가 임박한 택시들은 마지막 한탕을 위해 차고지 쪽 승객을 골라서 태웠다. 택시들은 중앙차선에 정차했고 취객들은 차도 한복판으로 몰려나갔으나 교통경찰은 단속하지 않았다.

문정수는 노상방뇨했다. 택시를 향해 어느 동네 이름을 불러야 할지, 동네 이름이 떠오르지 않았다. 오줌을 털면서 문정수는 핸드폰으로 노목희를 불렀다.

—나야. 너무 늦었지? 자?

—아니. 또 야근이야?

—아냐. 지금 끝났어. 나 지금 가도 돼?

—지금 꼭 와야 돼? 그렇게 급해?

—그래.

—그럼 와. 난 일하고 있어.

—먹을 건 있니?

—아직 저녁 못 먹었구나.

—술만 마셨어. 웬 소방관하고. 배가 좀 고파.

—닭다리 두 개 있어. 김밥하고 오징어튀김 사와. 국물도 좀 얻어오고.

노목희는 속옷 차림으로 『시간 너머로』의 5쇄 교정본을 읽다가 문정수의 전화를 받았다. 노목희는 냉장고에서 닭다리 두 개를 꺼내 전자레인지에 넣고 나서 읽기를 계속했다. 문정수의 전화 목소리는 말꼬리에 힘이 빠져서 우울하게 들렸다. 목소리 뒤로 거리의 자동차 소음, 취객들의 고함소리가 들렸다. 오늘은 그에게서 무슨 냄새가 날 것인지를 노목희는 생각했다. 머리카락에 뒤엉킨 거리의 배기가스와 먼지 냄새, 지포라이터 심지와 같은 휘발유 냄새, 말을 할 때마다 몸속에서 품어져나오는 무슨 불화不和 같은 냄새, 씻어도 지워지지 않는 발냄새를 떠올리면서 노목희는 시계를 보았다. 밤 0시 30분이었다.

문정수는 철야영업하는 튀김가게에서 김밥과 오징어튀김을 샀다. 주인이 멸치 끓인 국물에 파를 띄워서 비닐봉지에 담아주며 말했다.

—누르지 마세요. 터집니다.

문정수는 중앙차도에 늘어선 택시로 다가갔다. 취객들이 행선지를 아우성쳤다. 문정수는 노목희의 아파트가 있는 동네 이름을 고함쳤다. 따블로, 택시 운전사는 승차를 허락했다. 노목희의 아파트로 가는 택시 안에서 문정수는 멸칫국물이 담긴 비닐봉지를 끌어안았다. 누르지 마세요, 터집니다…… 튀김가게 주인의 말이 생각났다. 문정수는 멸칫국물 봉지를 무릎에 올려놓았다. 허벅지에 멀고 희미한 온기가 느껴졌다.

김밥하고 오징어튀김 사와, 국물도 좀 얻어오고, 라고 노목희가 말했을 때 문정수는 김밥, 오징어튀김, 국물 같은 단어들이 전하는 사물의 확실성을 느꼈다. 전화에서, 지금 꼭 와야 돼? 그렇게 급해? 라고 말할 때 노목희의 목소리는 밤늦은 시간만큼 조용히 가라앉아 있었고, 가라앉은 깊이만큼 멀어서 육로로는 닿을 수 없을 듯싶었지만, 김밥, 오징어튀김, 국물의 확실성은 탄탄했고, 거기로 달려가려는 충동은 노목희의 말처럼 급했다.

해망에서 놓쳐버린, 혹은 놓아버린 오금자나 장물을 처분한 돈을 쥐고 해망으로 가려는 박옥출을 추적해서 그 내막을 들추어내야 하는 일의 모호함에 비할진대, 김밥과 오징어튀김의 확실성은 명료했다. 어둠의 저쪽에서 입을 열어서 그런 단어들을 발음하고, 그 목소리를 전화로 보내오는 인간의 존재가 먼 섬처럼 떠올랐고, 택시로 그 섬에 닿을 수 있다는 것이 신기했다.

문정수는 신문사 입사 초기, 편집국 문화부에서 수습훈련을 받던 시절에 노목희를 처음 만났다. 그때는 노목희도 신입사원이었다. 노목희의 출판사에서 한국어의 부사와 형용사를 용례별로 분류한 사전을 간행했는데, 그 사전은 언어를 살아 있는 생명체로 기술했다는 점에서 높은 평가를 받았다. 문정수는 그 사전의 편찬과정과 기획의도를 취재하기 위해 노목희의 출판사에 갔었다. 왜 하필 부사와 형용사만을 다루었느냐고 묻자, 출판사 사장은 대답했다.

— 부사와 형용사는 품사로서의 경계가 모호하고 서로 뒤섞이면서 흘러가는 언어입니다. 형용사는 자동사에 접근하려는 성질을 가진 언어일 것입니다. 정처없는 언어이기 때문에 사전으로 정리하려는 것입니다.

출판사 사장의 설명을 들으면서 문정수는 노을로 번져서 스러지고 바람으로 흘러가는 말들의 풍경을 떠올렸다.

노목희는 출판사의 편집팀에 배속된 신입직원으로, 기자를 맞고 있는 사장의 옆자리에 앉아 있었다. 고향인 경남 창야에서 미술대학을 졸업하고, 중학교 미술교사로 3년간 교편을 잡았고, 지금은 편집업무를 배우고 있지만 앞으로는 편집 외에 디자인·기획업무도 겸하게 될 것이라고 사장은 노목희를 소개했다. 그때, 노목희는 목례를 보내며 고개를 숙였다. 어깨 위로 늘어진 머리카락에서 빛들이 폭포처럼 흘러내렸다. 검은 머리채가 빛을 튕겨냈다. 빛에는 아무런 색도 묻어 있지 않았다. 빛은 규정할 수 없는 색으로 부서졌고 부서지는 빛들이 머리카락 밑으로 스몄다. 문정수가 취재를 마치고 돌아갈 때 노목희는 다시 고개를 숙이며 목례를 보냈다. 노목희의 모습은 빛의 폭포를 이루는 머리카락의 기억으로 남았다. 그후, 어떻게 다가갔는지 어떻게 다가왔는지 어떻게 부르고 어떻게 응답했는지는 자세히 돌이킬 수가 없었고, 본래 그러했던 것처럼 문정수는 노목희에게 다가갔다. 그렇게 절박한 것들을 기억할 수 없는 까닭은 보다 더 절박한 것이 보다 덜 절박했던 것들을 지웠기 때문인 것 같았다.

야근을 마치는 새벽에 살인, 강도, 홍수, 화재, 붕괴, 침몰을 취재해서 기사를 마감하는 밤에 문정수는 찹쌀떡이나 어묵, 김밥이나 순대를 사들고 노목희에게 갔다. 노목희는 야심토록 잠들지 않거나, 초저녁에 한숨 자고 일어나서 책을 읽고 있었다. 문정수의 몸에서는 그날 하루의 세상 먼지와 연기와 증기 냄새가 났는데, 노목희의 몸은 숨결의 냄새만으로 가득 차서 세상의 그 어떤 생각이나 흔적도 묻어 있지 않았다. 노목희에게로 가면서 문정수는 그 빈터를 느꼈다.

노목희가 현관문을 열어줄 때, 실내에 차 있던 숨냄새가 끼쳐왔다. 그 냄새에 부딪치면서 문정수는 헉 소리가 날 듯이 숨을 들이마셨다. 노목희는 속옷 차림이었고 머리가 젖어 있었다. 새벽 한시가 넘어 있었다.

—아직 안 잤어?

—자다 일어나서 일 좀 했어. 『시간 너머로』 중쇄 교정을 보

고 있었어.

문정수가 김밥과 오징어튀김을 식탁 위에 펼쳤다. 노목희가 국물을 데워왔다. 당근과 시금치와 단무지가 박힌 김밥 속이 빨강, 초록, 노랑으로 영롱했다. 문정수가 김밥을 들여다보면서 중얼거렸다.

— 김밥은 참 예쁘구나.

노목희가 웃었다.

— 그래? 오늘 많이 힘들었던 모양이네. 김밥이 예뻐 보인다니.

문정수가 오징어튀김을 집었다.

— 간장 있니?

— 간장은 없어. 그냥 먹어봐. 간이 좀 되어 있을 거야.

— 간장이란 말은 참 좋다.

— 간장이? 오늘 왜 이래. 하루 종일 정말 힘들었던 모양이네.

국물에서 퍼지는 조미료 냄새에 시장기가 치받쳤다. 문정수는 김밥을 씹었다. 김밥이 마른 목구멍을 넘어가면서 목울대가 흔들렸다. 노목희가 말했다.

— 국물을 마셔. 튀김이 좀 딱딱해. 만든 지 오래된 것 같아.

국물을 마셔, 튀김이 좀 딱딱해, 만든 지 오래된 것 같아, 라

124

는 노목희 말의 그 사소함과 명료함이 문정수는 문득 슬픔으로 느껴졌다. 슬픔은 난데없고 가늘고 날카로웠다. 문정수는 국물을 넘겨서 김밥을 밀어내렸다. 노목희가 말했다.

—튀김은 먹지 마. 술 줄까?

문정수는 김밥이 내려가는 명치끝이 저렸다. 노목희가 맥주를 따랐다.

—밖에서 술 많이 마셨어?

—아니, 소주 한 병 정도야. 퇴근하고 나서 웬 소방관하고 마셨어.

—소방관? 파이어 파이터Fire Fighter, 멋있네.

문정수는 서남소방서 특공조장 박옥출의 직무상 배임, 그의 절도행각과 장물처분, 신장염과 퇴직, 그리고 퇴직 후에 장물을 처분한 돈으로 해망에 내려가서 고철중개업을 해보려는 그의 계획에 관하여 노목희에게 말해주었다. 그것이 어쩐지 노목희가 알고 있어야 할 이야기인 것처럼 문정수는 느꼈다. 신문에 쓸 수 없는 것들, 써지지 않는 것들, 말로써 전할 수 없고, 그물로 건질 수 없고, 육하六何의 틀에 가두어지지 않는 세상의 바다을 문정수는 때때로 노목희에게 말해주었다. 자정이 가까운 늦은 밤에, 혹은 자정이 지나서 날짜가 바뀐 새벽에, 그 이야기는 지체없이 전해야 할 전보처럼 다급했다. 그리고 그 이야기가 전하는 먼지와 불길과 냄새는 노목희에게 아무런 흔적도 남기지 않는 듯싶었다.

노목희가 말했다.

—불 속에서 보석이 보였을까?

—그야, 그자 혼자서 거길 들어갔으니까 그자만이 알 수 있는 거지.

—그런데, 그 사람이 왜 만나자고 했어?

—내가 그자의 소행을 알고 있다는 걸 그자가 짐작했던 거야.

—진짜로 알고 있었어?

—낌새 정도였는데, 그자가 제 발이 저렸던 거야.

—평소에 친한 사람이야?

—화재현장에서 자주 마주쳤어. 죽을 고비를 바람처럼 넘나드는 사람이었어. 기자는 불 속에 못 들어가. 불 속 정보는 그자가 아니면 얻을 수가 없어.

노목희가 다시 문정수의 잔에 맥주를 채우고, 고개를 들어서 문정수를 바라보았다. 머리카락에서 빛의 폭포가 흘러내렸다. 그 빛은 문정수가 부딪치는 세상의 이야기들과 아무런 연고도 없는, 깊은 숲속의 빛이거나 우주공간의 발광체처럼 보였다. 문정수가 튀김을 집었다. 노목희가 말렸다.

―먹지 마. 딱딱해.

사소하고도 유순한 말이었다. 문정수는 그 사소함에 이끌려 집어들었던 튀김을 내려놓았다. 노목희가 물었다.

―그 사람 소행을 기사로 쓸 거야?

문정수는 잔을 들어서 깊이 마셨다. 입술 끝으로 흘러내리는 술을 손등으로 닦았다.

7층에서 불이 나서 위로 옮겨붙고 있을 때 8층 귀금속 매장 안은 어떠했을까. 중앙계단에서 화염이 넘실거리고, 열증기가 떡시루처럼 자욱한 어둠 속에서 연기의 밑바닥을 기어서 통과하는 박옥출, 방열복과 내복 사이로 귀금속을 움켜넣는 박옥출의 모습이 문정수의 머릿속에 떠올랐다. 문정수는 그 환영을 향해서, 그건 다 니 꺼야, 백화점 사장의 것이 아니야, 니 꺼니까 니가 가져. 니 껄 니가 갖는데, 누가 무슨 말을 하겠냐. 난 말 안 해. 난 할말 없어. 안 쓸게, 다 가져……라고 소리치고 싶었다. 그리고 박옥출의 환영이 아니라, 눈앞에서 식탁 맞은편 맥주잔 너머에서, 그렇게 가까이서 머리카락으로 빛의 폭포를 내리고 있는 노목희를 향해서 외치고 싶었다. 문정수의 목소리가 낮게 깔렸다.

―아냐. 안 쓸 거야. 그건 그자의 것이야. 기삿거리 안 돼. 안 쓰기로 그자하고 약속했어.

노목희가 머리카락을 목뒤로 쓸어넘겼다. 노목희는 먼 곳을 바라보는 시선으로 눈앞의 문정수를 바라보았다. 문정수가 그 시선을 향해 말했다.

—그 얘기를 너한테 해주고 싶었어. 이 밤중에……

—그게 그렇게 급했니?

—그래…… 급했어.

노목희가 빙그레 웃었다. 웃음에서 흐린 울음이 배어나올 듯했다.

—둘 다 불쌍해. 불쌍하고 가엾어.

—둘 다라니?

—너하고 그 소방관.

—세상이 가엾은 거겠지. 넌 이걸 어떻게 생각해?

노목희는 한참 후에 대답했다.

—그게 기삿거리가 되는지 안 되는지는 난 모르겠어. 하지만 그냥 냅둬. 쓰지 마. 난 그 소방관 편은 아니지만 문정수의 편이야. 쓰지 마. 그냥 냅둬. 경찰한테도 말하지 말고 데스크한테도 말하지 마. 냅둬.

문정수는 해망 출장에서 오금자를 찾다가 빈손으로 올라오던 밤이 생각났다. 서울 톨게이트를 지날 때, 자정이 가까웠고, 그날 밤 노목희의 전화는 불통이었다. 문정수는 개에게 물려 죽은 아들의 죽음을 외면하고 숨어버린 오금자와 오금자 찾기를 단념하고 돌아서던 해망 출장, 그리고 노목희의 전화가 꺼져 있어서 신호가 접수되지 않던 그날 밤의 막막함에 대하여 노목희에게 말해주었다.

—또, 둘 다 불쌍해.

—둘 다?

—음, 오금자와 문정수.

—그래, 그렇구나. 둘 다.

—하지만 잘했어. 죽은 애 엄마도 냅둬. 그 소방관도 냅두고. 냅둬야 해. 놓아주라구. 죽은 사람보다 산 사람이 더 불쌍한 거지.

—그러니, 기삿거리가 점점 없어지는군.

노목희가 소리내서 웃었다.

—그러네. 그런데 그게 뭐 그렇게 중요해?

—중요하진 않지만, 막막하잖아. 답답하고……

—그래도 기사는 쓰지 마. 치사해. 막막한 쪽이 치사한 쪽보다는 견딜 만할 거야.

—그래, 안 쓸게. 안 쓰기로 했잖아.

—두시야. 샤워해. 난 했어.

노목희의 몸에서 새벽안개 냄새가 났다. 문정수는 조바심쳤다. 문정수의 조바심이 노목희의 조바심을 일깨웠다. 노목희의 몸은 깊어서 문정수는 그 끝에 닿을 수 없었다. 길은 멀고 아득했고 저쪽 끝에 흐린 등불이 하나 켜져 있는 듯도 했다. 문정수는 그 길 속으로 들어갔다. 길은 멀었고, 먼 길이 조여들어왔다. 문정수는 투항하듯이 무너졌다. 노목희가 젖가슴으로 문정수의 머리를 안았다. 문정수는 새벽안개 냄새 속에 머리를 묻었다. 문정수의 몸속으로 크고 조용한 강이 흐르는 듯했다. 노목희가 어둠 속에서 말했다.

—어땠어?

—좁았어. 좁아서 꼭 끼었는데, 아주 넓어서 닿을 수 없을 것도 같았어. 이상하지? 너무나 이상해.

—그랬구나. 좋았겠네.

—좋고, 안타까웠어. 넌 어땠니.

—난 꽉 찼는데, 텅 비어서 허허로운 것도 같았어. 이상하지?

—그랬구나. 둘이 똑같았구나.

—좀 자. 출근해야 되잖아.

—그래. 속옷은 입고 자.

문정수가 먼저 잠들었고, 노목희는 그의 숨소리를 들으면서 어둠 속에서 깨어 있었다. 아침이 가까워올수록 문정수는 더 깊이 잠들어서 숨소리는 길고 깊었다. 문정수의 숨은 몸 깊은 곳의 소리와 냄새를 토해냈다.

죽음은 여기저기에 널려 있었으나 문정수는 개별적인 죽음들에 가까이 다가갈 수 없었다. 이 세상의 헤아릴 수 없는 죽음과 끝없이 되풀이되는 죽음 중에서 인간이 감지할 수 있는 죽음은 저 자신의 죽음뿐일 테지만, 그 죽음조차도 전할 수 없고 옮길 수 없어서 이해받지 못할 죽음일 것이었다.

강의 상류 쪽에서 떠내려오는 변사체들은 대부분 물에 불어서 이목구비가 떨어져나가고 형태가 망가져 있었다. 물 위에 뜬 것도 있고, 강바닥에 가라앉아서 끝내 떠오르지 않는 것도 있는데, 어떤 것은 왜 뜨고 어떤 것은 왜 가라앉는지에 대해서는 검시관과 과학수사연구관들 사이에서도 의견이 엇갈렸는데, 강바닥에 가라앉아서 떠오르지 않는 변사체에 대해서는 별 학설이 없었다.

물 위에 뜬 변사체들 중에서 목격자들이 발견해서 신고한 사체들은 안전요원이 건져서 경찰에 인계했다. 경찰청 검시반은 그 사체들을 포르말린 탱크에 보관했다. 신원을 알 수 없는 사체들에는 발견 순서에 따라 일련번호가 붙었고 발견

일시, 장소가 기록되었다. 검시반은 가출인, 실종자 들의 인상착의를 변사체와 대조했으나 이미 훼손된 사체에는 대조할 만한 정보나 특징이 거의 없었고, 범죄의 혐의를 설정할 만한 근거도 남아 있지 않았다. 사체들의 얼굴은 무표정했고 그 무표정으로 죽음에 이른 경위를 절규하고 있었다. 가출인을 신고한 사람들도 포르말린 탱크 속의 변사체를 육안으로 확인하려 들지는 않았다. 사인 수사나 신원확인이 불가능하고 더이상 연고자도 나타나지 않는 변사체는 시립화장장에서 소각되었다. 감식반 인부들이 포르말린 탱크에 뜬 사체들을 갈쿠리로 당겨서 냉동차에 실어 화장장으로 보냈고, 변사사건은 그렇게 한 건씩 종결처리되었다. 접근되지 않는 죽음들이었다. 그 죽음들은 삶과 사소한 관련도 없어 보였다. 살던 것들이 죽어서 죽음을 이룬 것이 아니라, 애초부터 죽어 있었던 것처럼 그것들은 삶과 무관해 보였고 살아 있는 자들이 다가가서 만질 수 없을 만큼 멀어서, 변사變死라기보다는 폐사斃死에 가까웠다.

문정수는 그 많은 죽음들을 흘려보냈다. 흘려보내지 않는다고 해서, 무슨 다른 수가 있는 것도 아니었다. 심야에 강변 수상안전센터 응급실이나 시립병원 영안실로 실려오는 변사체들은 대체로 뭉그러져 있었다. 그 변사체를 전화로 보고하면

당직차장은 늘 버리라고 말했다.

—야, 버려. 니미럴, 그거 기사 안 돼. 싹 버려. 만지지 마. 그걸 어쩌려구 덤벼들어. 손대지 마. 버리고 딴 거 찾아봐, 니미.

당직차장은 경험 많고 노련한 사회부 사건기자였다. 그는, 늘 니미, 쓰발, 좆도 같은 욕설을 그가 손댈 수 없는 세상을 향해 내뱉었다. 그의 욕설은 간단하고 명료했으며, 시의적절해서 때를 놓치지 않았다. 그의 몸속에는 세상을 찌르고 싶은 욕설이 가득 쌓여 있다가 자신도 모르게 조금씩 새어나오는 듯싶었고, 그가 욕을 참고 있을 때 그의 얼굴은 욕이 마려워서 쩔쩔매는 짐승처럼 보였다. 그는 또 자신의 그 짧고 명료하고 때를 놓치지 않는 욕설을 고참기자의 권위로 삼고 있는 듯도 했다. 때때로 욕설은 그의 명예훈장처럼 보였다.

2년 전 8월 하순 어느 날, 서울에 강도 4 정도의 지진이 있었다. 퇴근 무렵이었는데, 편집국 전등이 흔들렸고 외신용 텔레타이프가 수평을 잃고 잠시 동안 작동중지되었다. 이변의 내용을 묻는 독자들의 전화가 사방에서 울렸다. 당직차장은 지진을 직감했다. 그는 이미 퇴근한 기자들을 즉각 불러들였고 사내에 남아 있던 기자들을 대기시켰다. 그는 그때 열다섯 명의 기자들에게 순간적으로 취재 지시를 내렸다.

—야, 너는 지하철 상황실, 탈선 체크하고 운행상태 점검 해. ……너는 수력발전소, 댐에 이상 없나 체크해. ……너는 종합병원 응급실, 산소통 잘 봐…… 너는 고층아파트…… 사 람들이 뛰어나와서 어디로 몰려가는지 잘 봐. ……너는 가스 안전공사, 너는 송유관공사…… 너는 상수도공사, 너는 소방 서…… 니미, 무너지고 터질 데 또 없나…… 좆도……

그의 취재 지시와 인력 배치는 그의 짧고 명료한 욕설처럼 신속했고 정확했다. 강도 4의 지진이 왔을 때, 이 세상의 어디 가 위태롭고 허술할 것인지가 그의 머릿속에는 정확히 입력되 어 있었다. 그의 지시에 따라 현장에 배치된 기자들이 새벽에 송고해왔다. 고층아파트 주민들은 지진이 나던 순간 공포에 질려서 자가용 승용차를 몰고 남쪽으로 피난을 가려고 한강 교량으로 밀려왔다고 고층아파트에 배치된 기자는 전했다. 그 때 당직차장은 혼잣말처럼 중얼거렸다.

—남쪽이라, 니기미. 일만 터지면 그저 남쪽이야. 남쪽으로 가면 사나?

그때도 당직차장의 '니기미'는 정확하게 작동되고 있었다.

그 당직차장이 변사체를 버리라고 문정수에게 말했을 때, 차장은 다가갈 수 없는 죽음의 벽을 알았던 것일까. 아마 그랬 을 것이다. 니기미 버려, 라는 그 '니기미' 속에 그 벽은 강고히 들어서 있었다.

죽음은 도처에 널려 있었다. 칠십대 노인이 시외버스터미널 옆 공중변소에서 똥을 누다가 폭발사고로 죽었다. 공중변소는 재래식이었다. 묵은 똥오줌이 가득 찼고 그 위에 암모니아 가스가 고여 있었다. 노인이 담배를 피우고 꽁초를 변기구멍 아래로 던졌다. 암모니아 가스가 폭발하면서 허술한 목재 변기들이 무너졌다. 노인은 똥 속에 빠져 죽었다. 폭발음을 듣고 버스터미널 직원들이 경찰에 신고했다. 전경들이 달려와서 노인을 건져냈다. 수도꼭지를 열어서 노인을 씻겼으나, 노인은 이미 숨져 있었다. 문정수가 사건을 보고하자 당직차장은 말했다.

—니미, 그럴 수도 있구만. 똥 무서워서 똥 못 누겠네. 기사 자세히 보내. 크게 쓰자, 니미럴.

여관 잠을 자다가 연탄가스에 중독돼서 실신한 남자가 종합병원 응급실로 실려왔다. 남자는 고압 산소통에 들어가서 네 시간 후에 깨어났다. 산소통 안은 비좁고 캄캄했다. 여기가 대체 어딘가? 내가 죽어서 칠성판에 누운 것인가? 죽어서 흙 속으로 들어온 것인가? 의식이 돌아온 남자는 바지 주머니를 뒤져서 담배와 라이터를 찾았다. 라이터를 켜는 순간 고압산소통이 폭발했다. 사내의 몸은 폭음과 함께 분해되었다. 뼛조각과 살점이 파편에 섞여서 응급실 안에 흩어졌다. 비탈밭에서 김을 매다가 독사에 물려서 실려온 옆자리 농부가 파편에 머리를 맞고 응급실에서 중환자실로 옮겨졌다. 경찰 감식반이 현장에서 부서진 라이터를 찾아냈다. 문정수가 사건을 보고하자 당직차장은 말했다.

　—니미, 산소통이 터져? 똥통보다 더 한심하네. 담배에 환장한 놈들이구만. 니미, 기사 보내. 마감 이십 분 남았다. 야, 문정수. 너 담배 끊어.

　장마가 끝난 7월 하늘의 땡볕 아래서 논에 농약을 치던 농부가 벼락에 맞아 죽었다. 멀쩡한 하늘에 갑자기 먹구름이 몰려오더니 소나기가 쏟아지고 천둥번개가 쳤다. 농부는 수동식 분무기를 메고 핸들을 돌려서 농약을 뿌리다가 벼락에 맞았다. 오십대 농부였다. 그의 아버지도 같은 논을 갈던 농부였는데, 아버지는 죽어서 논두렁 옆에 묻혔다. 농부는 그 논두렁 밑에서, 분무기를 등에 멘 채 즉사했다. 평지의 들에 벼락이 떨어지는 것은 드문 일이었다. 논에는 아무런 돌출부가 없었다. 그때 차장은 말했다.

　—니미, 농부가 무슨 죄가 있어서 벼락을 맞는가. 야, 별거

아냐. 일 단만 쓰자. 서너 줄만 보내.

차장은 다가갈 수 없고, 긍정할 수 없는 죽음들을 니기미, 한마디 욕설로 단호히 버렸고, 해석되지 않고 이해되지 않는 죽음에 대해서도 짧고 선명한 욕설을 내뱉었다. 차장은 그렇게 해서 다루어야 할 죽음과 버려야 할 죽음을 선별했다. 니기미…… 쓰발…… 좆도……엠병……

뱀섬과 그 인근 수역의 공여기간이 끝나자 해망 갯벌의 공유수면 매립공사는 급속히 진행되었다. 공사의 속도가 빨라질수록 환경단체, 소송인단체, 선주협회 들의 저항도 격렬해졌다. 대통령 선거가 임박해 있었다. 투표 전에 노임과 공사비를 살포하려는 집권당의 선거전략이 시공업체를 압박해서 공사를 서두르는 것이라고 환경단체는 연일 비난성명을 발표했다.

물막이 공사는 뱀섬과 인접 무인도 두 개를 징검다리 삼아서 해망 앞바다의 공유수면에 20킬로미터의 제방을 쌓고 끝났다. 물막이 공사가 끝나자 해망군 전체의 면적과 맞먹는 갯벌이 막히고 내륙화가 시작되었다. 말라가는 펄이 허연 소금기를 뱉어내서 펄에 눈이 내린 것 같았고, 저녁이면 소금기의 입자들 속에 보랏빛 노을이 깃들었다. 바람이 소금기를 육지로 실어가서 마을의 지붕과 포도 잎에 소금이 내렸다. 민들레 쑥부쟁이가 펄의 가장자리에서부터 서식지를 넓혀갔다. 죽은 조개들이 악취를 풍겼고, 철새들이 마른 펄을 헤집다가 부리를 털어냈다. 조개가 폐사하자 주린 새들이 저녁 늦게까지 펄에서 서성거렸다.

물막이 제방 북쪽 끝에 뚫린 수문으로 바닷물 한 가닥이 갯고랑을 따라 흘러들어와서 포구와 바다 사이에 마지막 수맥을 이었다. 철새들은 갯고랑 가에서 부리를 씻으며 높이 울었다. 바람이 잠든 저녁 무렵에 새들의 울음은 멀리 들렸다.

선착장이 민들레밭으로 변했다. 갯가를 따라 들어섰던 작은 포구들은 폐촌되었고 어판장은 폐장되었다. 횟집 주인과 선주들은 보상금을 받고 해망을 떠났고 보상금 액수에 불복한 주민들은 이주지원금만을 받고 포구를 떠나 해망 읍내로 옮겨갔다. 읍내로 이주한 갯가 주민들은 옷장사, 떡집, 기름집, 목장갑공장, 떡볶잇집, 방앗간, 정육점, 이발소, 화장품 대리점, 룸살롱 전속 대리운전기사를 하면서 소송이 끝나 청구액만큼의 보상금이 나올 날을 기다렸다.

소송은 더디게 진행되었다. 변호사들은 성공 사례금으로 소송가 총액의 30퍼센트를 요구했다. 공유수면의 공유公有는 갯벌이 주민들의 공동소유라는 뜻이 아니고 정부가 배타적으로 갯벌을 독점한다는 뜻이라는 것을 주민들은 소송이 시작되고 나서 알았다. 수면이 정부의 소유이므로 그 수면이 매립과정을 통해 지면地面이 되었을 때, 그 또한 정부의 소유라는 해석에 법조계는 이견이 없었다. 시공업자가 매립사업에 투입하는 사업비에 해당하는 만큼의 간척지를 정부는 시공업자에게 공사비 대신 제공하기로 계약을 맺었다. 간척지 평당 지가地價를 설정하는 문제로 시공업자는 정부를 상대로 소송을 제기했다. 간척지 면적의 70퍼센트 정도가 시공업체의 소유로 돌아가게 될 것이라고 읍내 부동산업계는 전망했다.

소송을 낸 주민들은 모두 보상금이 나오면 해망을 떠날 사람들이었지만 아무도 떠나지 못했다. 뿌리뽑힌 자리에서 보상금을 기다리며 엉거주춤 눌어붙어 있는 상태를 주민들은 '보상병'이라고 불렀다. 재판이 지연될수록 보상병은 깊어졌다. 주저앉지도 못하고 털고 일어서지도 못하는 것이 보상병의 증세인데, 보상병이 중증이 되면 시간이 거꾸로 흐르는 몽유증세가 발작돼서 한밤중에 벌떡 일어나 말라가는 갯벌 쪽으로 달려가게 된다고 사람들은 말했다.

재판이 열리거나 중앙의 실사단이 내려오는 날, 주민들은 환경단체 회원들과 함께 군청 앞 광장으로 몰려가 피켓 시위를 벌였다. 주민들은 노래했다.

―우리 승리하리라 우리 승리하리라……
　　―꽃동네 새동네 나의 옛고향……

　　수산청 해망사업소는 공유수면 매립지 인근 수역에서 연안
어업을 축소하는 방향으로 정책을 전개했다. 선주들은 배를
다른 사람에게 팔지 않고 폐기처분하는 조건으로 어선에 대한
보상금을 받았다. 선주들은 배에서 엔진만을 떼어내고 선체를
버렸다. 팔 수도 없는 어선들이 마른 펄 위에 얹혀서 썩어갔
다. 15톤 미만의 연안 유자망 어선들이었다. 낡은 목선들이 배
의 희미한 흔적을 그리며 삭아갔다. 만든 지 오래된 배의 옆구
리에는 '유신1호' '유신2호' '재건호' 같은 등록 선명이 페인
트로 씌어 있었다. 들쥐가 폐선 속에서 새끼를 낳았고 폐선 바
닥에서 버섯이 솟았다. 내륙화가 진행되는 펄 위에서 다시는
바다로 나아갈 수 없는 폐선들은 저녁이면 그 무너진 잔해로
노을을 받았다.
　　간척지 용도계획이 윤곽을 드러내자 펄 가장자리에 들어섰
던 패총貝塚들은 사적지 지정이 해제되었다. 패총들은 1만 년
전 신석기의 조개무지였다. 지방대학 박물관의 발굴조사에서
돌도끼 몇 점이 수습되었고, 집터나 취락의 자취는 드러나지

않아서 해망의 패총들은 1만 년 전 인간의 생존의 흔적이라는 것 이외에는 별다른 학술적 가치를 인정받지 못했다. 패총은 해안선의 굴곡이 가파르고 바다가 깊이 파고들어온 자리에 드문드문 들어섰고, 총 연장은 10킬로미터 정도였다. 조석간만의 차이가 큰 해망의 갯벌에서 조개의 무리는 크게 번창했고, 조개를 주워먹고 살았던 인간집단이 그 갯가에서 거대한 취락을 이루며 생존을 영위했던 것인데, 해망의 패총에 쌓인 조개껍데기는 대부분이 바지락이었다.

저녁 밀물에, 말라가는 펄의 북쪽을 지나는 갯고랑 수로로 바닷물이 들어왔다. 머리에 수건을 쓴 아낙네들이 아직도 남아 있는 바지락을 뒤졌고, 숲으로 돌아가야 하는 저녁의 새들은 갯고랑 수로에 부리를 박고 펄을 헤집었다. 진화를 단념한 것인지, 바지락은 1만 년 전의 껍데기나 지금의 껍데기나 크기와 생김새가 똑같았고 껍데기 위에 펼쳐진 줄무늬도 똑같았다. 해망 출장중에 바지락 껍데기가 쌓인 패총을 바라보면서 문정수는 비릿하고 찝찔한 바지락의 맛도 1만 년 전의 맛과 같았을 것이고, 1만 년 전에 이 갯벌에 내려앉은 도요새가 먹은 바지락과 패총을 남긴 인간들이 먹은 바지락의 맛도 같았을 것이라고 생각했다. 새들은 해망의 해안선에 패총을 남기지 않았다.

사적지 지정이 해제되자 해망군청은 패총의 채굴권을 간척 사업 시공업체에게 허가했다. 물막이 제방 20킬로미터는 노을보기 관광특구로 지정되어 도로 주변에 등대와 노천카페, 갤러리, 사진촬영 포인트 들이 설계되어 있었고, 시공업체는 제방 위로 4차선 도로를 만들고 있었다. 시공업체는 패총의 조개껍데기를 불도저로 밀고 포클레인으로 퍼서 덤프트럭에 실었다. 덤프트럭들이 길게 늘어서서 조개껍데기를 운반했다. 시공업체는 조개껍데기를 석회질 응고제로 아스팔트에 섞어서 도로에 깔고, 페이로더로 밀었다. 조개껍질이 섞인 아스팔트는 빨리 굳었고, 단단하게 굳었다.

패총은 여러 곳에 널려 있었고 조개껍데기의 물량은 도로 포장에 쓰고 남았다. 시공업체는 남은 조개껍데기 물량 전체를 사료가공업체에 팔았다. 사료업체는 마른 펄 안에 분쇄공장을 설치했다. 사료업체는 원심분리기로 흙을 분리해내고 조개껍데기를 분쇄기에 넣어서 갈았다. 그 가루에 밀기울과 보리껍질을 섞어서 배합사료를 만들었다. 트럭들이 배합사료를 싣고 전국의 양계장으로 갔다. 1만 년 전의 칼슘과 석회질 성분이 남아 있어서 조개껍데기 가루를 먹인 닭들은 질병에 강해졌고, 발육이 빨랐고, 껍질이 단단한 알을 낳았다. 해망군청은 사료업자에게 행정명령을 내려서 패총이 사라진 자리에 잔디를 심게 했다. 잔디공사가 끝나자 사료업자는 공장을 거두어서 철수했다.

구법求法의 유학길에 오른 신라의 젊은 중 원효와 의상은 해망의 갯가에서 당나라로 돌아가는 배의 출항을 기다렸다. 세 달 전에 당나라 사신을 태우고 온 배는 해망 펄의 갯고랑 수로를 따라 들어와 포구에 닿았고, 귀국 출항을 하루 앞두고 있었다. 그날 밤, 두 젊은 중은 해망 갯가의 동굴에 묵었다. 밤중에 목이 마른 원효는 동굴 바닥을 더듬어서 물을 마셨다. 아침에 보니 그 물은 사람의 해골바가지에 고인 빗물이었다. 원효는 크게 깨달아서 유학을 갈 필요가 없어졌다. 원효는 신라의 거리로 돌아와 봉두난발의 떠돌이, 노래하고 춤추고 술 마시고 연애하는 저잣거리의 중이 되었고, 아직 깨닫지 못한 의상은 아침에 떠나는 배를 타고 당나라로 가서 화엄에 득도했다. 의상은 누더기옷 한 벌과 밥그릇 하나밖에 지닌 것이 없었으나 3,000여 제자를 거느린 화엄의 종장으로 우뚝 섰다. 청춘이 가야 할 길은 그토록 간절하고 목마른 것이어서 각자의 길을 따로따로 갈 수밖에 없었던 모양이었다. 젊은 그들은 해망의 바닷가 동굴에서 헤어졌다.

옛이야기에 나오는 원효와 의상의 동굴이 바로 아스팔트 응고제와 닭 사료가 되어 사라진 해망 패총 바로 뒤에 있는 자연 동굴이라고 해망의 향토사학자들은 오래 전부터 주장해왔다. 원효와 의상이 수평선 너머를 바라보며 술을 마셨다는 너럭바위가 바로 횟집마을 선착장 기초공사로 쓰인 바위라는 주장도 있었다. 동굴 내부 구조와 8세기 당시의 서해 국제교역항로를 도면으로 그려넣은 논문도 나왔다. 원효와 의상의 동굴이 거기가 아니고 물막이 제방이 끝나는 남쪽 갯가라는 주장도 있었다. 두 학설이 대립했으나 의상이 타고 간 배가 지금의 마른 펄의 북쪽을 가로지르는 갯고랑 수로를 따라 들어왔으리라는 점에는 이견이 없었다.

패총 뒤의 자연동굴은 파도가 갉아먹은 침식동굴이었는데, 갯벌에 물이 빠지자 마른 펄 위로 입구를 벌렸고, 컴컴한 안쪽으로 허연 소금기가 서려 있었다. 젊은 그들은 거기서 헤어져서 의상은 바다로 나아가고 원효는 내륙 쪽으로 돌아섰다는 것이다. 8세기 해망의 갯벌에서 그런 일이 있었다는데, 의상을 태운 배가 나아간 갯고랑 수로 쪽으로 버려진 목선들이 펄에 처박혀 있었다.

가을비가 내려서 마른 펄의 소금기를 씻어내리자 펄 위로 공룡 발자국의 화석이 드러났다. 발자국은 이제는 폐촌이

된 횟집마을 선착장에서부터 먼 바다 쪽으로 길게 이어졌다. 움푹 파인 발자국에 물이 고이고, 거기에 해망의 노을이 한 조각씩 떨어져서 퍼덕거렸다. 공룡 발자국은 노을을 퍼담은 세숫대야의 대열처럼 보였다. 고생물학자들이 마른 갯벌을 조사했고 신문들은 상상도를 곁들여 해망의 공룡을 소개했다. 발자국의 방향과 위치를 분석한 고생물학자들은 공룡 한 마리가 두 발로 걸어서 바다 쪽을 향해 나간 자취라고 말했다. 바다 쪽으로 나간 공룡이 다시 갯가로 돌아온 자취는 없었다.

2억5천만 년 전에 해망의 갯가를 어슬렁거렸던 공룡은 긴 꼬리를 끌면서 두 발로 걸었고, 날개가 달린 익룡이었다. 파충류의 꼬리와 비늘에 조류의 날개를 달고 있었다고 고생물학자들은 말했다. 공룡의 꼬리가 갯벌 위로 길게 끌려나간 자취를 고생물학자들은 현장에서 적시했다. 꼬리 밑에 생식기관이 달려 있었고, 암컷의 질은 구조적으로 동종同種 수컷의 음경만을 받아들일 수 있도록 되어 있어서 종의 순결을 보존했고, 사람처럼 누워서 교미할 수 있었다고 학자들은 설명했다. 해망의 공룡은 이빨이 2,000개가 넘었는데, 그중 몇 개가 화석으로 발견되었다.

공룡 기자회견은 해망의 마른 펄에서 열렸다. 학자들은 이 공룡 발자국 화석의 특수성과 이빨 화석의 희귀성을 설명하면서 이 공룡의 이름을 '해망자우루스 일렉투스 코리아'로 정해서 국제학회에 등록하는 사업을 추진하겠다고 밝혔다. 해망군청은 간척지에 들어서는 임해위락단지 안에 이 공룡 발자국의 크기와 보폭에 맞는 실물대의 공룡을 모형으로 복원해서 테마관광지로 개발하는 계획을 발표했다.

해망자우루스 일렉투스 코리아는 적어도 1백만 년 이상 해망의 늪지에서 번성했다. 1백50만 년이 지난 어느 날, 지구는 소행성과 충돌했다. 해망의 해안과 바다는 구름먼지에 뒤덮여 50년 동안 해가 뜨지 않았다. 그때 모든 광합성작용은 멸절되었고 모든 식물은 사라졌다. 해망자우루스 일렉투스 코리아는 이때 영원히 멸종한 것이라고 학자들은 설명했다.

과학전문지 기자가 물었다.

—공룡의 비행능력은 어느 정도였습니까.

고생물학자가 대답했다.

—몸집의 크기에 비해 공룡의 날개는 작습니다. 하늘을 날려는 지향성이 늪에서 허우적대는 파충류에게 날개를 돋게 한 것인데, 그 날개로 비행이 가능했던 것인지는 알 수 없습니다. 공룡의 날개는 늪을 기던 지느러미의 변형인데, 뼈의 구조가 정교하지 못해서 기체역학적 조정기능은 없었고, 비행추진능

력도 없었던 것으로 보입니다. 그러므로 공룡의 날개는 이륙과 비행을 향한 지향성의 결과물이라고 보면 됩니다.

환경전문지 기자가 물었다.

―공룡의 시력과 청력은 어느 정도였습니까?

고생물학자가 대답했다.

―연구된 범위 안에서 질문해주십시오.

기자들이 낄낄 웃었다.

해망에 출장 올 일이 잦아지는 것이 문정수는 불길하게 느껴졌다. 공룡의 멸종과 함께 펄 속으로 묻혀버린 시간들이 살아나서 문정수를 해망의 늪으로 끌어들이는 듯싶었다.

문정수가 공룡 기자회견의 내용을 정리해서 팩스로 본사에 보냈다. 원고지 5매짜리 기사였다. 차장이 기사를 읽고 전화를 걸어왔다.

―야, 그 동네, 매립하느라고 어수선하구만. 도면 하나 그려 보내. 도면 안에 공룡 발자국을 찍으라구.

문정수는 해망 해안선과 매립지 일대의 도면을 그려서 팩스로 보냈다.

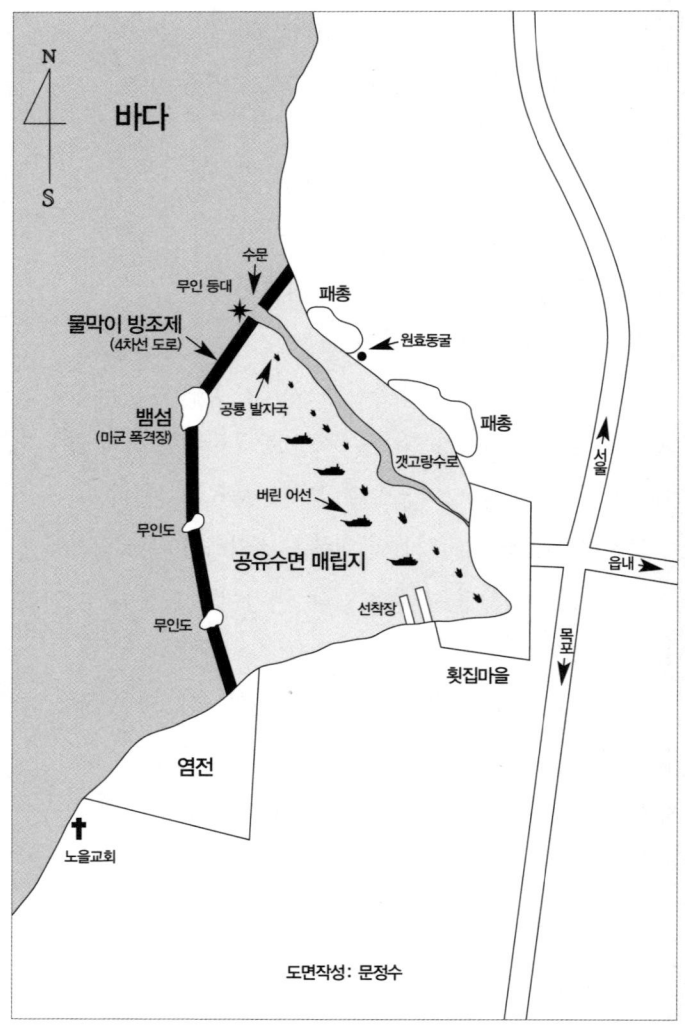

바다

N
S

수문
무인 등대
패총
물막이 방조제
(4차선 도로)
원효동굴
공룡 발자국
뱀섬
(미군 폭격장)
패총
갯고랑수로
버린 어선
무인도
공유수면 매립지
무인도
선착장
횟집마을
염전
노을교회

서울
읍내
목포

도면작성: 문정수

도면 속에서 의상의 배가 떠나간 방향과 공룡의 진행방향은 같았고, 갯고랑 수로가 그쪽으로 흘렀다. 폐선들은 수로 언저리 펄에 표기되었다. 도면을 팩스로 보내고 나자 차장이 다시 전화를 걸어왔다.

—야, 도면 받았다. 동네가 더럽게 복잡하구만. 그런데 그 공룡 한 마리가 왜 바다 쪽으로 걸어나갔다는 거야? 니미.

차장의 말은 아무것도 묻고 있지 않는, 저 혼자서 지껄이는 헛소리처럼 들렸다. 문정수는 대답하지 않았다. 기자회견은 저녁 무렵에 끝났다. 방조제 너머의 바다와 마른 펄, 남은 마을과 갯고랑 수로에 노을이 가득 찼고 새들이 수로를 뒤지며 높이 울었다. 문정수는 어두워지는 해안도로를 따라 서울로 향했다.

장철수는 갯고랑 수로를 따라 배를 몰아 수문 쪽으로 나아갔다. 보름사리의 밀물에 수로는 부풀었다. 밀물이 썰물로 바뀌려는 자정 무렵이었다. 밀물의 기세가 주저앉자 배는 물의 흐름에 실려 수문 쪽으로 흘렀다.

수문 북쪽, 포클레인이 해안선을 헤집어놓은 틈새로 빠져나가 남쪽으로 방향을 틀어서 방조제를 따라 삼십 분쯤 내려가면 뱀섬이었다. 뱀섬 언저리 물가가 장철수의 목적지였다. 거기서 배를 방조제 난간 쇠말뚝에 묶어놓고, 물밑을 뒤져서 탄두나 탄피를 건져올려 배에 싣고 돌아오면 날이 밝았다. 뱀섬은 방조제로 연륙되었고, 그 위로 4차선 도로 건설공사가 진행되고 있었으나 도로가 개통되기 전까지는 배가 아니면 접근할 수 없었다.

장철수의 배는 1.5톤짜리 목선이었다. 어업보상이 끝난 뒤 선주가 엔진을 떼어내고 펄에 내다버린 폐선이었다. 어선으로 등록되었지만 어로에 쓰이지는 않았고 갯고랑에서 운반용으로 쓰던 작업보조선이었다.

장철수는 버린 배의 선체에 경운기 엔진을 끼워넣고 프로펠러를 갈았다. 배는 뼈대가 약해서 잔파도에도 고물 쪽이 삐걱거렸지만 이물 쪽은 사개가 물려 있었고 바닥이 덜 삭아서 갯고랑 운행 정도는 견딜 만했다.

달빛이 밝아서 수로 앞쪽이 환했다. 장철수는 2단 엔진으로 조용히 배를 몰았다. 썰물에 실린 배는 빠르게 갯고랑을 벗어났다. 수문을 지나 방조제 밖으로 나오자 원양의 바람이 육지 쪽으로 불어왔다. 배가 연처럼 쏠렸다. 장철수는 엔진을 1단으로 낮추어 바람 앞에 엎드렸다. 무인등대 앞에서 남쪽으로 방향을 틀 때 배가 왼쪽으로 뒤틀리면서 파도 한 자락이 배 안쪽을 때렸다. 장철수가 뒤쪽을 돌아보았다.

— 괜찮아? 젖었니?

후에는 고물 쪽에 실린 자동차 타이어 위에 앉아서 두 팔로 무릎을 싸안고 윗몸을 꼬부렸다. 어둠 속에서 후에의 몸은 한 움큼으로 보였다. 해풍에 날려갈 듯이 작고 가벼운 몸이었다.

늙은 고기잡이 부부가 무동력 목선을 타고 앞바다로 나갔다. 하루에 생선 네댓 마리를 낚아올려 횟집에 대는 부부였다. 남편은 앞쪽에서 낚시를 드리웠고 아내는 뒤쪽 난간에 앉아서 그물을 사렸다. 생선들의 입질이 좋아서 어창이 가득 찼다. 부부는 한나절 동안 말없이 일했다. 남편은 수평선 쪽으로 앉고 아내는 포구 쪽으로 앉았다. 가끔씩 바람이 불어서 배가 흔들렸다. 점심때가 되어서 남편이 뒤를 돌아보니 아내가 없었다. 물뿐이었다. 뱃전 너머 포구 선착장에서 개들이 먼 바다를 바라보고 있었다. 아내가 앉았던 배 난간에는 그물이 늘어져 물에 빠져 있었다. 배가 흔들릴 때 아내는 물에 떨어졌고, 그때 아무런 소리도 들리지 않았다. 아내는 비명을 지르지도 않았고, 물이 튀는 소리도 들리지 않았다. 아내는 애초부터 없었던 것처럼 사라졌다. 남편은 아내의 실종을 신고했다. 물밑이 깊어서 경찰은 바닥까지 수색할 수 없었다. 아내는 아직도 실종 중이다. 실종될 때, 아무 소리도 들리지 않았고 물 위에는 아무 흔적도 남아 있지 않았다. 실종은 진행중이다.

4년 전 창야를 떠나서 해망에 처음 왔을 때, 장철수는 갯가 횟집 주인에게 그 실종사고 이야기를 들었다. 횟집 주인은 바로 두 달 전에 있었던 일을 태곳적의 신비설화처럼 들려주었다.

후에를 배에 태우고 밤바다로 나올 때 장철수는 배의 고물 쪽에서 후에가 그렇게 실종되어버릴 것만 같은 조바심에 자주 뒤를 돌아보았다. 후에의 작은 몸집과 가는 허리와 긴 목, 흔들리는 머리카락이 그런 조바심을 부추겨주는 것이었지만, 돌아보면 후에는 늘 고물 쪽에서 한움큼으로 꼬부리고 앉아 있었다.

바람에 물보라가 끼쳐왔다. 물보라는 배를 수직으로 때렸다. 장철수가 또 뒤를 돌아보았다. 바람이 목소리를 쓸어갔다. 장철수는 소리질렀다.

— 괜찮아? 젖었니?

후에가 소리질러서 대답했다.

— 아니, 좋아.

— 뭐가 좋아? 춥지? 담요도 젖었니?

— 좀.

―바람이 세다. 몸을 더 숙여.

―더?

―그래, 더. 배고파? 초코파이 먹어.

―또?

―또, 또야? 또라니?

후에는 결혼이민으로 해망 갯가에 시집온 베트남 여자였다. 공유수면 매립에 대한 보상재판이 지연되고, 보상병이 깊어져서 사람들이 엉거주춤하고 오도가도 못 하는 세월에, 보상금의 몫이 없는 젊은 여자들은 해망을 떠났고, 여자 없는 갯가에서 베트남 신부에 대한 수요는 늘어났다.

베트남 청정지역 숫처녀

절대 도망가지 않습니다

품행 보증, 보증기간 3년

이혼시 소개료 반액 환불

후에가 해망에 도착했을 때 읍내 로터리에는 결혼알선회사들의 광고 현수막이 걸려 있었다. 후에는 한글을 읽을 수 없었다. 후에는 해망방조제의 남쪽, 노을교회에서 한국말을 배웠다. 자원봉사하는 신학생이 가르쳤고, 베트남 여자 캄보디아 여자 들이 배웠다. 설거지를 끝낸 저녁시간에, 남편에게 맞아서 얼굴에 멍이 든 여자들이 한국말을 배우러 왔다. 가슴이 큰 캄보디아 여자는 젖을 뒤로 돌려서 등에 붙은 아이에게 젖꼭지를 물렸다. 여자들은 교회 마당 컨테이너박스 안에서 가갸거겨와 아버지, 어머니, 언니, 오빠, 오늘, 내일을 배웠다.

　잘 가, 잘 있어, 잘 먹었어, 잘 잤니?

　더 먹어, 더 놀다 가, 더 줄까?

　좀더, 좀 있다가, 좀 참아.

　또 와, 또 보자, 또 놀자, 또 올게.

　꼭 와, 꼭이야 꼭, 꼭 올게.

　좋아, 싫어.

　여자들은 교사의 입놀림을 따라서 간단한 한국말을 소리내어 합창했다.

　후에는 그 말들을 배울 때, 잘, 더, 좀, 또, 꼭, 좋아, 싫어 같은 외마디 한국말을 좋아했다.

　더 먹어…… 또 보자…… 잘 자…… 좀 줘…… 아이 좋아…… 같은 한국말을 배울 때 후에는 해망의 바다와 사람들이 덜 무섭고 덜 낯설게 느껴졌다. 잘, 더, 좀, 또, 꼭…… 이런 말이 늘 쓰이는 곳이라면 사람이 살 수 있고 아이를 낳을 수도 있는 마을일 것이라고 노을교회에서 한국말을 배울 때 후에는 자신을 위로했다. 그 외마디 한국말은 폭양 아래서 땅에 코를 박고 일하는 베트남 고향 사람들의 몸냄새와 그들의 단순성을 떠오르게 했다. 그리고 그 외마디 한국말은 사람과 사람 사이의 거리를 이어주는 한 가닥의 가늘고 희미한 끈처럼 느껴졌다. 잘…… 또…… 좀…… 더…… 꼭……

후에의 고향은 베트남 중부 해안의 고도古都 후에와 다낭 사이, 하이반 고개 아래 반농반어의 바닷가 마을이었다. 친정이 후에라고 해서 해망 갯가 사람들은 후에에게 택호宅號를 붙여서 후에댁이라고 불렀는데, 후에가 시집을 버리고 읍내로 나온 뒤에는 택호를 떼어버리고 후에라고 불렀다. 후에는 후에의 고향이었다.

후에는 외마디 단음절에 의지해서 한국말을 배웠다. 고향 후에는 해가 뜨는 바닷가였다. 해가 지는 바다를 후에는 해망에서 처음 보았다. 그 낯선 바다와 사람들을 향해 후에는 한 토막짜리 한국말을 해댔다. 그 외마디 말이 자신과 해망을 맺어줄 인연의 끈이 되기를 후에는 바랐다. 말할 때마다 잘…… 또…… 좀…… 더…… 꼭……을 너무 많이 써서 후에의 한국말은 별로 늘지 않았다.

─쟨 말더듬인가봐. 토막소리만 찍찍거리네.

─말더듬이 정도가 아니야. 반벙어리 같아.

해망 갯가의 여자들은 그렇게 수군거렸다.

장철수는 뱀섬 북쪽 끝에서 방조제 쪽으로 배의 방향을 틀었다. 폭격으로 6부능선 위쪽과 해안단애가 무너져내린 섬은 그루터기만 남았고, 그루터기는 방조제에 합쳐져서 도로로 변해가고 있었다.

　달이 구름에 묻혔다. 어둠 속에서 수평선은 보이지 않아서 물과 하늘을 구별할 수 없었는데, 가까운 물 위에는 빛의 잔영들이 어슴푸레 떠돌았다. 새 한 마리가 혼자서 원양으로 나아가며 높이 울었다. 썰물의 앞자락이 방조제 벽을 때리면, 둑을 넘는 물보라에 인광이 흩어졌다.

　―오늘은 두 개만. 작은 걸로.

　―또, 작은 걸로?

　―그래. 바람이 불어서 큰 건 힘들어.

　후에는 배 위에서 잠수복으로 갈아입고 허리에 납띠를 찼다. 후에는 옷 벗기를 부끄러워하지 않았다. 돌아앉거나 주뼛거리지 않았다. 후에는 베트남 고향에서 일곱 살 때부터 물밑 일을 했다. 후에는 삼지창을 들고 물밑에 내려가 해초를 건져올렸고 할머니가 모래밭에 널어 말렸다. 하이반 고개 입구에서 할머니는 노점 좌판을 벌여놓고 말린 해초를 팔았다. 후에는 작은 몸집에 폐활량이 컸고, 물결과 물결 사이에서 물의 힘이 물러서는 틈새로 머리를 박고 들어갈 줄 알았다.

뱀섬 밖 해저는 완만한 사면을 이루며 원양에 닿았다. 방조제 밑 수심은 5미터였고 수평으로 7킬로미터쯤 나간 물밑의 수심은 50미터 정도였다.

물밑이 완만해서, 펄이 펼쳐지고 조개가 번창하기에 좋은 바다였다. 그 물밑 펄에, 8년 동안 미군 폭격기와 전투기 들이 쏟아낸 포탄 껍데기와 탄두가 널려 있었다. 조개보다 쇳덩어리가 더 많을 것이라고 해망의 노인들은 말했다. 해망의 펄은 모래와 자갈이 많이 섞인 토질이어서 탄두와 탄피는 진흙 속에 잠기지 않고 펄 위에 얹혀 있었다.

폭격기들은 뱀섬 일대뿐 아니라, 먼 바다에도 부표로 표적을 띄워놓고 사격했고, 뱀섬 쪽으로 접근한 것은 주로 전투기들이었다. 큰 물건은 먼 바다 밑에 있고 작은 물건은 뱀섬 쪽 물밑에 있었다.

불발탄이 가라앉아 있어서 민간인의 접근이나 잠수를 금지한다고, 육군 폭발물처리반 명의의 경고문이 방조제 위에 붙어 있었으나 단속은 없었다.

후에는 숨을 가득 들이마셨다. 숨을 멈추고 후에는 물속으로 뛰어들었다. 허리에 찬 납띠가 후에의 작은 몸을 물밑으로 끌어내렸다. 해망의 바다는 고향 후에의 바다보다 차가웠고 고향의 물보다 비렸고 고향의 물보다 짰고 고향의 물보다 뻑뻑했고 검었다. 해망의 바다는 바다의 비린내뿐 아니라 육지의 모든 냄새가 강을 따라 흘러들어와 섞여 있는 듯했다. 그리고 그 냄새와 맛 들이 펄 위에서 삭고 또 절여져서 오래고 또 오랜 시간의 맛이 배어 있는 것이고, 그것이 해 지는 바다의 물맛일 것이라고 후에는 생각했다.

후에는 흐린 물밑을 더듬었다. 한 호흡이 끝나기 전에 한 번의 작업을 끝내야 했다. 후에는 손목에 묶은 자석을 더듬이로 삼아서 쇠붙이를 찾았다. 후에는 쇠붙이를 더듬었다. 포탄 껍데기는 펄에 묻히지도 않았고 바위에 눌리지도 않았다. 후에는 포탄 껍데기 아가리에 갈쿠리를 걸었다. 한 호흡이 끝나기 전, 한 모금의 숨을 아끼면서 후에는 물 위로 솟구쳤다.

장철수는 뱃전에서 로프를 당겼다. 수중부력을 받는 포탄 껍데기는 쉽게 딸려올라왔다. 90킬로그램짜리 로켓포탄의 탄피였다. 탄피가 물 위로 떴다. 장철수는 배에 싣고 온 자동차 타이어를 물 위에 띄워서 탄피를 실었다.

후에가 다시 물밑으로 내려갔다. 폐활량의 바다에서 후에는 물 위로 솟구쳤다. 솟구칠 때도 후에는 숨을 몰아쉬지 않았다. 장철수가 다시 로프를 당겼다.

—좀 크다.

―좀!

200킬로그램짜리 탄두가 올라왔다. 표적에 맞지 않고 빗나 갔던지, 탄두는 찌그러지지 않았고, 유선형 형태가 온전했다. 뾰죽한 꼭지는 아직도 표적을 찾고 있는 듯했다. 꼭지는 완강 히 집중되어 있었다. 장철수는 탄두를 타이어에 싣고, 타이어 를 배의 고물에 로프로 묶었다. 육지 쪽에서 새벽의 첫 빛이 내려서 먼 바다 쪽의 어둠이 벗겨지고, 그 자리에 바다의 새살 이 드러났다. 물 전체가 끓듯이 밝아오는 고향의 새벽바다를 후에는 떠올렸다. 여기는 대체 어딘지 후에는 묻고 싶었다.

―가자. 두 개면 됐어.

장철수가 배를 돌려서 시동을 걸었다. 바람은 잠들었으나, 꽁무니에 타이어를 매달아 속도는 느렸다. 물결이 이물을 때 리면 배는 나아가지 못했다. 후에는 고물 쪽에 한움큼으로 쪼 그리고 앉아 있었다.

―배고파? 초코파이 먹어.

―또?

―그래, 또.

―더?

―더 먹으라니까.

뒤쪽으로 하중이 걸려서 배는 자꾸만 쏠렸다. 물결이 타이

어를 때리면 엔진은 힘을 잃고 배가 옆으로 쏠렸다. 새벽 5시
께, 포탄 껍데기 1개, 탄두 1개, 총 290킬로그램의 쇠를 꽁무
니에 매달고, 장철수의 배는 갯고랑 수로를 거슬러서 마른 펄
의 가장자리에 닿았다.

　장철수가 창야경찰서에 연행되었을 때 일급 수배자들의 은
신처와 동선에 관한 정보를 제공한 대가로 하루 만에 무혐의
로 풀려났다는 소문의 진위 여부는 확인되지 않았다. 확인되
지 않았지만, 창야의 노학연대 언저리에서는 대체로 그 소문
을 사실로 믿었다. 장철수가 연행된 후 수배자들이 동시다발
로 한꺼번에 검거되었고, 경찰 정보는 정확히 작동되었다. 경
찰 정보는 빈틈이 없었다.

　장철수는 피의자로 검거된 것이 아니고 임의동행 형식으로
연행된 참고인 신분이었으므로 그가 무혐의로 풀려난 것이 부
자연스러운 일이 아니라고 말하는 사람들도 있었다. 경찰 신
문 과정에서 수배자들의 은신처와 동선을 불 것이냐 말 것이
냐에 대한 결정, 즉 자백의 결단과 자백의 범위에 대한 임의로
운 결정은 장철수만이 할 수 있는 것이고, 제3자가 거기에 도
덕적으로 간여할 수 없다고 법과대학 4학년 여학생이 대학신
문에 기고했다. 그 기고문은 배신자를 합리화시키는 주장이며

윤리의 형식과 윤리의 내용을 구별하지 못하는 무지몽매의 소치라고, 철학과 대학원생이 반론을 발표했다.

경찰은 수배자 일망타진을 발표할 때 '자체 정보망의 힘'이 작동된 것이라고 말했고 정보입수경위를 밝히지는 않았다. 기자들의 집요한 질문에도 경찰서 수사과장은 정보입수경위는 본래 밝힐 수 없고 또 물어서도 안 된다는 답변을 반복했다.

창야에서 사람들은 남들과 같은 말을 하고, 말의 흐름에 동참함으로써 안도했고, 그 안도감 속에서 소문은 소문의 탈을 쓴 채 믿음으로 변해갔다.

창야 임해공단 계약직 노동자 파업사태 때, 5층 옥상에서 추락사한 연마공의 추도집회에서 장철수가 추도사 중간에서,

— 인간은 비루하고, 인간은 치사하고, 인간은 던적스럽다. 이것이 인간의 당면문제다. 시급한 현안문제다.

라고, '인간'을 네 번씩이나 앞세워가며 소리질렀는데, 그때이미 배신의 조짐을 만인 앞에 과시한 것이며, 그가 말한 비루하고, 치사하고, 던적스럽다는 인간은 바로 장철수라고 창야사람들은 말했다.

장철수는 경찰에서 풀려난 직후 창야에서 잠적했다. 그의

잠적은 그의 비루함과 치사함과 던적스러움의 증거가 되었고, 그가 경찰에서 수배자들의 은신처를 불어버린 대가로 풀려났다는 소문에 사실의 지위를 부여했다.

그때 검거된 일급 수배자들은 모두 기소되었으나 1심에서 집행유예로 석방되었다. 피고인들이 시위 군중을 동원해서 파출소를 습격할 때, 돌멩이 운반조와 투석조를 별도로 조직하고 계획적으로 운용했으며, 투석의 결과로 파출소 안에 걸린, 경찰 총수의 지휘방침을 적어놓은 액자가 깨졌다는 사실관계를 법원은 모두 인정했다. 그리고 그 범죄행위를 전복의 예비음모에 따른 실행의 초기단계로 검찰이 규정한 것은 법리의 순수한 해석에서 타당성이 전혀 없다고 할 수는 없으나, 법리를 실제로 벌어진 범죄행위에 적용함에 있어서 무리가 있고 현실성이 결여되어 있다고 법원은 판시했다. 검찰은 항소하지 않았다.

노학연대 집행부는 창야구치소 앞에서 풀려나는 선배들을 맞았다. 석방자들에게 두부와 막걸리를 먹이며 만세를 불렀다. 그 자리에서 문과대학 3학년 학생은 검찰의 전복 예비음모 적용을 놓고, 인간은 비루하고 인간은 치사하고 인간은 던적스럽다는 장철수의 말은 그다지 틀리지 않았다고 말했다. 석방자 중의 한 사람은, 그 말이 지나치게 포괄적이어서 누구를 지칭하는지 알 수 없어서 하나 마나 한 말이고, '인간' 이라는 모호한 주어를 내세우면, 그 뒤에 어떠한 술어를 붙여도 말이 되는 것처럼 보이기 때문에, 어떠한 술어를 붙여도 말이 안 되는 것이며, 따라서 장철수의 그 인간론은 문장으로 성립될 수 없다고 말했다.

구속자들이 풀려나자 임해공단 노동분규 사태는 진정되었다. 추락사한 연마공의 사체는 추락의 동기와 배경이 규명되지 않은 채, 창야화장장에서 소각되었다. 사망한 지 150일 만이었다. 장철수와 그의 행적은 창야에서 잊혀졌다. 임해공단 입주업체들 중에서 생산업체나 재가공업체 들은 공장을 정리해서 공단을 떠났고, 수출대행업체와 창고업체 몇 개가 남아 있다가 인접 공단에 통합되었다.

창야군청은 홍수에 무너진 저수지를 보수하지 않았다. 군청의 산업구조 개편정책은 농경지 면적과 농업인구를 줄이고 서비스업을 늘리는 것이었다. 군청은 홍수에 쓸린 저수지 아랫마을 주민들을 토지보상해주고 이주시켰다. 저수지를 없애고 물줄기를 직강直江으로 뽑아내 인공하천을 만들고 그 주변에 갈빗집과 민박집, 풍차를 내건 모텔을 허가했다.

공단이 없어지고 저수지가 없어졌다. 인구가 줄어서 창야 읍내는 대낮에도 썰렁했는데, 지방대학 앞 술집에서 사람들은 장철수의 인간론을 유행어처럼 지껄여댔다. 인간은 비루하고…… 던적스럽다. 이것이 인간의 당면문제다……

—야, 어때? 홀가분하지?

장철수가 창야경찰서에서 하룻밤을 새우며 조사받고 풀려날 때 공안담당 수사관 최형사는 그렇게 말했다. 밤을 새운 그는 기지개를 켜면서 또 말했다.

—홀가분한 게 좋은 거야. 그래야 너도 편하고 나도 편하지.

최형사는 장철수의 대학 5년 선배였다. 사법시험에 두 번 낙방하고, 경찰에 들어와서 고향의 일선 경찰서에 근무하고 있었다. 술 잘 마시고 돈 잘 쓰고 등산 좋아하는 그는 후배들을 여러 지방대학에 정보원으로 박아놓고 학내 동태에 관해 의미 있는 정보를 신속히 수집했다. 그가 입수한 정보는 밀도가 높고 파장이 커서, 단발성 검거뿐 아니라 망網을 걷어올리고 선線을 당기는 데 유용하게 작동되었다. 도경은 그가 보고하는 정보의 예측력을 인정했고, 그의 정보분석을 신뢰했다. 그는 공채로 경찰조직 최말단에 들어온 지 2년 만에 특진했다.

—야, 말해봐. 개운하지?

장철수는 대답하지 않았다. 한 세상이 자신으로부터 떨어져나가서, 아득한 곳을 향해 돌아서는 느낌이었다. 그것을 개운함이라고 말할 수는 없을 것이었다.

— 말 안 해? 말 안 해도 다 알아. 개운할 거야. 나한테 말한 건, 신부한테 고해성사한 거나 마찬가지야. 절대 안 새. 이게 우리 직업윤리야.

최형사는 지갑에서 만원짜리 다섯 장을 꺼내서 장철수에게 내밀었다.

— 나가서 목욕해. 이건 내 사비야. 선후배가 취조실에서 만나니 꼴사납지만 그래도 쉽게 끝나서 편하다.

돈을 받는 것이 그를 더욱 편하게 해줄 것 같아서 장철수는 돈을 받아 주머니에 넣었다.

최형사는 또 말했다.

— 야, 너 말이야, 노학연대고 공단이고 뭐고, 그쪽에 얼씬거리지 마. 팔자에 없는 짓거리 하지 말라구. 너하곤 안 맞아. 넌 닭 모가지도 못 비틀고, 못대가리 하나 못 박을 위인이야. 넌 우선 손바닥에 악력을 키워야 해. 그게 급선무야.

홍수에 쓸려내려간 창야저수지 뚝방에서, 선배, 옷을 좀 단정히 입을 수 없어? 외양만이라도 좀 남들처럼 해봐……라던 노목희의 말이 장철수의 기억에 떠올랐다. 최형사의 말은 틀리지 않았다. 혼곤한 잠에서 깨어났을 때처럼 손아귀에 힘이 빠져서 손가락을 오므릴 수 없고 연장을 잡을 수 없고 사물을 쥘 수 없는 시간이 창야의 공단과 들판을 흘러간 듯싶었다. 외양만이라도 남과 같이 좀 해보라던 노목희의 말도 악력이 빠진 손아귀의 무력을 지적하는 말이었을 것이다.

아침에, 장철수를 내보내면서 최형사는 사건의 뒷정리를 위해 그날 저녁에 다시 한번 만나자고 말했다.

그날 저녁 장철수는 창야에서 고속도로로 나가는 외곽의 한 모텔 커피숍에서 최형사를 만났다.

최형사는 장철수에게 창야를 떠날 것을 권유했다. 그의 권유는 다소 강압적이었다. 최형사의 권유가 아니더라도 장철수는 창야가 아닌 곳, 어디든지 여기가 아닌 곳, 어딘지는 알 수 없지만 손아귀에서 악력이 살아나는 곳으로 가야 한다고 조바심치고 있었다. 그래서 최형사의 권유는 거역하기 어려운 명령처럼 들렸다. 자신의 몸 속에서 뒤엉켜서 희뿌옇게 떠돌던 것들을 최형사가 명확하게 말해주는 듯싶었다.

—야, 너 여기 있으면 앞으로 어려워질 거야. 창야에서 살 생각 마. 내가 아무 말 안 하고 입 다물고 있어도, 넌 어려워져. 여길 떠나. 꼭 여기서 살아야 되는 건 아니잖아. 니가 창야에서 없어져야 나도 편해.

그러지 않아도 그럴 생각이라는 말을 장철수는 하지 않았다. 말은 그보다 더 앞질러서 나왔다.

—최선배, 어디 갈 데가 있을까?

—야, 그걸 얘기하려고 만나자고 한 거야.

그날, 최형사는 장철수에게 해망군 뱀섬 바다 밑의 포탄 껍데기와 거기에 접근하는 길을 설명해주었다.

최형사와 친한 군대 동기생 한 명이 해망 사람인데, 제대 후 해망에서 환경운동가로 활동하면서 미군 폭격훈련 저지 투쟁을 벌여왔고, 뱀섬 공여기간이 끝나 미군 관리부대도 철수한 후로는 물밑 고철을 조금씩 건져서 제법 재미를 보고 있다는 이야기를 최형사는 장철수에게 소상히 말해주었다. 그리고 그 친구를 소개해줄 테니까 해망으로 가서 물밑 고철에 접근하는 길을 찾아보라는 것이었다.

—야, 너 해망에 가본 적은 있나?

—전혀 없어, 선배.

—그게 더 아쌀해. 아는 놈이 한 놈도 없는 동네가 좋아. 그런 데서 살면 손바닥 악력이 금세 는다. 넌 그런 데로 가야 해.

최형사의 이야기를 들으면서 장철수는 손바닥을 말아 주먹을 쥐었다. 아무것도 거기까지 따라오지 않기를 장철수는 바랐다.

최형사가 다그치듯 말했다.

—야, 너 갈 거지? 가, 거기가 아쌀해. 이제 여긴 너 살 데가 아니다. 그건 알지? 가, 가라구. 내가 잘 말해줄게.

그날 장철수는 소주 반병에 취했다.

공유수면의 마른 펄에 억새와 민들레가 서식지를 넓혀갔다. 억새는 폐선착장 주변에 들러붙어 거점을 확보했다. 억새는 펄의 가장자리를 따라서 북쪽으로 세력을 전개했다. 민들레의 무리는 땅바닥을 긁는 포복의 대열을 이루며 소금기가 점차 빠져나가는 펄의 안쪽으로 진출했다. 물이 말라가는 펄은 그 밑에 쌓인, 창세기 이래의 소금기를 햇볕에 증발시켰다. 허연 소금먼지가 펄 위에 쌓였다. 일몰에, 노을은 넓고 멀었다. 뱀섬 위에 뜬 노을은 붉었고, 소금먼지 위에 내린 노을은 보랏빛이었다. 바람이 소금먼지를 흔들면 노을은 부서졌다. 밤에는 소금먼지가 해풍에 실려 해안마을로 몰려왔고, 낮에는 민들레 꽃씨가 바람에 날려 바다 쪽으로 퍼졌다. 풍매風媒하는 그것들은 남루하고 하찮았으며, 땅에 납작 들러붙어 있었으나 깃털이 달린 그 종자들은 바람에 실려 펄에 가득히 내렸고 방조제를 건너서 바다로 나아갔다. 짠 펄에 떨어진 씨앗이 뿌리를 박지 못하고 죽으면 다른 씨앗이 내려와 뿌리를 내렸다.

한 뿌리로 또다른 뿌리를 내밀고 씨앗 한 톨로 만 톨을 만들어가면서 민들레는 펄의 안쪽으로 진출했다. 소금바람이 몰려오는 밤에 민들레꽃은 봉오리를 오므렸다. 소금기가 덜 빠진 펄의 안쪽에는 아직 민들레의 세력이 당도하지 못했고, 먼저 세력을 이룬 나문재가 칠면초의 권역을 방조제 쪽으로 몰아붙이고 있었다.

해안선의 북쪽, 바다로 돌출한 야산의 벼랑 끝에서 행글라이더들이 날아올랐다. 행글라이더가 바닷물과 방조제 위를 날아서 마른 펄 위에 내려앉을 때 새들이 퍼덕거리며 달아났다. 행글라이더들은 바다 쪽에서부터 마른 펄을 향해 각도를 낮추고 천천히 활공해 들어왔다. 발진기지인 벼랑이 급경사를 이루었고 해풍이 거칠어서, 해망의 마른 펄은 고난도의 활공장으로 꼽혔다. 활공대회가 열리는 5월에는 독수리 날개, 박쥐 날개, 도마뱀의 날개를 펼친 행글라이더 100여 대가 해망의 마른 펄 위를 날았다. 행글라이더들은 방조제 너머로 날아갔다가, 기류에 실려서 너울거리면서 해안마을 쪽으로 다가와 완만한 경사각을 이루며 착지했다. 행글라이더들이 마을 쪽으로 날아올 때, 그것들은 수억만 년의 시간을 건너서 해망의 바다 쪽으로 날아오는, 날개 달린 공룡처럼 보이기도 했다. 고난도 기술을 뽐내는 행글라이더들은 갯고랑 수로를 따라 드러난 공룡 발자국 화석 위에 내려앉기도 했다. 대회에서 우승, 준우승을 차지한 행글라이더들은 모두 지정된 공룡 발자국 화석 근처에 정확히 내려앉았고, 엔진을 장착한 행글라이더들은 내려앉은 자리에서 다시 프로펠러를 작동시켜서 발자국 화석을 딛고 이륙했다. 행글라이더 대회는 아시아 10개국이 참가했고, 국내 시도대항까지 겹쳐 한 달 동안 계속되었다.

장마 때, 펄은 깊이 젖었다. 목마른 펄이 빗물을 빨아들여서 펄은 늘 메말라 보였는데, 가끔씩 구름을 뚫고 햇볕이 내리쬐면 펄은 희뿌연 수증기를 토해냈다. 펄이 품어내는 증기에 가려 방조제와 그 너머의 바다는 어른거려 보였고, 바람이 증기를 마을 쪽으로 몰아붙였다. 증기에서 짠내가 나서 노인들은 소금안개라고 불렀다. 장마 때, 펄의 안쪽에서 나문재의 세력은 내륙 쪽으로 다가왔다. 젖은 날, 새들은 날지 않았다.

장마가 끝나면, 펄은 다시 폭양 아래 말라갔다. 펄은 뒤틀리면서 갈라졌다. 갈라진 자리에서 펄의 캄캄한 속살이 드러났고, 거기에 진물이 흘러서 질척거렸다.

진물이 마르는 가을에는 모터사이클 대회가 열렸다. 해망의 마른 펄은 완만한 구릉과 고랑 들이 펼쳐져 있어서 모터사이클 경기의 최적지로 꼽혔다. 독립수계獨立水系를 이루는 작은 하천들이 수억만 년 동안 실어나른 퇴적물들이 펄에 쌓이고,

그 위를 밀물과 썰물이 드나들어 물밑은 파도의 지형을 이루고 있었다. 그 파도의 지형이 굳어지면서, 낮은 오르막과 내리막이 출렁거리면서 이어졌다.

모터사이클들이 마른 펄 위를 달렸다. 엔진이 으르렁거렸다. 수백 마리의 야수가 한꺼번에 울어대는 소리가 펄을 가로질러 달려가고 달려왔다. 해망의 모터사이클 경기는 스피드 종목과 묘기 종목으로 나뉘어 진행되었다. 출렁거리는 경기장 바닥에 이탈리아와 일본의 메달리스트들도 매혹되었다. 도전적이고 모험적인 레이서들이 해망으로 몰렸다. 해망군청이 주최하고, 전국이륜협회가 경기를 조직했다. 사고확률이 높아서 주최측은 초보자를 예선에서 걸러냈고 보험회사는 대회의 보험료를 인상했다.

구릉 위에서 모터사이클들은 앞바퀴를 들고 공중으로 치솟았다. 엔진이 으르렁거리고 배기통이 폭발음을 토해냈다. 구릉마다 폭음이 터지고 먼지가 일었다. 먼지 속에서 모터사이클이 솟았다. 뒷바퀴로 구릉을 박차고 치솟은 모터사이클은 앞바퀴로 저쪽 구릉에 닿았고, 다시 뒷바퀴로 구릉을 박차고 솟아올랐다.

이탈리아 선수 제프리 조지뱅은 낮은 고랑에 한 번도 바퀴를 대지 않고, 구릉의 정상부에서 정상부를 연결시켜가며 해망의 마른 펄을 건너가고 건너왔고, 해안마을에서 방조제까지 펄을 가로질렀다. 조지뱅의 뒤로, 먼지의 대열이 일자로 가지런히 펄을 건너 따라왔다. 멀리서 보면 조지뱅은 마른 펄의 이쪽에서 저쪽까지 끝없는 물수제비를 뜨는 것처럼 보였다. 제프리 조지뱅이 우승했고 낮은 고랑에 바퀴를 몇 번 스친 한국 선수들이 2등, 3등을 차지했다. TV 카메라는 방조제 위, 마을 쪽, 그리고 펄 한가운데서 물수제비 묘기와 그 뒤로 일어서는 먼지의 대열을 촬영했다. 제프리 조지뱅이 먼지를 일으키며 펄을 건너올 때는 헬리콥터에서 항공촬영했다. 모터사이클들은 7일 동안 으르렁거리면서 솟구치고 자빠지고 달려갔다.

원효, 의상의 동굴 앞쪽 해안 경사면에 자리잡았던 염전은 바닷물이 닿지 않아 폐전되었다. 소금창고들은 내부를 방습처리하고 방범용 철문을 설치했다. 소금창고들은 행글라이더와 모터사이클의 장비 보관창고로 용도를 바꾸었다.

행글라이더 선수와 임원 들은 경기 도중에 마른 펄 위에서 점심을 먹었다. 횟집마을의 식당 종업원들이 펄 가운데로 매운탕을 배달했다. 종업원들은 음식 배달용 철가방을 경운기에 싣고 마른 펄을 건너갔다. 경운기는 심하게 흔들렸다. 종업원들은 그릇 위에 비닐랩을 두 겹으로 씌웠다. 경운기가 펄을 건너 음식을 배달할 때, 방조제 너머에서 행글라이더들이 펄 안

으로 날아왔다. 해망 읍내 철공소는 배달 도중 흔들려도 국물
이 쏟아지지 않는 철가방을 고안했다. 수평 유지형 철가방은
빠르게 팔려나갔다.

　웅덩이의 물이 말라가자 갯장어가 방조제를 넘어서 바다로
갔다는 소문이 돌았다. 마른 펄의 빗물 고랑에 남아 있던 게들
도 줄을 지어 방조제를 넘어서 바다로 갔다는 말도 있었다. 방
조제 위 4차선 도로에 아스팔트를 깔던 페이로더 기사가 야간
작업을 하던 중에 포장도로를 가로질러서 바다로 가는 갯장어
와 게를 보았다고 밤참을 먹는 천막식당에서 노무자들에게 말
했다. 페이로더 전조등 불빛 앞에서 무언가가 꿈틀거리기에
다가갔더니 갯장어 서너 마리가 몸통을 뒤틀며 4차선 도로를
가로질러 바다 쪽으로 가서 물 위로 떨어져내렸고, 그 뒤를 게
들이 대열을 지어서 따라가더라고 페이로더 기사는 말했다.
그는 팔뚝을 흔들어서 갯장어가 기어가는 시늉을 해 보였다.
　통신사의 주재기자가 그 소문을 기사로 타전했다. 어류생태
학자와 TV 다큐멘터리 제작자 들이 해망방조제로 몰려왔다.
어류생태학자는, 말라가는 물웅덩이에 갇힌 갯장어가 방조제
를 넘어 바다로 탈출하는 사태는 상상할 수 있는 일이며, 그것
을 확인할 수만 있다면 새로운 서식지를 찾아 죽음에서 삶으

로 건너가는 생명의 힘과 아름다움을 증명하는 일이라고 말했다. 장어는 유속과 파도를 역류해서 강의 하구를 드나드는 힘센 물고기이며, 방조제로 바다가 막혔어도 갯장어의 관능 속에 각인된 기억은 방조제 너머 바다로부터의 냄새와 기척을 감지할 수 있고, 그 감각에 의해 이동방향을 설정할 수 있을 것이라고 어류생태학자는 방조제 위에서 기자들에게 말했다. 장어가 어떻게 3미터 높이의 방조제를 타넘을 수 있겠느냐는 기자의 질문에, 그 학자는 아마도 시멘트 틈새의 홈통을 따라 올라오거나, 바람에 실려서 넘어올 수도 있는 것인데, 어류의 생태와 능력을 인간이 모두 다 알 수는 없는 것이라고 설명했다.

TV 피디들이 방조제 위에 카메라를 설치하고 사흘 밤낮을 매복했다. 피디들은 도로공사 시행업체 쪽에, 갯장어를 기다리면서 대기하는 동안 방조제 위로 공사차량의 통행을 중지해줄 것을 요청했고, 시공업체는 피디들의 요청을 받아들였다. 공사차량은 오지 않았다. 갯장어도 오지 않았고 게도 오지 않았다. 방조제 안쪽 물웅덩이에는 바다로 가지 못한 게들이 죽어 있었다. 젖은 흙에 게들이 기어다닌 흔적이 있었다. 흔적은 무질서했고 계통이 없었다. 학자들이 돋보기로 흔적을 들여다보았으나 게들의 진행방향을 추론할 수 없었다. 말라가는 물웅덩이에서 수많은 게들과 장어들이 죽었지만, 먼 바다의 냄새를 깊이 느끼고 바다의 인력에 강력히 끌리는 몇 마리가 방조제를 넘어서 바다로 갈 수는 있었을 것이라고 학자들은 말했다. 옛 서식지에 대한 추억의 힘으로 신생의 자리를 찾아가는 강력한 개체의 생명력이 멸절하는 종족의 운명을 넘어서는 생생한 사례를 해망의 방조제에서 입증하려 했는데, 신뢰하기 어려운 목격담만 나돌고 생태의 현장이 확인되지 않아서 안타깝다고 학자들은 기자회견의 끝부분에서 말했다. 마른 펄에 들쥐들이 창궐했다.

수평선은 방조제에 가려서 보이지 않았다. 밤에는 그 위로 철야작업하는 중장비들의 불빛이 흘러갔다.

4월 3일 17시 40분 무렵에, 방조제 위 4차선 도로 공사장에서 해망고등학교 2학년 여학생 17세 방미호가 크레인에 치였다. 방미호는 크레인 무한궤도에 깔려 즉사했다. 공사중인 도로는 아직 개통되지 않았고, 입구에 차단기가 설치되어 있었다. 외부 차량은 진입할 수 없었고 중장비와 자재운반용 덤프트럭만이 그 위를 오갔다.

죽은 방미호는 횟집마을 주민 49세 방천석의 장녀였다. 그의 9대조가 해망 포구에 수군만호로 부임해온 이래로 방씨 집

안은 포구마을에서 세거했다. 방천석은 바다와는 인연이 없었고, 논 9백여 평과 밭 3백 평에 농사를 짓고 살았다. 9대조 수군만호의 수영水營은 지금의 방조제 북쪽, 행글라이더 뜨는 벼랑 아래 있었고, 방천석의 논밭도 그 언저리에 있었다. 죽은 방미호는 해망 노을초등학교를 졸업했고, 아버지 방천석도 36년 전에 같은 학교를 졸업했다.

경찰은 방미호의 사망을 크레인 운전자의 업무상 과실치사로 처리했다. 일몰 무렵에, 죽은 방미호가 왜 개통되지 않은 도로로 나갔는지를 진술해줄 참고인을 경찰은 찾지 못했다. 방미호는 학교에서 사진동아리에 가입해 있었고, 사고현장에서 방미호의 디지털 카메라가 수습되었다. 방미호가 일몰 무렵에 노을을 찍으러 방조제에 나갔으리라고 경찰은 추측했다. 방미호의 카메라에 노을 풍경은 담겨 있지 않았다. 도로 4개 차선 중 육지 쪽 차선 2개는 매립시공업자인 광명토건이 직접 공사를 맡았고, 바다 쪽 2개 차선은 해망지역의 협력업체가 재하청도급으로 시공했다. 사고는 바다 쪽 재하청 구간에서 발생했다.

크레인이 앞서고, 25미터 뒤에서 지게차가 뒤따랐다. 크레인은 이동이 무한궤도식이었고 지게차는 타이어식이었다. 장비들은 주간작업을 마치고 격납고로 가는 길이었다. 장비들은 시속 20킬로미터로 주행했다. 방조제 도로는 자동차전용으로 갓길이나 인도가 설계되어 있지 않았다.

크레인은 운전석의 위치가 높아서, 차체의 회전각도에 따라서는 좌우 측방의 하향시야에 사각이 있을 수 있다고 크레인 운전기사는 경찰에서 진술했다. 사고지점은 도로가 뱀섬의 남단에서 휘어지는 구간이었다.

갓길이 없는 길에서 방미호는 차선에 바싹 붙어서 크레인과 같은 방향으로 걸어갔다. 크레인 운전기사는 약 150미터 앞에서 같은 방향으로 걸어가는 방미호를 발견했다. 크레인 기사는 보행자를 추월할 생각으로, 속도를 늦추지는 않았다. 크레인 옆을 지날 때 키가 작은 방미호는 운전자의 우측방 하향 사각으로 들어왔다. 바람이 불어서 방미호의 스커트 자락이 무한궤도의 톱니에 물렸다. 방미호는 넘어지면서 무한궤도 밑으로 깔렸다.

크레인 운전사는 주행을 계속했다. 차체 밑에서 무언가 뭉클하는 느낌이 올라왔다. 느낌은 멀고 희미했다. 비포장 진흙 구간을 달려온 운전자에게 그 희미한 느낌의 내용은 특별하지 않았다.

뒤따르던 지게차 운전사가 사고를 목격했다. 지게차 운전사가 차를 세우고 워키토키로 크레인 운전사를 불렀다.

　—야, 차 세워. 너 사람 깔았어.

　—뭐야? 니미……

　—야, 세워. 깔렸어. 밑에 깔렸다구.

　—아, 쓰……

　—야, 빼, 빼. 후진해.

　크레인 운전사는 차를 멈추었다. 무한궤도는 이미 방미호의 몸을 깔아서 갈았다. 방미호는 궤도의 중간부분에 눌려 있었다. 운전자는 후진기어를 당겼다. 크레인이 후진하면서 무한궤도가 다시 방미호의 몸을 갈았다. 후진할 때 차체 밑에서는 아무런 느낌도 올라오지 않았다.

　방미호의 죽음은 교통사고였으나 그 파장은 컸다. 매립공사가 진척되어가자 반대운동에 대한 호응도는 낮아졌다. 공유수면 매립에 반대해온 지역 시민단체들은 물막이공사가 끝나가자 사실상 반대운동을 포기했다. 방미호가 방조제 도로공사 현장에서 크레인에 깔려 죽자, 시민단체들은 꺼져가는 불씨를 다시 살려냈다. 지역 환경운동가들이 시위를 재조직했고, 어업보상금 액수에 불복해서 소송을 제기한 해안지역 주민들이 시위에 가담했다. 시위대는 방미호의 죽음을 '로드킬'이라고 불렀다. 방조제 철폐와 해안의 원상복구를 시위대는 요구했다. 그것이 크레인에 깔려 죽은 17세 꽃봉오리의 절규라고, 시인이 자작시를 낭송했다. 어장의 소멸에 따른 어업보상과는 별도로, 마른 펄에서 날리는 소금먼지 피해에 따른 농업보상을 지급할 것을 지역 농민들은 요구했는데, 이번 시위에서 보상 확대는 요구사항으로 등장하지 않았다. 시위의 전략은 우선 환경논리만을 명분으로 내세우고, 거기에 여고생의 죽음을 결부시켜서 상황의 정서화를 통해 심정적 호응도를 높이고, 보상금 증액과 보상범위 확대는 그 명분의 우산 밑에 놓고 추후 요구하자는 것이라고, 해망경찰서 정보과장은 현장의 동태를 분석해서 상부에 보고했다. 방조제 철폐나 해안의 원상복구 같은 요구사항이 매우 비현실적이어서 시위의 호응도는 낮지만, 호응도가 낮을수록 시위는 소수 극렬화될 것이며, 보상금문제는 명분 확보의 전략에 따라 당분간 표면화되지는 않을 것이고 방미호의 죽음의 의미는 단순사고의 수준을 넘어서 신성화될 것이라고 정보과장의 보고서는 예측했다.

방미호의 시신은 흘러내렸다. 시신은 비닐봉지에 담겨서 입관되었다. 신발이 무한궤도 기어 틈에 끼었고, 머리카락이 아스팔트에 눌어붙었다. 아스팔트는 아직 굳지 않아서 물컹거렸고, 열기를 뿜어냈다. 로드킬, 로드킬, 방미호 로드킬…… 시위대는 사고현장에 현수막을 내걸었다.

경찰이 사망자의 신원을 확인할 때 방미호의 아버지 방천석은 입회를 사절했다. 볼 걸 보라구 해야지, 그걸 봐서 뭘 어쩌라는 건가. 꼭 봐야 아는가, 라면서 이웃 사람들이 방천석의 입회를 말렸다. 방미호의 신원은 고등학교 체육교사가 확인했다. 시신은 화장되었고, 시위대가 뼛가루를 가져가서 방조제 위에서 산골했다. 뼛가루는 바다 쪽으로 날렸다. 무당이 방미호가 깔린 자리에 사잣밥을 진설하고 살풀이춤을 추었다. 무당은 아스팔트에 눌어붙은 방미호의 넋을 일으키고 달래고 씻겨서 수평선 쪽으로 전송했다.

시공업체의 보험회사는 죽은 방미호에게 40퍼센트의 과실책임을 지우는 선에서 보험금을 산출했다. 방미호가 개통이 안 된 도로로 진입했고, 진입구에 '관계자 외 출입금지'라는 경계팻말이 걸려 있었으며, 인도가 없는 미개통 도로에서 달려오는 중장비에 바싹 접근했던 점은 보행자가 주의의무를 태만히 한 것으로 본다고 보험회사는 보험금 산출의 근거를 제시했다. 액수에 불복한다면 민사소송을 제기할 수 있다고 보험회사는 방천석에게 통고했다.

위자료 지급을 놓고 시공업자인 광명토건과 재하청도급을 맡은 해망지역 협력업체 사이에 분규가 발생했다. 사고는 하청업체의 시공 구간에서 발생했으므로 위자료와 장례비는 마땅히 사고의 행위자인 하청업체가 지불해야 한다고 광명토건은 주장했다. 재하청업체는 특정한 구간을 도급받은 행위대리인이고 사업의 주체는 원청업자이기 때문에 위자료와 장례비는 모두 광명토건이 부담해야 한다고 주장했다. 하청계약서에는 사고처리와 비용부담의 규정이 모호했다.

퀵서비스 오토바이 편에 물건을 보냈는데, 오토바이가 도중에 사고를 냈다면 그 사고를 처리하는 비용을 의뢰인이 부담해야 하는가? 를 예화로 들면서 광명토건은 책임을 부인했다. 분규가 계속되는 동안 시위는 격화되었고, 공사는 중단되었다. 시공업체들의 부도덕한 책임전가를 규탄하고, 유가족들에게 위자료를 지급하라는 구호가 첨가되었다. 해망군수가 중재를 시도했으나 양측이 모두 응하지 않았다. 광명토건이 간척공사장에 투입한 건설장비 350대 중에서 150대가 대여장비였다. 시위대가 진입로를 막아서 공사를 할 수 없는 날에도 광명토건은 장비대여료를 지불해야만 했다.

해망경찰서 정보과장은 광명토건의 장비대여료가 업체간 위자료 분규 해결에 긍정적 조건이 될 것이라고 정보보고서에서 예측했다. 광명토건이 하루에 지불해야 하는 장비대여료는 위자료 총액을 넘고, 거기에 완공 지연에 따른 위약금과 대출

금리, 현장 유지관리비의 증가분에 계약직 임금 초과분을 합치면 광명토건은 공사가 지연되는 사태를 열흘 이상 감당해내지 못할 것이라고 정보과장은 광명토건의 공사시방계약서 사본을 분석해서 제시했다. 광명토건은 우선 위자료 일부를 지급하는 조건으로 시위대를 진입로에서 철수시키는 협상에 나서게 될 것으로 보이며, 치안력과 행정력이 자율적 협상에 간여하는 것은 바람직하지 않고 다만 환경조성과 원격관찰이 필요할 것이라고 정보과장은 소견을 제시했다. 공유수면 매립에 관한 환경논리와 경제논리가 충돌하고 미래에 대한 예측이 엇갈리면서 연안 주민들은 펄에서 낙지 잡고 조개 잡던 과거를 미화하고 또 혐오하는 분열증세에 빠져 있고, 논리들은 그 분열증세에 따라 편의적으로 동원되고 있다고 정보과장은 말했다.

선거가 임박했고, 연안 주민들의 동태는 치안과 정치에 넓게 관련되는 민감한 첩보사항이었다. 정보과장은 시위대의 지도부와 주민단체, 소송집단의 외곽에 망원網員을 깔아놓고 일일보고 형식으로 정보를 수집했다. 그는 공유수면 매립공사가 끝나고, 그 자리에 공단구획이 설정될 때까지 현 정보과장직을 유지하는 것으로 도경 지휘부와 약정되어 있었다.

광명토건은 방미호 사망사고 발생 닷새 만에 위자료 지급을 결정하고 하청업체와의 분규를 정리했다. 광명토건 홍보실장이 현장에서 회사의 결정을 브리핑했다. 광명토건은 방미호의 사망사고에 직접책임이 있는 것은 아니지만, 하도급 구간에서 벌어진 사고에 대해 도의적 책임을 지며 영세한 하청업자를 불의의 사고로부터 보호하고 지역민의 고통에 동참하려는 대기업의 공적 자세를 깊이 이해해달라고 홍보실장은 말했다.

　그날 저녁 해망경찰서 정보과장은 다시 긴급보고서 한 장을 도경 정보참모 앞으로 보냈다. 시위대의 지도부로부터 빨아올린 정보로, 시위대의 향후 전략동태에 관한 사항이었다. 도경 청장의 지시로 보고서는 정보, 경비, 수사, 보안계통 지휘부에 회람되었다.
　해망 연안 시위대는 광명토건을 압박해서 죽은 방미호의 위자료를 받아내는 조건으로 일단 공사장 진입로를 열어주고 나서 다시 위자료 수령자인 방미호의 아버지 방천석을 회유설득해서 위자료 수령을 거부케 함으로써 선전효과를 극대화하고 투쟁의 명분을 강화하고 수위를 제고하려는 전략을 확정했다고 정보과장은 보고했다. 방천석이 위자료 수령을 거부한다면, 이주보상금이 살포되기 시작한 이후부터 호응도가 낮아지는 시위에 심정적 인화물을 끼얹는 결과가 될 수 있을 것이라고 정보과장은 보고서에서 예측했다.

한국매일신문이 도청소재지에 깔아놓은 제보조직이 도경 문서수발창구로 접수된 해망경찰서 정보과장의 긴급보고서에 선을 댔다. 선은 도경 조직 내부로 이어졌다. 선은 A4용지 두 쪽 보고서의 실물에 닿지는 못했으나 내용을 포착해서 도경 밖으로 끌어냈다. 제보조직은 보고서 내용을 한국매일신문 본사에 전했다.

사회부 당직차장이 휴대폰으로 문정수를 불렀다. 아침 9시 30분이었다. 문정수는 서울 서북경찰서 형사 당직반의 야간 사건을 체크하고 있었다.

—야, 거기 어디야.

—서북입니다.

—어때? 뭐 있나?

—변사 하나에 사기, 간통, 폭행입니다.

—변사는 뭐야?

—오십대 노숙잡니다. 행려예요. 변사로 들어왔는데, 자연사에 가깝습니다.

—니미, 변사나 자연사나. 야, 버려, 싹 버려. 딴 거 없냐?

—없습니다. 조용해요.

—니미, 만날 조용하면 어떡허냐?

당직차장은 해망에서 온 제보 내용을 문정수에게 설명하고, 제보에 따른 출장취재를 지시했다.

—야, 죽은 애 위자료가 지금 민감하게 되어 있어. 감 잡았지?

—죽은 애 아버지가 받겠지요.

—아직 감을 못 잡았구만. 그걸 지금 못 받게 하려는 거잖아. 그러니까 내려가봐.

—교통사고가 변질되는군요.

—야, 그 아이 깔려 죽은 사고는 별거 아냐. 니미, 그건 버려. 버리고 돈 쪽으로 바짝 붙어. 돈이 어디로 튕겨지는지 잘 챙기란 말야. 니미, 해망은 니 전공이잖냐.

또 해망이구나, 니미, 문정수는 차장의 말투를 따라가려는 것을 억눌렀다. 오금자를 단념하고 돌아서던 저녁 무렵의 해망의 노을이 문정수의 머릿속에 펼쳐졌다. 오금자는 사건 이후 서울에 나타나지 않았다. 아들이 개에 물려 죽은 비닐하우스 마을은 철거되었고, 장례 때 접수된 위로금은 법원에 공탁 중이었다. 문정수의 기억 속에서 해망의 노을은 눈에 보이는 것들의 사실성을 풀어헤쳐서, 거기에 스치고 스미는 것들을 무력하게 주저앉혔고, 멀고 텅 빈 저쪽으로 달아나는 것들을 더이상 추적할 수 없었는데, 오금자는 그 해망의 노을 속 어디엔가 살아 있을 것이었다.

— 알았습니다. 내려가보지요.

문정수가 전화를 끊으려는 순간, 당직차장은 또 말했다.

— 야 문정수, 너 저번에 해망에서 허탕쳤잖냐. 이번엔 좀 잘해봐.

다리에 힘이 빠져서 문정수는 허청거렸다. 11시께 문정수는 차를 몰아 해망으로 출발했다.

죽은 방미호의 사십구재는 해망 노을초등학교 운동장에서 열렸다. 해망 연안 시위대와 집단소송을 낸 주민들, 방미호가 다니던 해망고등학교 학생들, 그리고 광명토건 사고 담당직원들이 참가했다. 마을에 초등학교가 하나뿐이었다. 학교의 역사는 90년이 넘었다. 외지에서 들어온 사람이 아니라면 주민들은 대부분 노을초등학교 졸업생들이었다.

운동장에 천막이 쳐졌고, 그 앞에 군수, 군의회 의원, 노을초등학교 총동창회장, 광명토건 사장이 보낸 조화가 들어섰다. 나이먹은 동창생들이 나무 그늘에 앉아서 소주에 돼지편육을 씹었다. 사람들이 술잔을 돌리며 말했다.

— 애가 죽으니까 저절로 동창회가 열리는구만.

―죽은 녀석이 우리보다 40년 후배라네.

―아냐. 죽은 녀석이 먼저 갔으니까 우리가 후배지.

―그 녀석. 땅에 워낙 모질게 깔려서 갈 수가 있겠는가. 아주 화석이 됐다던데. 천도가 어려울 거야.

―그나저나, 그 녀석이 죽어서 우릴 도와주는 거야. 아무래도 여론이 이쪽으로 돌아서지 않겠나. 기자들도 오고.

하나 마나 한 말들을 사람들은 무료하게 지껄였다. 문정수는 주민들의 뒤쪽에 앉았다. 주민들이 문정수가 기자인 줄 알아보고 술잔을 권했다.

중이 방미호의 옷가지와 책을 태웠다. 여학생들이 소리 죽여 울었다. 중이 천수경을 독경했다. 사십구재는 추모제 형식으로 진행되었다. 해망고등학교 학생회장과 사진동아리 대표가 추모사를 읽었다.

방천석은 학교 담장 밑에 경운기를 세워놓고 운동장으로 들어갔다. 경운기 적재함에는 흙 묻은 삽과 장화가 실려 있었다. 그는 며칠 후에 모를 내려고 물꼬를 터서 모세수로의 물을 논으로 끌어들여놓고 오는 길이었다.

그의 논은 조부로부터 물려받은 9백여 평이었다. 산이 없는 그의 아버지는 조부를 밭에 묻었고 방천석은 아버지를 그 옆에 묻었다. 방천석의 아버지와 조부는 모두 제 손으로 갈던 밭에 묻혔다. 그 무덤 두 개는 방천석의 집 마당에서 보였다.

　방천석이 폭양 아래서 농약을 칠 때, 아버지와 조부의 무덤은 죽어서도 땀을 흘리는 것 같았다. 그때 방천석은 땅에서 벗어나고 땅에서 풀려나는 것이 영영 불가능하게 느껴졌다. 저 무덤 옆자리가 내 자리겠구나…… 방천석은 개울물을 퍼서 폭양에 말라가는 무덤을 적셔주었다.

　죽은 방미호의 유품을 태우는 불꽃이 사그라졌다. 그늘 밑에 앉아 있던 사람들이 방천석에게 자리를 내주며 주절거렸다.

　―이 사람아, 자식 사십구재는 모른 척해도 될 텐데……

　―아냐, 그래도 입장을 밝혀야지.

　문정수가 기자의 신분을 밝히고 방천석에게 접근했다. 방천석의 몸에서는 햇볕에 그을린 짐승의 냄새가 났다. 방천석은 기자를 경계하면서 말을 머뭇거렸다. 문정수가 물었다.

　―위자료를 받지 않으실 겁니까?

　방천석은 천막 안에 앉아 있는 해망 연안 시위대 집행부를 가리켰다.

　―저 사람들이 받지 말라고 합디다.

　방천석이 담배를 피워물었다. 왼손 무명지 한마디가 잘려 있었다. 손등에 굵은 정맥이 불거졌고 손톱은 깨져 있었다. 방천석이 눈을 들어 문정수를 바라보았다. 그의 눈은 시선을 안

쪽으로 향한 듯이 무표정했다. 방천석이 물었다.

　―기자 양반, 어찌했으면 좋겠소?

　―제가 묻는 겁니다. 그래서 안 받으실 겁니까?

　―일단 거절하고, 문제가 다 해결된 후에 받으라고 합디다. 그게 마을을 도와주는 거라고.

　―해결이 무얼 말하는 겁니까?

　―저 사람들한테 물어보시오.

　방미호의 옷가지를 태운 재가 바람에 날렸다. 천막 앞에서 추모제 사회자가 마이크에 대고 말했다.

　―다음은 식순에 따라서 광명토건이 유가족에게 드리는 위자료 전달입니다만……

　광명토건 사고담당 상무가 앞으로 나오려다가 주춤했다. 사회자가 말을 이었다.

　―미호 아버지 되시는 방천석 동문께서 마을 공동투쟁의 앞날을 깊이 헤아려서 위자료 수령을 거부했습니다.

　사람들이 피켓을 흔들며 함성을 질렀다. 꽹과리가 울렸다. 로드킬 로드킬…… 해안 원상 복구…… 염분 피해 제거…… 공유수면은 누구의 것이냐…… 광명토건 상무는 직원들과 함께 자리에서 일어나 교문 밖으로 나갔다. 사회자가 다시 말했다.

—마을을 위해서 어려운 결정을 해주신 방천석 동문, 앞으로 나오십시오.

방천석은 마이크 앞으로 불려나갔다. 동문회장이 다가와서 방천석의 목에 꽃다발을 걸었다. 함성이 일고 꽹과리가 울렸다.

—방천석 동문의 결정은 우리 싸움의 밑거름이 되고 횃불이 될 것입니다.

사회자가 방천석의 팔을 추켜올렸다. 다시 함성이 일었다. 참가자들이 구호를 합창했다. 요구사항에는 죽은 방미호의 추모비를 방조제 도로개통에 맞추어 건립하라는 조항이 추가되었다.

'미호의 넋이 불도저를 막는다'는 플래카드가 해풍에 펄럭였다.

서해안고속도로에서 인화물질을 실은 탱크로리가 뒤집혀서 도로가 두 시간째 막혀 있다고 교통방송이 전했다. 주말의 행락차량이 몰려서 국도와 지방도로로 체증이 번져가고 있었다. 문정수는 해망에서 밤을 지내는 일이 없기를 바랐으나 그날 밤 서울로 갈 수 없었다. 저녁에 문정수는 횟집마을 여관방에서 기사를 작성했다. 여관에는 팩시밀리 기계가 없었다. 문정수는 우체국 지소 야간당직 직원에게 부탁해서 공용전송기로 송고했다. 짧은 기사였다. 이걸 쓰려고 여기까지 왔나, 싶었다. 문정수는 19시 30분에 송고했다.

지난 4월 3일 해망방조제 도로포장 공사장에서 크레인에 치여 숨진 방미호양(17세, 해망고교 2년)의 아버지 방천석씨(49세, 농업)는 방조제 시공업체인 광명토건이 지급하는 위자료 수령을 거부했다.

숨진 방양의 모교인 노을초등학교 교정에서 22일 열린 사십구재 겸 추모제 행사에서 주최측인 해망연안연대는 그같은 방씨의 뜻을 밝히고 위자료 수령 거부는 연안의 원상을 회복하는 투쟁의 새로운 기폭제가 될 것이라고 주장했다.

한편 광명토건은 수령 거부된 위자료 1억2천만원을 6개월 시한으로 은행에 예치했다. 6개월간의 이자는 모두 위자료 총액에 가산될 것이며, 6개월 이후에도 수령하지 않으면 인수를 포기하는 명백한 의사표시로 간주할 것이라고 밝혔다. 위자료 1억2천만원 중 1억원은 광명토건이 부담했고 나머지 2천만원은 하청업체 임직원들의 성금이다.

광명토건은 또 주민들의 뜻을 받아들여 고 방미호양의 추모비를 방조제 도로 북쪽 진입구에 건립키로 하고 해망군청에 허가를 신청했다.

　—야 문정수, 이거 말 되는 거야? 정말 안 받겠대? 본인은
뭐래?

　당직차장이 전화로 다그쳤다.

　—떠밀리는 판입니다. 마을 분위기가……

　차장이 문정수의 말을 끊었다.

　—야, 방천석이 말이야, 그 동네 토박인가, 주변은 어때? 본
래 삐딱했나?

　—토박이고, 세습 자작농입니다. 중농은 되는데, 농사일 힘
들어서 읍내에 편의점 하나 장만하려고 융자신청 해놨답니다.

　—야 문정수, 농부라면서? 재산 정도 파악했어?

　—아직……

　—야, 빨리 알아봐. 대놓고 묻지 말고, 옆을 찔러. 촌놈 재
산 알아보는 건 어렵지 않을 거야. 새벽 마감 전에 한 줄 보내.

　차장의 말대로, 방천석의 재산 정도를 취재하는 일은 어렵
지 않았다. 횟집마을의 부동산 중개인과 마을금고 직원 들은
방천석의 재산 정도를 소상히 알고 있었다. 그들은 오래된 토
박이 이웃들이었고 초등학교, 중학교 동문들이었다. 농협이

나 수협, 마을금고의 대출창구에서 교차보증을 서준 관계들이었다.

방천석은 증권, 주식, 채권이 없었다.

그의 농토는 논 9백여 평, 밭 3백 평의 절대농지였다. 용도변경이 불가능했고 농지로서만 거래가 가능했다. 매매는 사실상 성립되기 어려웠고 농지 가격을 현금으로 산출해내기 어려웠다. 마른 펄에서 소금먼지가 날아와 벼는 쭉정이가 늘어나고 씨알이 작아졌다. 공유수면 매립에 따른 보상은 관행적 어업에 대해서만 계획되었고 농업은 보상의 대상이 아니었다. 소금먼지와 소출 감소 사이의 관계는 증명되지 않았다.

— 논은 있지만 값이 없는 거야. 살 놈이 있어야 값이 있지. 그저 두부 한 모 값이라고 알면 돼.

늙은 부동산 중개인은 말했다.

방천석의 빚은 농협지소와 마을금고에서 빌려 쓴 4천만원이었다. 5년간 영농자금으로 대출받은 누적액수였다. 저리대금이기는 했지만 5년 거치기간이 끝나가고 있었다. 연대보증을 선 이발소 주인이 방천석의 대출금 내역을 알고 있었다.

문정수는 전화로 차장에게 보고했다.

— 절대농지 1천2백 평에, 집은 대지 50평에 3천만원입니다. 거기에 농협 빚이 4천만원입니다.

―알았다. 수고했다.

차장은 시내판 기사에 방천석의 재산상황을 보충해넣었다. 문정수는 밤 11시께 여관으로 돌아왔다. 해망의 바닷가에서, 아무래도 잠이 올 것 같지 않았다. 문정수는 여관으로 돌아오는 길에 약국에서 수면제를 샀다. 문정수는 수면제를 먹고 잠들었다.

방천석은 4개월 후에 해망을 떠났다. 떠나기 전날, 방천석은 광명토건이 은행에 예치한 위자료 1억2천만원과 4개월치 이자를 수령했다. 방천석은 그 돈에서 농협 빚 4천만원과 밀린 이자 1백50만원을 일시불로 갚았다. 상환금은 온라인으로 농협지소에 입금되었다. 같은 날, 방천석은 해망 읍내에서 편의점을 해볼 작정으로 마을금고에 제출했던 농어촌형 창업자금 저리융자신청을 취소했다.

방천석은 추수 직전의 벼를 거두지 않고 떠났다. 방천석이 농토나 가옥을 처분하려 했던 흔적은 없었다. 방천석은 경작대리인을 정해서 팔리지 않는 농토를 맡겼고, 경작대리인은 방천석의 빈 가옥을 관리해주는 조건으로 농토의 소출을 차지했다.

방천석은 주민등록이나 막내딸의 학적을 옮기지 않았고 전

출신고도 없이 해망을 떠났다. 방천석의 이주는 꼼꼼히 준비되어 있었다. 경작대리인도 방천석의 행방을 알지 못했다. 필요한 일이 있으면 내 쪽에서 먼저 연락하겠다, 고 해망을 떠날 때 방천석은 경작대리인에게 말했다.

방천석이 해망에서 사라지고 닷새 후에 방조제 위 4차선 도로가 개통되었다. 방조제 북쪽 끝에 방미호 추모비도 제막되었다. 문정수는 다시 해망에 내려와서 방조제 도로개통을 취재했다. 현장에서는 매립지 용도계획에 대한 언론 브리핑이 있었다. 브리핑 내용은 환경, 개발, 국토 이용의 정책, 대기업과 지방기업의 공단부지 점유율, 부동산 시세의 추이, 정당들의 선거공약 반영도와 관련되는 중요기사였다.

도로개통식은 방조제 남쪽 끝에서 열렸다. 도지사, 군수, 광명토건 사장과 지역주민 대표 들이 테이프를 끊고 승용차로 4차선 도로를 시주했다. 공사에 동원된 중장비들이 도로 양쪽에 도열했다. 경찰 브라스밴드가 주악을 울렸고 오색 풍선이 날았다. 방조제 너머 바다에 뜬 해경 경비정들이 축포를 쏘아 올렸다. 도지사를 앞세우고, 시주차량의 대열은 북쪽으로 달렸다.

방미호 추모비는 도로 북쪽 끝, 수문 아래쪽 도로변에 바다를 향해 세워졌다. 육지 쪽으로는, 신석기시대의 조개무지가 닭 사료공장으로 실려간 자리의 빈터가 마주 보였고, 거기서부터 갯고랑 수로가 바다 쪽으로 뻗어 있었다.

시주차량의 대열이 도로 북쪽 끝에 도착하자 추모비가 제막되었다. 제막식은 노을교회 목사가 인도했다. 성가대가 찬송가를 불렀다. 며칠 후 며칠 후 요단강 건너가 만나리…… 죽은 방미호의 모교인 해망고교 학생들과 해망연안연대 소속 청년들이 참석했다. 도지사 군수 일행은 천막 안에 마련된 유지석에 앉았고, 추모사는 하지 않았다.

학생들이 끈을 당기자 천이 흘러내리고 비석이 모습을 드러냈다. 추모비의 높이는 기단을 제외하고 1미터 60센티미터였는데, 죽은 방미호의 키와 같이 설계되었다. 비석의 윗부분에 머리카락이 바람에 날리는 여고생의 두상을 돌에 새겨서 얹어놓았다. 비석은 바다를 향해 걸어나가고 있는 것처럼 보였다.

비석에는,

미호야, 너의 죽음으로, 우리는 인간의 존엄과 생명의 고귀함을 알게 되었다. 네가 없어도 우리는 너를 사랑한다. 그러므로 너는 우리 옆에서 살아 있다. 연안 주민 일동.

이라고 새겨져 있었다. 해망연안연대가 애초에 군청에 제시한
비문은,

'미호야, 너의 어린 몸이 크레인에 깔려 죽음으로써······'
라고 되어 있었으나 군청 직원들과 고교 교사들이 사고 현장
을 직접 연상케 하는 대목을 삭제했다.

비석이 모습을 드러내자 천막 안에 앉아 있던 유지들이 일
어서서 박수쳤다. 방천석의 가족은 제막식에 나타나지 않았
다. 군청 공보관은 여러 방면으로 수소문했으나 방미호 유가
족의 행적을 찾지 못했다고 유지들에게 보고했다.

방미호 추모비 제막식장에서 문정수는 방천석이 위자료를
수령해서 해망을 떠난 사실을 처음으로 알았다. 방천석이 일
을 처리한 매무새는 그가 쉽게 돌아오지 않을 것임을 말해주
고 있었다.

—야 문정수, 넌 해망에만 가면 허탕을 치더라.

차장의 질책이 떠올랐다. 문정수는 방천석이 위자료를 챙겨
서 해망을 떠난 사실을 차장에게 보고하지 않았다. 오금자가
아들의 죽음에 나타나지 않은 것과 방천석이 딸이 죽은 해망
을 떠난 것은 모두가 기사에 미달하는, 별일 아닌 것으로 느껴
졌다. 방천석이 버리고 간 밭에는 그의 아버지와 조부의 무덤
이 가을볕에 말라 있었고, 경작대리인이 콤바인을 몰아서 방

천석의 논을 추수했다. 방천석의 경작대리인은 사십대 중반쯤 돼 보이는 여자였다. 머리에 수건을 써서 얼굴은 잘 보이지 않았다. 농기계 모는 솜씨가 서툴러서 기계 바퀴 자국이 고르지 못했고, 바퀴가 흙에 빠진 흔적이 여기저기 보였다.

문정수가 다가가서 방천석의 행방을 묻자 콤바인을 몰던 여자는 문정수를 위아래로 훑어보고 대답하지 않았다. 그 여자가 오금자였다. 문정수는 오금자의 얼굴을 본 적이 없었다.

방미호 추모비 제막식장에서 문정수는 서울서남소방서 인명구조특공조장을 지낸 박옥출을 만났다. 박옥출은 천막 안에 마련된 유지석에 앉아 있었다. 문정수가 다가가자 박옥출은 천막 밖으로 나왔다. 박옥출은 문정수를 보고 계면쩍어했다.

─해망으로 온다더니 정말로 내려왔구만.

─그래, 소방서 그만두고 바로 내려왔어. 너 아직도 기자하는구나.

─그래, 아직도. 사업은 잘되냐?

─이제 시작이야. 시간이 좀 걸리겠지.

신장병이 악화되어가는 것인지 박옥출의 얼굴은 물기가 빠져서 푸석거렸고 몸은 야위어 있었다. 문정수는 박옥출의 건강을 묻지 않았다.

박옥출이 명함을 내밀었다.

명함에는 '해망 해저자원개발공사 전무 박옥출'이라고 적혀 있었다. 문정수가 말했다.

—아, 그 물밑 고철사업이구만. 그때 말했던……

—그래. 허가 나려면 좀 기다려야 해. 기사 쓰지 마.

—그래, 안 쓸게.

박옥출은 문정수를 거북해하고 있었다. 박옥출은 천막 안 유지석으로 돌아갔다.

한국어판 『시간 너머로』의 표지는 노목희가 디자인한 첫번째 작품이었다. 사장은 노목희에게 입사 초기부터 편집뿐 아니라 책 표지 디자인과 기획업무까지도 요구했다. 할 수 있는 때가 온다면, 그리고 그림으로 표현하고 싶은 느낌이 쌓인다면 가끔씩 표지 디자인도 해보겠다고 노목희는 사장의 성화를 달랬다.

구상具象에서 출발해서 구상을 거느리고, 사물이 사물로 빚어진 속박을 저버리지 않고 그것을 끌면서 추상으로 넘어가려는 긴 여정을 그림을 공부하던 시절에 노목희는 마음속에 설정하고 있었다. 길이 멀어서인지, 아니면 그 길이 길로서 성립될 수 없어서인지, 그 길의 저쪽은 어두웠다. 고향 창야의 저수지 뚝방에서 물빛을 들여다보던 시절에, 그리고 도시락이 없고 그림물감이 없는 중학생들에게 미술을 가르치던 시절에 노목희의 화폭은 그 길 위에 주춤거리거나 주저앉아 있었다. 창야를 떠난 후 노목희는 그림을 그리지 않았다. 문정수가 불쑥 들이닥치는 밤에, 그가 먼저 잠들고 새벽이 오는 유리창을 흘러가는 색과 시간의 흐름을 바라볼 때, 노목희는 멀리 밀쳐졌지만 아직도 잊혀지지 않은 그 길을 생각했다. 그런 새벽에 문정수는 그가 헤집고 다닌 세상의 누린내와 비린내를 풍기면서 곤히 잠들어 있었다.

한국어판 『시간 너머로』의 표지에 노목희는 낙타를 그렸다. 쌍봉낙타였다.

기름을 먹은 붓으로 캔버스를 칠할 때 붓끝에서 손목과 어깨로 달려드는 기름의 질감은 여전히 버거웠다. 몸이 기름 속으로 녹아들지 않았고, 기름이 몸과 붓 사이에서 미끈거렸다. 노목희는 기름으로 그리기를 포기했다. 노목희는 수채 색연필로 그렸다. 색의 층을 겹쳐서 색과 색 사이의 구획을 지우고 그 위를 젖은 붓으로 문질렀다. 색들은 물러섰다. 색들은 구도의 뒤쪽으로 밀려나면서 저물었고, 저무는 자리에서 다시 동터왔다.

표지그림 속의 낙타는 주인이 없고 짐이 없고 무리가 없는 야생의 쌍봉낙타였다. 낙타는 한 마리였다. 그 낙타는 사람이 끌고 가지 않아도 스스로 바람 속을 건너가고 있었다. 낮달이 뜬 사막은 아침도 저녁도 아니었다. 노을인지 시간의 그림자 인지 푸른 기운이 대기에 번졌고, 지평선은 낙타의 무릎에 걸려서 느슨했다. 낙타는 콧구멍을 바람에 열어놓고 지평선 너머를 냄새맡고 있었는데, 콧구멍 언저리가 메말라 보였다. 낙타의 눈은 눈꺼풀이 겹겹이 주름져서 무거웠다. 주름진 눈꺼풀 아래에서 낙타의 눈동자는 먼 것을 당기는 시선으로 화폭 너머를 바라보고 있었는데, 낙타의 시선이 끝나는 화폭의 가장자리에서 색은 사위었다. 들린 앞발에서 발바닥이 보였다. 두 갈래로 갈라진 발바닥에 낙타의 생애는 굳은살로 박여 있었다. 굳은살은 부드러워 보였고, 그 부드러움 속에서 생애의 무게는 풍화되고 있었다.

노목희는 젊은 낙타를 그리고 싶었지만, 낙타의 젊음은 드러내기 어려웠다. 늙음이 그 종족의 유전자에 각인되어서 늘어진 목과 주름진 눈꺼풀, 갈라진 발바닥은 늙음 속에서 점지되고 태어나는 것이며, 늙음은 애초부터 그 종족의 골격과 표정 속에 배어 있어서, 낙타의 생로병사는 한 덩어리로 들러붙어 있었다. 낙타의 젊음과 늙음은 구별되지 않았고 낙타는 그 두 쪽을 모두 합쳐서 늙음에 도달해 있었다. 노목희의 낙타는 그 늙음의 힘과 늙음의 리듬으로 사막을 건너가는 듯했다. 표지그림의 시안을 제출했을 때 사장은 타이웨이 교수의 글이 가는 길을 낙타가 가고 있구나, 하고 말했다. 노목희는 사장의 그같은 연상이 낙타의 늙음에 기인하는 것이라고 생각했다. 서울에 온 타이웨이 교수는 낙타의 늙음과 낙타의 여정을 간직한 인문학자로 보였다. 낙타는 사막의 모래밭에 돋아난 가시덩굴을 뜯어먹고 산다고 하는데, 타이웨이 교수의 언어는 낙타가 먹는 가시덤불처럼 거칠고 또 싱싱한 먹이라는 것을 노목희는 알았다. 타이웨이 교수가 강연에서 말한 일연의 생애도, 새로운 시간을 향해 나아가는 낙타의 모습일 것이었다. 새로운 시간은 미래와 과거 양쪽으로 열려서 낙타의 시간에는 앞뒤가 없고 선후가 없었다.

타이웨이 교수는 한국 방문과 강연의 성과를 즐거워했다. 말을 알아듣는 사람들이 있는 한 말하기를 단념할 수 없다고 타이웨이 교수는 출국 전에 신문에 기고한 칼럼에서 말했다. 말하기와 듣기는 다른 것이 아니라고 타이웨이 교수는 썼다.

타이웨이 교수가 중국으로 돌아갈 때 노목희는 공항에서 전송했다. 그의 짐은 입국 때처럼 작은 여행가방 하나가 전부였다. 부여에서 강연이 끝나고 5일장을 돌아보다가 그는 노점 좌판에서 흰 고무신을 한 켤레 샀다. 고무신을 보는 순간에 그는 신고 온 구두가 너무 무겁다고 느낀 모양이었다.

—평화로운 신발입니다. 인간의 발바닥에 잘 들러붙는군요. 피부의 변형입니다.

타이웨이 교수는 말했다.

공항 출국장에서 그는 청바지 차림에, 부여에서 산 흰 고무신을 신고 있었다. 그는 가벼움의 힘으로 먼 길을 가는 사람처럼 보였다.

타이웨이 교수는 한국어판 『시간 너머로』의 표지그림이 노목희의 작품인 것을 신기하게 여겼다. 그가 물었다.

—당신은 에디터 겸 디자이너입니까?

—대학에서 그림을 배웠습니다. 가끔씩 두 작업을 겸하고 있습니다.

타이웨이 교수와 영어로 주고받는 대화는 편안했다. 노목희에게도 외국어이고 타이웨이 교수에게도 외국어인 제3의 언어는 가볍고 서늘했다. 그와 주고받는 영어는 말이 거느리는 정한의 그림자에서 벗어나 있었다. 타이웨이 교수가 또 물었다.

—당신은 표지그림으로 왜 낙타를 골랐습니까?

—원저자의 이미지와 포개지기를 바랐습니다. 시간 너머로 갈 수 있는 동물은 낙타뿐일 테지요. 낙타가 마음에 드시는지요?

타이웨이 교수가 웃었다.

—당신의 낙타는 시선이 멀고 골격은 민첩하게 생겼습니다. 멀리 갈 수 있는 낙타인 것 같습니다.

노목희가 따라 웃었다. 그때 타이웨이 교수의 흰 고무신은, 낙타의 발바닥처럼, 인간의 발바닥에 돋아난 굳은살로 보였다. 딱딱하지 않고 오히려 부드러움으로써 멀리 갈 수 있는 발바닥의 살이었다. 타이웨이 교수는 그 흰 고무신을 신고 돌아갔다.

타이웨이 교수가 다녀간 후 한국어판 『시간 너머로』의 판매는 20퍼센트 늘어났다. 사장은 타이웨이 교수의 방한중 강연과 대담의 기록, 그의 기고문을 모아서 작은 책자를 발행했다. 그 책의 제목은 '낙타의 길'이었다. 『낙타의 길』은 『시간 너머로』와 짝을 이루며 발간 열흘 만에 초판이 매진되었다. 사장의 꿈은 조금씩 이루어져갔다. 한국매일신문은 문화면에서 『시간 너머로』를 서평으로 다루었다. 서평자는 책의 표지에 그려진 낙타에 주목했다. 낙타가 콧구멍을 사막의 바람 앞에 열어놓고 지평선 너머의 물과 나무와 풀의 냄새를 맡듯이 타이웨이 교수는 역사의 지평 너머로 사라진 인간의 체취를 맡고 있다고 서평자는 말했다. 그리고 그가 맡아내는 인간의 체취는 선과 악, 이성과 비이성, 합리와 불합리를 모두 아우르는 것이라고 서평자는 말했다. 또 책의 표지그림을 이처럼 구성한 것은 원저자와 한국어판 편집자의 행복한 교감의 결과라고 서평자는 말했다. 노목희는 그 서평을 영어로 번역해서 타이웨이 교수에게 전송했다.

타이웨이 교수는 귀국한 지 5개월 만에 노목희에게 편지를 보내왔다. 발신지는 북경이 아니고 스위스의 바젤이었다. 타이웨이 교수는 귀국 후 바젤 대학에 교환교수로 가서 3년 동안 체류하게 되었으며, 젊었을 때 바젤 대학에서 문화인류학과 언어학을 공부했기 때문에 바젤은 낯선 곳이 아니라고 편지에서 말했다. 또 일주일에 한 번씩 비행기를 타고 뒤셀도르프로 가서 그곳 대학에서 강의를 하고 돌아온다고 자신의 근황을 전했다.

편지의 말미에서 타이웨이 교수는 노목희를 바젤로 초청하고 있었다. 바젤 대학 미술학부에 북디자인 과정이 개설되어 있는데, 디자인으로써 책의 내용을 전달하는 방법을 전문적으로 가르치고 있다고 타이웨이 교수는 말했다. 노목희가 만든 한국어판 『시간 너머로』의 표지그림을 바젤의 교수들에게 보여주었고 좋은 반응을 얻었다고 타이웨이 교수는 말했다. 학교에는 외국인 학생을 위한 실비의 기숙사가 있으며, 자신이 추천을 해서 장학금을 받게 해줄 수 있다고 타이웨이 교수는 말했다. 타이웨이 교수의 편지는 영어로 씌어 있었다. 공식적이고 사무적이며, 단순명료한 문장이었다. 그가 중국으로 떠날 때 공항 출국장에서 주고받았던 영어 대화의 서늘함이 떠올랐다. 노목희는 그 공식적인 문장에서, 드러나기를 원치 않고 과장되기를 원치 않으며 다만 전달되기만을 바라는 선의를 느꼈다. 디자인은 장식이나 부수적 요소가 아니며, 진실을 드러내는 수단이며, 따라서 진실의 일부라고 타이웨이 교수는 추신에 적었다.

해망방조제 도로 개통 현장에서 문정수는 기사 2건을 송고했다.

도로 개통 기사는 원고지 3매로 사회면에 실렸고, 공유수면 매립지 용도 계획에 관한 기사는 원고지 17매로 그래픽 도표와 함께 경제면에 실렸다. 현장취재와 브리핑은 17시에 끝났다. 문정수는 차를 몰아 해망 읍내 호텔로 갔다. 호텔 커피숍에서 문정수는 초저녁부터 기사를 작성했다. 문정수는 22시 30분에 호텔 팩시밀리로 기사를 송고했다. 기사는 9월 18일자 아침 신문에 실렸다. 사회면에 실린 도로개통식 기사에는 통신사가 현장에서 전송한 사진 한 점이 가로편집으로 곁들여 있었다. 도로개통식 기사는 다음과 같다.

　해망방조제 4차선 도로 27킬로미터가 17일 개통되었다. 미군 공여지에서 해제된 뱀섬을 수중 거점으로 삼아 바다를 가로지르는 이 직선도로의 개통으로 서울-목포간 주행시간은 평균 사십 분 단축되었고 여의도 면적과 맞먹는 규모의 공유수면 매립지가 조성되었다(용도계획은 경제면 참조). 이 도로의 개통으로 연안 지방도로에서의 교통체증도 점차 해소될 것으로 보인다. 도로 연변에는 낙조를 촬영할 만한 포토 포스트와 전망대, 노천카페가 들어섰다. 이날 개통식에서 도로공사측은 낙조의 명소인 이 도로를 '노을고속도로'라고 이름지었다.
　한편 도로공사 현장에서 중장비에 치여 숨진 고 방미호양의 추모비도 이날 제막되었다. 비석 전면에 연안 주민 일동은 '미호야, 너의 죽음으로 우리는 인간의 존엄과 생명의 고귀함을 알게 되었다'고 새겨넣었다. 이날 제막식에서 시공사인 광명토건측은 고 방미호양의 아버지 방천석씨(49세, 농업)가 위자료 1억2천만원을 수령했다고 밝혔다. 이로써 위자료 수령을 둘러싼 주민단체와 시공업자측의 갈등은 일단락되었다. 고 방미호양의 유족들은 이날 제막식에 모습을 보이지 않았다.

송고를 마치자 또 발가락 사이의 무좀이 깨어나서 스멀거렸다. 가려움은 새끼발가락 사이에서 기어나왔다. 발가락을 꼼지락거리자 가려움은 번져나갔다. 가려움은 발가락 사이사이의 음습한 오지를 불로 지지듯이 파고들었다. 살 속의 먼 곳에서 피어오른 그 다급하고도 정처없는 통증은 빠르게 몸의 표면으로 퍼져나갔다. 새끼발가락 사이의 가려움이 머리통으로 옮아가서 두피가 가려웠다. 문정수는 양말을 벗고 발가락 사이에서 허옇게 들뜬 살껍질을 손톱으로 긁어냈다. 살껍질이 뜯겨진 자리에서 진물이 흘렀다. 문정수는 스프레이 무좀약을 뿌리고 진물이 묻은 손가락을 휴지로 닦았다. 스프레이 무좀약에서 휘발성 소독약 냄새가 났다. 옆자리에 앉아서 맥주를 마시던 남녀가 문정수 쪽을 쳐다보며 눈살을 찌푸렸다. 종업원이 탁자 위에 쌓인 휴지를 치우면서 말했다. 문정수의 양말은 의자 팔걸이에 걸려 있었다.

— 무좀이 심하시군요. 화장실에 가서 하시지요.

— 다 했어. 끝났다구.

— 양말을 신어주십시오.

문정수는 양말을 신었다. 당직차장이 핸드폰으로 전화를 걸어왔다.

— 야, 문정수, 기사 읽었다.

—마감 다 됐습니까?

—마감이야 만날 마감인데, 야, 방천석이 어디로 갔어?

—알 수가 없습니다. 아는 사람이 없어요.

—돈은 다 받았다는 거 아냐?

—그랬더군요.

—넌 그걸 몰랐냐?

가려움이 멀리서 또 들먹거렸다. 문정수는 구두 속에서 발가락을 꼼지락거렸다.

—아무도 몰랐습니다.

—니미, 받을라면 진작 받지. 쓰발놈, 받아서 숨었군. 편한데로 갔어.

—그런 셈이지요.

—거 봐라. 내가 그래서 그게 어쩐지 좀 그렇다고 그랬잖냐. 니미.

—그렇군요.

전화 저쪽에서 차장은 또 무어라고 다른 기자에게 지시하고 있었다. 차장이 다시 전화로 돌아왔다.

—야, 문정수. 넌 해망하고 인연이 아주 각별하구나. 앞으로 해망에다 말뚝박고 주재기자를 하든지…… 니미, 야, 수고해.

차장은 전화를 끊었다. 차장은 아무것도 묻고 있지 않았다. 문정수는 차장이 전화를 한 까닭을 알 수 없었다. 니미……쓰발놈…… 니미…… 그 두어 마디의 욕설을 어디론지 퍼붓기 위해 전화를 걸어온 것일까.

아침에 신문에 실린 현장 사진은, 마을 쪽 원효의 동굴 뒤 야산에서 도로를 망원으로 당겨서 찍은 롱숏이었다. 4차선 도로가 가로로 길게 바다를 가로질렀고 그 북쪽 끝에 작은 비석이 서 있었다. 사진 속에서, 비석은 도로의 이정표처럼 보였다. 비석 위에서 맴도는 새들이 카메라에 잡혔다. 시주하는 도지사 일행의 승용차가 비석 쪽으로 다가오고 있었다. 그 너머 바다에 노을이 내려서 수평선은 풀어져 보였다. 노출을 많이 쓴, 저녁 무렵의 사진이었다.

노목희가 끓는 물에 라면 한 개를 넣었다. 문정수는 식탁에 앉아서 한국어판 『시간 너머로』의 표지를 들여다보았다. 싱크대 쪽으로 돌아선 노목희는 원피스 잠옷 위에 카디건을 걸치고 있었다. 어깨 위로 늘어진 머리카락 위에서 빛들이 쏟아져 내렸고, 머리가 움직일 때 머리카락 밑에서 어둠이 배어나왔다. 다시 머리가 움직이면 배어나온 어둠이 부서지면서 빛으로 흘러내렸다. 빛이 머리카락 밑으로 스며서 어둠과 섞이면 어둠의 입자들이 머리카락 사이에서 빛으로 솟았다.

—파 사왔지?

문정수가 비닐봉지에서 대파 한 단을 꺼내 노목희에게 내밀었다. 아파트 입구 24시 식료품가게에서 사온 대파였다. 노목희가 싱크대 쪽으로 돌아선 채 말했다.

—굵구나. 파는 희고 굵은 게 맛있어. 흰 밑동이 시원해.

문정수가 희미하게 웃었다.

—그런 걸 아니?

—그럼, 알지. 파는 원산지가 파미르 고원이래. 인도, 아프가니스탄 접경 카라코람 산맥 속의 산악지대야. 둔황 서쪽 8천리, 실크로드가 지나가는 설산고원.

—멀리서 온 풀이구나.

노목희가 돌아선 채 또 말했다.

—파를 한자로 총蔥이라고 하잖아. 파미르 고원이 한자로 총령蔥嶺인데, 파가 많은 고원이라는 뜻이래. 여름엔 지평선 가득히 하얀 파꽃이 핀대. 저녁엔 노을이 내려서 파꽃 핀 고원이 붉어진다는 거야.

문정수가 『시간 너머로』를 가리키면서 말했다.

—그래? 이 책 속에 씌어 있니?

—음, 그 사람도 거기를 자동차로 넘어왔지. 신라 때 혜초

는 걸어서 넘었대. 혜초가 갔을 때는 사람은 안 살고 파만 널려 있었대. 겨울에도 눈 속에서 파싹이 올라온다는군.

—그래서 겨울 파가 더 달고 시원하구나. 고생을 많이 해서……

노목희가 돌아선 채 어깨를 흔들며 웃었다. 머리카락이 흔들렸고, 빛들이 흩어지고 다시 모였다. 노목희가 냄비 뚜껑을 열고 끓기 시작한 라면을 저었다.

—아마 그럴 테지…… 고생을 해서……

—라면 물 좋겠다.

—보고 있어.

노목희가 대파를 썰어서 냄비에 넣었다. 파가 끓는 국물에 잠기면서 김 속에서 단내가 풍겼다. 노목희는 레인지 불을 끄고, 달걀을 풀어넣었다. 냄비 속에 남은 잔열에 달걀이 익었다. 달걀은 반쯤 익으면서 국물 속으로 풀어졌다. 달걀이 풀어지자 대파가 익는 단내가 부드러워졌고 파의 날카로움이 숨을 죽였다.

노목희가 라면 한 개를 두 그릇에 나누어 펐다. 김이 피어오르고, 냄새가 방 안에 가득 찼다. 대파와 달걀이 국물 속에서 익어가면서 서로 스민 냄새였다. 문정수가 비닐봉지에서 김밥과 겉절이김치를 꺼내 식탁 위에 놓았다. 경찰서 구내식당에서 김밥을 살 때 얻어온 김치였다. 노목희가 말했다.

— 파를 많이 넣어서 좀 달 거야.

문정수가 라면을 후루룩 빨아당겼다.

— 라면이란……

뜨거운 국물이 식도를 옥죄었다. 라면을 삼키고 나서 문정수는 말을 이었다.

— ……참 좋구나.

노목희가 젓가락을 들면서 웃었다.

— 말이 좀 어렵네. 중 같아. 다 산 노인 같기도 하고. 말이 너무 쉬워서 그런가.

문정수는 김밥을 라면 국물에 적셨다. 문정수가 말했다.

— 밤중엔 냄새에 밀도가 높아지는 건가. 공기가 더 촘촘해지는 건가? 아니면 더 헐거워져서 그런가?

— 그게 무슨 말이야?

— 라면 냄새가 좋아서. 밤이라서 그런가?

노목희가 웃었다.

— 야근을 너무 많이 해서 그럴 거야. 밤공기에 민감해져서. 피곤하고 배가 고프면 후각이 예민해지거든.

— 파를 넣어서 국물이 시원해.

— 파 건더기는 먹지 마.

— 흰 건 먹어도 되잖아.

— 파란 잎은 건져내.

— 혜초도 파미르 고원에서 파를 먹었을까?

— 먹었겠지. 라면은 없었겠지만. 푸성귀는 있었을 거야.

— 파를 어떻게 먹었을까? 이 책에 안 나와?

— 글쎄, 무슨 조리법이 있었겠지.

— 맛이 지금이랑 같았을까?

— 같다고 봐야지. 파 맛이 달라졌겠어?

— 기막히구나, 기막혀. 파 맛에 비하면 『시간 너머로』도 별거 아니네.

— 별거 아닌 게, 그게 기막히잖아.

— 그런데 혜초는 그 먼 데를 왜 갔다는 거야? 파 먹으러 갔나? 타이웨이는 혜초에 대해서 뭐라고 썼어?

— 혜초도 시간 너머로 가고 싶었겠지. 공간과 시간을 함께 넘어가려 했을 거야.

— 그랬을까? 하여튼 설산고원 땅에서 갓 뽑은 파는 맛있었겠지.

— 그런데 우리 지금 밤중에 라면 먹으면서 왜 이런 얘기 하는 거야? 이게 얘기가 되는 거야?

— 파 때문에 이렇게 됐어. 요 앞에서 사온 파 때문에.

—먹어. 라면 붇겠다.

노목희가 젓가락으로 겉절이김치를 집어들었다. 배추가 너무 커서 한 입에 넣을 수 없었다. 문정수가 젓가락을 뻗어서 김치를 잡았다. 문정수의 젓가락과 노목희의 젓가락이 배추한 조각을 맞잡고 세로로 찢었다. 찢어진 김치를 각자 라면 위에 얹어서 먹었다. 문정수는 그릇을 들어서 국물을 마시고 입을 휴지로 닦았다.

—국물이 달구나.

—달걀을 풀어야 해. 파만 넣으면 단맛이 뒤가 날카로워.

—달걀을 넣으면 어떤데?

—달걀이 들어가면 날카로운 게 포근해져. 둥글어지지.

—그래? 거참…… 그렇겠구나. 그렇겠어. 맛이 둥글다.

—파는 달걀과 잘 어울려. 뜨거운 국물 속에서 달걀이 파맛을 끌어당겨서 달래는 것 같아.

—넌 국물 속 일을 알 수가 있니?

노목희가 젓가락을 내려놓고 웃었다.

—끓는 냄새를 맡으면서 그런 생각을 했어. 과히 틀리지는 않을 거야.

—니 말이 맞는 것도 같아.

—그러니까 파를 먼저 넣어야 해. 파를 먼저 끓여서 날카로

운 맛이 국물 속으로 배어나온 후에 달걀을 넣으면 달걀이 파를 달래서 맛을 둥글게 해주는 거지.

―그렇겠구나. 그걸 다 냄새로 아는 거야?

―끓는 걸 봐도 알 수 있잖아. 먹어봐도 알 수 있고.

―그런데, 혜초는 달걀이 없어서 파만 먹었겠네.

―또 파미르 고원 얘기야? 이 밤중에.

문정수가 젓가락으로 겉절이김치를 집었다. 노목희가 젓가락을 뻗었다. 둘의 젓가락이 만나서 배추김치를 세로로 찢었다. 노목희는 김치를 말아서 입에 넣고 라면 국물을 마셨다.

―이 김치 어디서 산 거야?

―경찰서 구내식당에서 김밥 살 때 얻은 거야.

―이건 너무 짜. 지난번 게 좋던데.

―그건 튀김집 김치야. 떡볶이도 파는 집.

―그게 좋아. 다음부턴 그 집 김치를 사와. 그 집에 순대도 있지?

―있어. 사올게.

―순대 살 때, 내장도 좀 달라고 해.

―알았어. 술 있니?

―소주 있어.

―안주는?

─참치캔 있을 거야.

─먹자.

─미소시루 해줄까? 금방 돼.

─국물은 됐어. 라면 먹었으니까.

─너무 늦었어. 빨리 마시고 자.

노목희가 냉장고에서 소주를 꺼내서 문정수의 잔에 따랐다. 차가운 소주가 목구멍을 훑고 내려갔다. 문정수의 야근일수는 한 달에 13일 정도였다. 문정수는 새벽에 마시는 소주 맛의 긴장에 익숙해 있었다.

─아, 시원해. 목구멍 속에서 눈보라가 날리는 것 같다. 새벽엔……

─새벽 소주에 젖어드는 거겠지. 점점……

─그렇겠네. 점점……

문정수가 다시 잔을 들어 마셨다. 목구멍 속에서 회오리치는 눈보라가 멀리서 취기를 몰아왔다. 취기는 온몸에 퍼졌다. 문정수가 말했다.

─밤늦게 잠 안 자고 하찮은 소리 많이 했구나.

─그래, 그만 마셔. 샤워해.

─하찮은 소리가 편안하네. 아주 유혹적이야. 하찮아도 쓸데없는 건 아닐 거야.

―취했어?

―음, 조금. 한 잔 더.

젓가락으로 김치를 마주 잡고 찢어 먹는 하찮음이 쌓여서 생활을 이루는 것인가. 그 하찮음의 바탕 위에서만 생활은 영위되는 것인가. 아니면 그 사소함으로는 감당할 수 없는 적의의 들판으로 생활은 전개되는 것인가. 그 사소함이 견딜 수 없이 안쓰럽고 그 적의가 두려워서 나는 생활로 넘어가는 문턱에서 이렇게 쭈볏거리고 있는 것일까……

문정수의 고개가 앞으로 숙여졌다. 노목희를 찾아오는 밤에 문정수는 때때로 추적할 수 없고 전할 수 없는 세상에 관하여 노목희에게 말했다. 문정수는 뱀섬을 부수는 폭격기와 기르던 개에 물려 죽은 소년과 아들의 죽음을 버리는 그 어머니 오금자에 관하여 말했다. 그리고 소방청장 표창을 받은 소방관 박옥출의 업무상 배임과 절도, 해망 매립지의 장어와 민들레, 방조제 도로의 교통사고, 세습농부 방천석의 잠적에 관하여 문정수는 말했다. 밤늦은 시간에, 문정수는 혼자서 중얼거리듯이 말했다. 문정수의 말은 듣는 사람이 없어도 무방할 듯싶었다. 손가락 사이로 새어나가버린 세상에 관하여 문정수가 더듬거리며 말할 때 노목희는 가끔씩, 그랬겠구나…… 잘했어…… 내버려둬…… 괜찮아…… 괜찮을 거야……라고 응답해주었다. 노목희의 응답은 추인이거나 달램처럼 들렸다.

저 남자는 어째서 저런 하나 마나 한 말을 저렇게 힘들게 하고 있는 것일까? 저런 말을 하려고, 이 밤중에 나를 찾아오는 것인가? 괜찮아…… 내버려둬…… 이런 대답이 필요해서 이 밤중에 저렇게 힘들게 더듬거리고 있는 것인가.

노목희는 무릎을 두 팔로 싸안고 앉아서 문정수의 이야기를 들었다. 노목희가 하품을 하면서, 안 졸려? 라고 물어도 문정수는 이야기를 계속했다. 문정수의 말은 듣는 사람이 없어도 무방한 것이 아니라, 누군가가 듣고서 잘했어, 내버려둬…… 라고 응답해주지 않으면 울음으로 변해버릴 말처럼 들렸다. 문정수의 어조는 무력했으나, 그 무력감 속에 폭발 직전의 위태로움이 숨어 있었다. 그 위태로움을 바라보면서 노목희는 창야 시절의 대학선배 장철수의 헐렁한 옷소매와 조일 힘이 빠져 있는 그의 손아귀를 생각했다. 문정수에게서 장철수의 기억이 겹쳐 떠오르는 것은 그럴 수밖에 없는 일처럼 여겨졌다. 세상으로부터 겉도는 꼴이 닮아 있는 것일까. 창야에서 사라진 뒤 장철수로부터 직접 연락은 없었다. 연락이 없어도, 노목희는 장철수가, 지금까지의 인연이 모두 소멸해버린 새로운 땅에서 살아가기를 바랐다. 그가 이 세상의 후미지고 구석진 곳에 처해 있다 하더라도 그를 따라오는 인연의 끈이 더이상 없기를 노목희는 바랐다. 방조제 도로가 개통된 후 노을을 보러 해망에 다녀온 동창생들로부터 매립지 갯고랑 수로 근처에서 장철수를 보았는데, 인사를 나누지는 않고 멀리서 보니 구부정한 모습은 예전과 같았지만, 창야에서의 장철수와는 달리 무언가 힘든 품팔이 노동에 종사하고 있는 것 같았다는 목격담이 장철수에 관한 소식의 전부였다.

—이제 자자. 한시 반이야. 샤워해.

노목희가 빈 그릇과 술잔을 싱크대에서 씻었다. 문정수가 돌아선 노목희의 등에 대고 말했다.

—방천석이 말이야. 그자는 돈을 찾아서 해망을 떠났더군.

노목희가 돌아선 채 말했다.

—그렇구나. 그 사람 때문에 괴로워?

문정수가 대답이 될 수 없는 말로 대답했다.

—박옥출, 그 전직 소방관은 해망으로 와 있더군. 물밑 고철을 건져서 파는 사업을 한대.

—불쌍하구나, 다들. 하지만 너하고 관련 없는 사람들 아냐?

—관련이 없기 때문에 더 답답해. 막막하고.

—내버려둬. 그냥 내버려두는 게 가장 옳을 거야.

—내버려두지 않을 수도 없어. 차장은 막 욕을 하더군.

—누굴 욕해? 방천석을?

　—몰라. 그게 그 사람 버릇이야. 대상이 누군지도 모를 욕을 늘 해대지.

　—욕이 아닐 거야. 신음이겠지.

　문정수가 욕실로 들어갔다. 문정수는 무좀으로 짓무른 발가락 사이를 씻었다. 노목희는 침대에 걸터앉아서 욕실의 물소리를 들었다.

　한밤중에 라면을 끓여서 나누어 먹으면서 대파와 달걀과 라면 국물과 파미르 고원에 관하여 주고받는 이야기는 하찮았지만 거기에는 하찮음만큼의 위안이 없지 않았다. 그리고, 문정수가 놓쳐버린 것들, 혹은 놓아버린 것들을 향해서 괜찮아…… 내버려둬……라고 말해주는 일은 평화로웠다. 그 평화는 사랑이라기보다는 연민일 것이라고 욕실의 물소리를 들으면서 노목희는 생각했다.

　문정수가 젖은 머리를 수건으로 닦으면서 욕실에서 나왔다. 문정수는 거실 바닥에 주저앉아 발가락 사이의 물기를 닦고 스프레이 무좀약을 뿌렸다.

　—미안해. 추잡해서.

　—그건 추잡한 게 아니라 병이잖아, 질병. 살에 들러붙어서 살을 파먹는 병.

—그래, 들러붙어서 떨어지질 않아.

—스프레이로는 안 될걸. 병원에 가봐.

—병원에 갔었어. 약을 먹어도 낫질 않아.

—그 발로 온갖 데를 돌아다니니까 낫지 않는 거야.

문정수가 발가락을 꼼지락거리면서 말했다.

—그런가봐. 자꾸만 파고드니까 병 같지가 않아. 증세가 아니라 본래 그랬던 것 같아. 그냥 데리고 살아야 하나봐.

노목희가 킥킥 웃었다.

—늦었어. 쓸데없는 얘기 그만 해.

문정수가 식탁 위에 놓인 한국어판 『시간 너머로』를 가리키면서 말했다.

—왜 표지에 낙타를 그렸어?

—책의 이미지가 낙타 같잖아. 시간을 건너가는 낙타……

—낙타가 몸집이 경쾌해 보이네. 눈, 코는 힘들어 보이고……

—그래? 그럼 내가 어느 정도 그린 모양이네. 몸이 가벼워야 멀리 갈 수 있어. 사막의 고난을 감당하는 가벼움……

—그림 다시 시작한 거야?

—오랜만에 그렸어. 기름이 힘들어서 색연필로 그렸는데, 새로 걸음마를 시작한 기분이야.

—낙타에는 색연필이 맞겠다. 엉성하고 헐거운 질감이 맞겠어.

　—색연필은 존재감이 약해. 그걸로 강한 걸 표현하려면 재료의 약함을 거역하지 말아야 해. 타이웨이의 문장처럼 말이야.

　—어렵다. 넌 아주 어려운 놀이를 하고 있는 것 같아.

　—놀이? 어려우면 놀이가 아니지.

　—타이웨이한테 해망을 한번 답사하고 강연을 해달라고 부탁하면 어떨까?

　노목희가 문정수를 노려보았다.

　—해망은 안 돼. 해망은 너무 어려워. 거긴 니 구역이잖니.

　—내 구역? 난 그런 구역 없어.

　문정수가 하품을 하면서 기지개를 켰다. 샤워를 하고 나서 문정수의 취기는 가신 듯했다.

　—어쨌든 그림을 다시 시작하니까 좋다. 색연필은 너무 오래 쓰지 마.

　노목희가 말했다.

　—그림을 다시 시작하자면……

　노목희는 바젤 대학 미술학부로 와서 디자인을 공부하라는 타이웨이 교수의 초청을 문정수에게 말해주었다.

─멀리 가는구나. 그 낙타가 바로 너였어.

　문정수의 몸은 다급했다. 노목희의 몸이 깊어서 문정수는
닿을 수 없었다. 몸이 다가가면, 몸은 달려들면서 물러섰다.
노목희는 대체 어디에 있는 것인지, 문정수는 닿아지지 않는
저쪽 끝으로 몸을 몰아갔다. 노목희는 다가와서 넘치는 몸을
느꼈다. 노목희의 머리카락이 땀에 엉겼다. 문정수가 놓쳐버
린 세상이 모두 내 몸속 깊은 곳으로 들어와서 거기에서 녹아
서 편안해지기를, 그리고 그것들이 아무런 자취도 남기지 않
기를, 그래서 아무것도 묻어 있지 않은 몸이 새로운 시간 앞에
다시 서기를, 홀로 그 시간 속을 걸어갈 수 있기를 노목희는
바랐다. 그 바람은 문정수가 물러선 몸속 깊은 곳에서 체액으
로 분비되었다. 문정수는 쉽게 무너졌다. 문정수는 숨을 몰아
쉬었다. 문정수의 입에서 라면 냄새가 났다.

　─이 안 닦았지?

　문정수는 대답하지 못했다.

　─입에서 파냄새가 나. 잠든 거야?

　노목희는 문정수를 바로 눕히고 베개를 받쳐주었다. 문정수
의 숨에서 풍기는 파냄새가 어둠 속에 번졌다. 문정수의 몸이
풍기는 여러 냄새들에 파냄새를 하나 더 추가해야 할 것이라

고 노목희는 어둠 속에서 생각했다.

뱀섬 폭격이 끝난 가을에도 도요새의 무리는 오지 않았다. 뉴질랜드 북쪽 연안에서 발진하는 도요새의 무리는 남태평양을 무착륙 비행으로 건너서 해망의 연안으로 날아왔었다. 새들은 해망의 갯벌에서 며칠을 지낸 뒤 시베리아 북쪽 툰드라의 겨울 숲으로 날아가곤 했다. 그 먼 여정이 수억 년에 걸친 그것들의 삶의 궤적이었다. 항로표지가 없는 대양의 고공에서, 그것들이 어떻게 해망 쪽 방향을 가늠하는지를 인간의 언어로 말하는 것은 조류학자들의 오랜 연구과제였다. 가고 또 가고, 막무가내로 날아가는 날개의 운명이 그것들의 유전자에 각인되어 있다고 학자들은 말했는데, 그 말은 새들은 본래 그런 것들이라는 뜻이었다.

뱀섬에 폭격이 계속되던 8년 동안 도요새는 오지 않았다. 폭격이 끝난 다음해 가을에, 개체수가 줄어들기는 했지만 도요새 몇 마리가 해망의 갯벌에 내려앉았다. 그 종족 중에서 해망의 갯벌을 특별히 기억하는 무리가 따로 있어서 그것들이 9년 만에 옛터를 찾아온 것이라고 갯가 마을의 노인들은 말했다. 돌아온 도요새들은 새벽 썰물을 따라 먼 바다 쪽 갯벌로 나아가 부리로 펄을 쑤셨다. 새들은 작은 먹이를 삼키고 먹이

보다 훨씬 많은 펄 흙을 뱉어냈다. 저녁에 새들은 마을 숲으로 돌아왔다.

새들은 해망에 오래 머물지 않았다. 저녁 밀물이 가득 차기 전에 새들은 울음으로 서로를 불렀다. 새들은 울음에 울음으로 응답하면서 저무는 펄에 모여 이륙의 대열을 갖추었다. 새들의 대열은 노을 속으로 날아올라 북으로 향했다. 그날 떠난 도요새의 무리는 이듬해 뉴질랜드로 가는 귀로歸路에 해망에 내려앉지 않았다.

갯벌이 마르고 민들레와 쑥부쟁이가 마른 펄에 퍼지자, 도요새의 다른 무리도 해망을 무착륙 통과했다. 방조제 도로가 끝나는 남쪽 끝 해안에 매립을 모면한 소택지가 펼쳐져 있었는데, 무리를 이탈한 도요새 두 마리가 늪가에서 며칠을 서성거리다가 사라졌다. 보았다는 사람들은 두어 마리라고도 했고 서너 마리라고도 했다.

마릿수는 차이가 있었으나, 다리가 길었고 넓적한 주둥이로 쉴새없이 입질을 했다는 점은 일치했다. 조류학자들은 목격자들의 진술을 종합해서 그 서너 마리를 도요새로 단정했다.

도요새가 단지 서너 마리만으로 비행편대를 이루어 뉴질랜드에서부터 해망까지 날아온 것인지, 작년에 왔던 것들 중에서 서너 마리가 더이상 이동하기를 단념하고 눌러앉은 것인지, 아니면 해망을 버리고 뉴질랜드에서 시베리아까지 무착륙 횡단하는 대열에서 몇 마리가 이탈해서 해망에 내려앉은 것인지를 조류학자들은 판단하지 못했다. 철새들은 단지 서너 마리만으로는 장거리 비행을 할 수 없으므로, 그 서너 마리가 보이지 않자 사람들은 그것들이 어디로 갔는지를 더이상 말할 수 없었다. 해망을 버리고 통과하는 도요새의 대열이 밤하늘 높이 떠서 끼룩끼룩 울면서 달무리를 건너갔다고 말하는 사람도 있었지만, 믿을 수 없었다. 소택지 늪가에서 서성거리던 서너 마리가 사라진 후 해망에 도요새는 오지 않았다. 조류학자들이 뉴질랜드를 떠나는 도요새 몇 마리를 붙잡아 발목에 금속제 가락지를 채우고 전파로 이동경로를 추적했다. 조류학자들은 해망방조제 도로 위에 수신 안테나를 설치하고, 남태평양을 건너오는 도요새의 신호를 기다렸다. 여름이 가고 가을이 다 가도록 신호는 오지 않았다. 도요새의 무리가 한반도의 서쪽 연안을 버리고 중국 대륙의 동쪽 연안을 따라 이동하고 있을 것이라고 학자들은 추측했으나 확인되지는 않았다. 새들은 지상의 그 어느 곳에서도 신호를 보내오지 않았다. 기자들이 방조제 도로 위에 설치된 조류 탐지 안테나 주변에 몰려와 돌아오지 않는 도요새의 행방을 취재했다. 새들이 신호를 보내오지 않았으므로 취재는 이루어지지 않았다. 기자들은 취재가 불가능한 사정을 취재해서 송고했다. 도요새는 어디로 갔을까. 응답 없는 새들은 비행중인가…… 이것이 그 기사들의 제목이었다. 기사는 아무것도 전하지 않았고, 새들은 끝내 돌아오지 않았고, 신호는 접수되지 않았다.

—새들은 날아오지 않고, 나는 비행기를 타고 돌아간다.

뉴질랜드에서 온 조류학자는 기자들에게 말하고 도요새의 발진기지인 뉴질랜드로 돌아갔다.

횟집마을 포구는 육지로 변했다. 선착장은 불도저에 밀려 지방도로에 편입되었고, 마른 펄의 가장자리에 축구장이 생겼다. 아직 보상받지 못한 유자망 어선들은 방조제 너머로 나가서 조업했다. 어선들은 물길이 끊겨서 포구로 돌아오지 못했다. 유자망 어선들은 방조제 북쪽 끝 수문에 딸린 도크에 정박했다. 횟집마을은 갯고랑 수로를 따라서 생선을 운반했다. 2톤 미만의 소형 어선들이 갯고랑을 오르내렸다. 소형 어선들은 썰물 때 나아가고 밀물 때 돌아왔다.

방조제 너머 바다에 나가 있던 병어잡이 유자망 어선의 그물에 바다사자가 걸려들었다. 뱀섬이 온전하던 시절에 가끔씩 바다사자 몇 마리가 섬의 해안단애 꼭대기에 올라가서 수평선 쪽을 바라보는 모습이 해안마을에서 목격되곤 했었다. 뱀섬에

터 잡고 서식하는 무리는 아닐 터이고, 아마도 발해만 쪽에서 서해를 건너오는 무리일 것이라고 수산고등학교 교사가 횟집 주인들에게 설명해주었다. 교사는 말했다.

—멀리서 오는 짐승은 귀하고 반가운 것입니다. 우리 바다가 전 세계의 바다와 연결되고, 소통된다는 증거입니다. 바다사자는 해망의 손님입니다.

뱀섬 폭격이 시작된 후 바다사자는 해망 연안에 나타나지 않았고, 바다사자가 몸을 말리던 해안단애는 무너져내렸다.

사라졌던 바다사자의 출현을 횟집마을은 길조로 여겼다. 어업보상소송이 쉽게 끝나리라는 서광이라고 말하는 사람도 있었다.

바다사자는 소형 선박에 실려서 갯고랑 수로를 따라 횟집마을로 이송되었다. 바다사자는 횟집들이 공동으로 사용하는 수조에 갇혔다. 횟집 주인들은 시루떡으로 잔치를 벌였다. 사내들이 수조 주위에 모여 바다사자를 구경하면서 소주를 마셨다. 수산고등학교 교사가 와서 바다사자를 감정했다. 생후 3개월짜리 어린 암놈이었다. 바다사자는 어류가 아니라 포유류라고 교사는 사람들에게 말해주었다.

수조에는 물이 없었다. 바다사자는 타일 바닥에서 퍼덕거렸다. 바다사자는 뒷지느러미로 타일 바닥을 때리면서 몸을 뒤

챘고, 뒤채는 몸통으로 바닥을 밀어서 몸을 끌고 수조 안을 헤매었다. 몸으로 몸을 끌어서, 끄는 몸과 끌리는 몸이 한 몸이 되어 뒹굴었다. 바다사자는 앞지느러미를 흔들면서 무언가를 잡으려 하는 것 같았는데, 앞지느러미에 손가락이 없어서 잡을 수가 없었다. 바다사자는 수조 난간을 붙잡고 기어오르려는 듯이 뒷지느러미로 타일 바닥을 치며 뛰어올라 앞지느러미로 난간을 잡을 듯 안간힘을 쓰다가 바닥으로 미끄러져내려갔다. 바다사자의 앞지느러미는 잡을 수 없는 것을 잡으려고 허우적거렸고, 바다사자의 뒷지느러미는 일어설 수 없는 몸을 일으키려고 바닥을 치며 몸을 뒤틀었다. 바다사자는 턱에 돋은 수염으로 타일 틈새를 더듬었고, 입을 벌려서 수조 벽을 핥았다. 수조 난간을 향해서 뛰어오를 때 바다사자는 고개를 빼서 난간 너머를 바라보았고, 직립하려는 듯이 뒷지느러미를 들짐승의 다리처럼 버티다가 자빠졌다. 바다사자는 타일 바닥에 엎드려서 옆구리를 퍼덕이며 가쁜 숨을 쉬다가 또 갑자기 뒷지느러미로 바닥을 치며 뛰어올랐고, 앞지느러미를 수조 난간에 걸치려다가 미끄러져내렸다.

바다사자의 눈자위에 물기가 흘렀고 찢어진 앞지느러미의 물갈퀴에서 진물이 흘렀다. 바다사자는 퍼덕거리고 뒤채고 뛰어오르고 미끄러지고 맴돌고 부딪치고 헤매었다.

수조 주위에서 바다사자를 구경하면서 소주를 마시던 사내들이 말했다.

—저 봐. 지느러미가 넓적해. 노처럼 생겼어. 그러니 육지에선 맥을 못 추는 거야. 땅에선 노를 저을 수 없잖아.

—저놈은 저게 팔다리인 줄 아는 모양이야. 저걸로 땅을 딛고 일어서려는 거야. 목발처럼 말이야.

—그게 아냐. 저놈은 지금 공기를 물로 착각하고 있는 거야. 저렇게 지느러미를 흔들고 몸통을 뒤틀면 앞으로 나갈 줄 아는 거지. 사람 중에도 저런 놈들이 많아.

—어린 놈이라서 그런지 앞지느러미가 어린애 팔목 같네. 저걸로 온 바다를 휘젓고 다니는구만.

—맞아. 팔목 같아. 사람 팔목에 지느러미를 합쳐놓은 것 같아.

사내들이 고등어를 던져주었다. 바다사자는 거들떠보지도 않았다. 바다사자는 수조 난간을 향해 뛰어오르고 또 미끄러져내렸다.

—죽은 고기는 안 먹나봐.

사내들이 수족관에서 헤엄치던 산 광어를 건져서 바다사자에게 던졌다. 광어는 타일 바닥에 부딪혀서 퍼덕거렸다. 바다사자는 계속 뒤채면서 뛰어올랐다.

—식욕이 없구만. 달아날 궁리만 해.

학교에서 돌아온 아이들이 수조 주위로 모여들었다. 바다사
자가 난간으로 뛰어오를 때, 아이들은 핸드폰 카메라로 사진
을 찍었다. 사내들은 말했다.

—저게 생선이 아니고 젖 먹는 짐승이라데.

—그러게 말이야. 저것이 암놈이라니까 젖꼭지가 있을 거
아냐.

—있을 테지만 보여야 말이지.

—뒤집을 때 잘 봐. 난 봤어.

예비군복 상의를 입은 사내가 막대기로 바다사자의 옆구리
를 찔렀다. 바다사자는 진저리를 치며 몸을 뒤집었다. 뒤집힌
바다사자는 앞지느러미를 펄럭거렸다. 허연 배때기에 젖꼭지
가 두 줄로 박혀 있었다.

—야, 저거야, 저거. 저걸 빨아먹는구만.

—히야, 저것들도 암수가 붙어서 새끼를 낳고 암컷이 젖을
물리는구만.

—젖은 봤는데, 성기는 왜 안 보여?

—잘 봐. 저 아래쪽에 있잖아. 저 시커먼 거.

—되게 크다. 어린 놈이 그건 커. 저것도 멘스를 하나?

바다사자는 기를 수도 먹을 수도 없고 수조에 며칠 가두어

놓으면 퍼덕거리다가 죽을 것이 분명하므로 바다로 돌려보내야 한다고 수산고교 교사가 주민들을 설득했다. 늙은 횟집 주인이 말했다.

　―선생 말이 맞아. 보내. 멀리서 온 영물인데, 저것이 여기서 뒈지면 마을에 안 좋아. 뒈지더라도 저 살던 바다에 가서 뒈져야 해. 저 지랄하는 꼴 봐. 여기서 살 놈이 아냐. 내일 아침에 보내줘. 그래야 보상이 순조로워지지.

　횟집마을 주민들은 밝은 날 바다사자를 돌려보내기로 합의했다. 사내들은 수조 주위에서 밤늦게까지 소주를 마시며 뒤채는 바다사자를 구경했다.

　창야경찰서 최형사가 장철수에게 소개해준 해망의 고철수집업자의 성은 '남南'이었다. 장철수가 최형사의 명함을 들고 찾아갔을 때 그는 나, 남이요, 라고 말했다. 장철수는 그의 이름을 묻지 않았다. 남은 최형사의 군대 동기였다. 현역 시절에 하사관이었던 그는 중사로 제대해서 지역 예비군부대의 소대장을 지냈다. 포병부대의 곡사화기 조장이었던 남은 사격연습 때 발사후폭풍에 맞아 왼쪽 눈을 실명했다. 제대 말년의 사고였기 때문에 실명으로 복무기간이 단축되지는 않았다. 남은 왼쪽 눈에 안대를 차고 있었는데, 오른쪽 눈빛은 갑절의 안광으로 날카롭고 바빴다.

남은 해망 토박이는 아니었다. 그가 제대 후에 해망에 정착하게 된 사유를 해망 원주민들도 알지 못했다. 그는 해망에서 환경운동가로 알려져 있었고 도의원에 두 번 출마했다가 낙선했다. 처음 출마 때는 무소속이었고 두번째 출마 때는 야당의 공천을 받았다. 선거벽보에서 그는 한쪽 눈을 국가에 헌납했다고 말했다. 벽보에는 그의 이름 석 자가 적혀 있었으나 장철수는 그를 남이라고만 기억했다. 그의 득표수는 당선자의 절반 정도였다.

뱀섬의 공여기간이 단축되고 미군의 폭격이 예정보다 당겨서 끝나자 포탄 껍데기와 탄두가 조개보다 더 많이 깔려 있을 물밑을 남은 머릿속에 그리고 있었다. 남은 고철사업을 시작한 후로는 출마를 포기했고 해망 주민들과 접촉하지 않았다. 남은 해망 읍내와 바다가 가까운 횟집마을에 작은 사무실과 야적창고를 장만해놓고 물밑작업량을 확대하기 위해 스쿠버다이버 출신의 잠수요원을 물색중이었다. 군과 경찰은 물밑 불발탄의 위험을 이유로 민간인들의 해저 접근을 허가하지 않았다. 정식 허가가 날 때까지 그는 연고권 선점을 확보하면서 철강재 재가공업계 쪽으로 거래선을 넓혀나가고 있었다.

물밑에서 녹슬면서 독성을 내뿜고 있는 쇠붙이를 건져내야만 해저 환경을 보호할 수 있다는 요지의 논문을 그는 군청 홈페이지에 발표했다. 논문에서 그는 수산대학 생명자원연구소의 최신 자료를 인용해서 산화철과 화약 찌꺼기의 독이 어패류와 해초에 미치는 폐해를 수치로 제시했고, 수중에서 쇠붙이는 급속히 산화되므로 시간이 흐를수록 그 독성은 강해진다고 주장했다. 그의 사업은 아직 본격화되지 않고 있었다.

장철수가 갯고랑 수로 끝에 1.5톤짜리 목선을 붙였다. 푸른 고리 연기가 바람에 날렸고 배기통이 디젤 그을음을 토해냈다. 후에가 갈고리 밧줄을 던져서 배를 묶었다. 장철수가 배에서 내렸다. 장철수는 조개무지 공터 쪽 억새밭에서 손수레를 끌고 왔다. 배 고물에 묶인 폐타이어 위에는 80킬로그램짜리 포탄 껍데기가 실려 있었다. 장철수가 타이어 위에 널빤지를 놓았다. 장철수가 앞을 들고 후에가 뒤를 올려서, 포탄 껍데기를 널빤지 위에 올려놓고 밀어서 손수레로 옮겨실었다. 장철수가 포탄 껍데기를 가마니로 덮었다. 거기서부터 고철 야적창고까지는 6킬로미터로, 손수레를 끌고 가면 두 시간이 걸렸다.

방조제 남쪽 물밑에서 건져올린 포탄 껍데기와 탄두를 1.5톤짜리 목선으로 끌고 갯고랑 수로를 따라 들어와서 거기서부터 손수레에 옮겨실어 염전 아래쪽 야적창고로 실어다주면 하루의 일이 끝났다. 경운기 모터를 단 1.5톤짜리 목선은 수로의 물살을 거스르지 못했다. 장철수는 썰물에 나갔다가 밀물에 들어왔고, 보름사리 때는 나가지 못했다. 작업시간은 물때에 따라 날마다 바뀌었다. 초저녁에 나갔다가 아침에 끝날 때도 있었고 새벽에 나갔다가 저물어서 끝날 때도 있었다. 폐활량이 허락하는 짧은 시간 동안 후에는 물밑을 더듬었다. 팔목에 묶은 자석이 후에의 방향을 인도해주었고, 손에 닿는 것이 쇠붙이인지 아닌지를 자석이 판별해주었다.

후에의 몸은 작고 가늘어서 물결의 사이사이를 파고들었다. 후에는 달려드는 물결과 부딪치지 않았다. 물결이 물결에 밀려나는 고랑을 따라서 후에는 물이랑 사이로 나아갔다. 후에는 몸통 전체를 지느러미로 쓰는 물고기처럼 몸을 좌우로 흔들어서 달려드는 물결을 피해나갔다. 후에는 허리를 노 삼아 전신으로 물을 저어나갔다. 고향의 바다에서 저절로 몸에 익은 솜씨였다. 고향의 바다에서 무자맥질할 때, 후에는 물에서 물고기처럼 헤엄칠 수 있듯이, 공중에서 허우적거리면 새처럼 날 수도 있을 것이라고 생각했다. 물속에서 후에는 새를 생각하고 있었다.

해망의 바다는 고향의 바다보다 차가웠고 짰고 비렸다. 해망의 바다와 펄은 더 오래되고 더 많은 시간과 햇볕이 축적된,

나이든 바다였다. 고향의 바다에서는 뜨거운 태양이 공기를 달구었고, 부풀어서 팽팽한 공기의 입자들이 대기를 가득 채웠다. 해망 바다의 공기는 고향 바다의 공기보다 밀도가 떨어져서 느슨했다. 그 느슨한 공기 사이로 노을이 넓고 깊게 퍼졌고, 새들의 울음소리가 멀리 닿았다. 파두波頭에 올라타서 물 아래로 내리꽂힐 때, 후에의 두 다리가 거꾸로 솟구쳤다. 그때 허벅지 안쪽에 휘감기고 겨드랑 사이를 파고드는 해망의 바닷물은 서늘했다. 후에는 그 허벅지의 서늘함으로 낯설고 새로운 바다를 느꼈다. 후에는 서늘한 허벅지로 물을 차서 잠겼고, 물을 감아당겨서 솟아올랐다. 해망은 물의 끝의 끝, 먼 극지의 바다였고, 원양을 건너가는 새들의 기착지였고, 날마다 해가 지는 바다였다.

물밑에는 고래만한 크기의 탄두들도 있었다. 손으로 더듬으면 뾰죽한 대가리와 유선형의 몸통을 확인할 수 있었다. 건져올리면 500킬로그램이 넘을 듯싶었다. 150킬로그램이 넘는 쇠붙이는 건져올릴 수 없었다. 수면까지는 로프로 끌어올릴 수 있었지만, 폐타이어에 옮겨실을 수 없었다. 150킬로그램 미만짜리들도 그 밑둥이 펄에 깊이 박혀 있거나 바위틈에 끼어 있으면 끌어올리기 어려웠다. 후에는 쇠붙이를 더듬어서 걸린 데 없이 바닥에 내려앉은 물건에 갈쿠리를 걸었다. 당겨올리다가 갈쿠리가 빠지면 쇠붙이는 다시 가라앉았다. 빈 로프가 올라오면 후에는 뱃전에서 다시 거꾸로 박히면서 물밑으로 내려갔다. 놓친 쇠붙이가 더 깊은 곳으로 가라앉으면 찾을 수 없었다. 한나절의 작업에도 아무것도 건지지 못하는 날도 있었다. 밀물이 시작되고 갯고랑의 물이 부풀어 마을 쪽으로 몰리기 시작하면 장철수는 빈 배로 서둘러 돌아왔다. 다음 밀물 때까지 물 위에 떠 있을 수는 없었다. 빈 배는 빠르게 나아갔다. 고리 연기 날리고, 선체가 들까불렸다. 후에의 젖은 머리가 바람에 날렸다. 빈 배로 돌아올 때 후에는 배 뒤쪽에서 젖은 몸을 작게 웅크렸고, 장철수는 마을 쪽을 바라보며 방향을 틀었다. 빈 배로 돌아올 때면, 후에는 배 뒤쪽에서 말했다. 바람이 불어서 후에는 고함질렀다.

─또, 오자. 또. 꼭.

장철수는 앞쪽을 바라보면서 소리쳤다.

─또, 또야? 그래, 또 가자. 꼭.

손수레를 끌 때 장철수는 손잡이를 배에 걸치고 허리를 깊이 숙였다. 땀에 젖은 옷 위로 등뼈의 마디가 드러났다. 장철수는 시선을 땅에 박고 수레를 끌었다. 숙인 이마의 땀이 땅으로 떨어졌다. 장철수는 한 걸음 한 걸음을 헤아리듯이 천천히 끌었다. 오른쪽 다리를 앞으로 내밀어서 땅을 당기고 왼쪽 다리를 뒤로 뻗쳐서 땅을 미는 두 동작의 사이사이에서 장철수의 힘은 달렸다. 힘이 달릴 때 장철수는 두 다리로 땅을 엉버티고 멈추었다.

후에는 뒤에서 밀었다. 뒤에서 보면, 허리를 숙인 장철수의 등뼈가 실룩거렸다. 장철수는 키가 크고 허리가 길었다. 장철수의 등뼈는 구부린 허리를 따라 엉치에서 목 쪽으로 멀리 이어졌다. 허리근육이 없는 장철수의 등뼈는 메말라 보였다. 후에는 수레를 끄는 버마재비를 떠올렸다.

횟집마을로 넘어오는 비포장 오르막에서 장철수의 손수레는 뒤로 밀렸다. 장철수의 두 다리가 힘을 잃고 뒤로 끌렸다. 장철수의 머릿속이 하얗게 지워졌다. 두 다리가 힘을 잃는 순간, 장철수는 땅의 중력에서 풀려나 주저앉거나 바람에 불려갈 듯한 무력감을 느꼈다. 무력감은 가벼움이었다. 두 다리가 힘을 잃는 순간, 끌고 온 무게가 소멸했고, 뒤로 끌리는 몸이 소멸하는 무게 속으로 빨려들었다. 아마도 죽음의 질감이 이러할 것이라고 장철수는 생각했다.

후에가 뒷걸음질로 물러나면서 바퀴 밑에 돌멩이를 고여서 밀리는 수레를 세웠다. 무게에서 풀려난 장철수가 두 다리로 서면서 허리를 폈다. 오르막 마루턱은 가까웠지만 걸어서 끌지 않고 닿을 수는 없었다.

다시 장철수가 허리를 굽혀서 손수레를 끌었다. 후에가 뒤를 밀었다. 뒤를 미는 후에의 작은 힘이 장철수의 다리에 와 닿았다. 후에가 뒤에서 소리쳤다.

—더? 더?

장철수가 대답했다.

—또 더야? 그래, 더. 좀더.

내리막에서 장철수는 몸을 뒤로 젖혀서 앞으로 내닫는 수레를 버티었다. 후에는 뒤를 당겼다. 후에는 수레에 끌렸다.

내리막이 끝나면 횟집마을이었고 고철 야적장은 거기서부터 평지로 2킬로미터를 더 가야 했다. 장철수와 후에가 손수레를 끌고 횟집마을을 지날 때 바다사자 주위에 사람들이 모여 있었다.

장철수는 손수레에 실린 포탄 껍데기에 가마니를 덮었지만 횟집 주인들은 장철수와 후에의 작업의 내용을 알고 있었다. 물밑의 쇠붙이는 물량이 무진장이었고 주인이 없었다. 바다가 말라서 마을에 배가 닿지 않았다. 손님이 끊긴 횟집 주인들은 고철 채취가 유망한 사업일 것이라고 입을 모아 떠들어댔지만, 물밑에 접근할 수단이 없었고 불발탄 처리 문제로 해저 채취 허가가 날지는 불확실했다. 횟집 주인들은 보상소송이 정리되면 모두들 해망을 떠날 작정으로 가족들을 이미 외지로 이주시켜놓고 있었다. 해망은 그들의 고향이며 객지였다. 공유수면이 매립되기 전, 펄에서 조개 잡고 어선들이 마을 앞 선착장까지 들어오던 시절은 몸은 고단했어도 마을은 화목하고 마음은 편했고 생활도 지금보다 넉넉했다고 그들은 사회조사원들이나 방송 기자들에게 말했다. 방조제가 들어서기 전에는 삶이 건강했고 평화롭고 충만했다고 말할 때, 그들은 그 말의 대부분이 거짓임을 알고 있었지만 그것이 거짓이 아니라고 우겨대는 더 큰 거짓이 작은 거짓을 눌렀다. 그들의 말 속에서 방조제 이전의 삶은 늘 평화롭고 충만했다. 그래서 매립으로 잃어버린 그 평화와 충만을 보상액수에 모두 포함시켜서, 그들은 펄에 코를 박고 살아온 해망의 갯가를 떠나려 하고 있었는데, 액수가 커질수록 소송은 지연되었고, 소송이 계속되는 동안 그들은 이제 두어 마리 남은 철새처럼 해망의 갯가에서 서성거렸다. 횟집 주인들은 그 엉거주춤을 스스로 '보상병'이라고 불렀다. 보상병이 깊어지면 엉덩이를 바닥에 붙이지 못하고 들떠서, 낮에는 뭍으로 밤에는 펄로 헤맨다고 그들은 술자리에서 서로의 얼굴을 바라보며 말했다. 그 횟집 주인들이 바다사자 주위에 모여서 소주를 마시고 있었다. 바다사자는 뒤채고 부딪치고 뛰어올랐다.

—저놈도 보상병인가봐. 엉덩이를 붙이지 못하고 저 지랄이니……

—그러니, 보내야 해. 놔줘야지. 그게 보상이야.

장철수는 약국 앞에 손수레를 세우고 머큐로크롬과 소독약을 사서 오르막에서 찢긴 후에의 발바닥에 발라주었다. 장철수는 길바닥에 주저앉아 쉬면서 바다사자 주위에 모인 사내들을 바라보았다. 사내들이 수군거렸다.

—저 자식, 꼴 좀 봐. 꼭 사마귀가 리어카를 끄는 것 같아.

—창야에서 온 놈이라는데, 꼴은 저래도 일거리는 잘 잡은 거야. 뭘 알고 들어온 놈 같아.

—기집을 잘 물었어. 저 월남 년이 물밑을 뒤진다는구만. 쇠 건지는 해녀야.

—저 한움큼밖에 안 되는 년이 쇠를 건지네……

—저년이 월남서도 물질을 했다더군.

수군거리는 소리는 들리지 않았지만 장철수는 사내들이 무슨 말을 하고 있는지 알 것도 같았다.

—저 연놈이 들러붙어서 사는가?

—아냐. 그런 것 같지는 않아. 한집에 사는데, 들러붙은 것 같지는 않아. 그런 것 같기도 하고. 객지 것들이 와서 동네 다 흐려놓는구만.

242

─다 거덜난 동네니까 저런 것들이 꼬이는 거지. 저년은 몸매가 꼭 물개 같네.

─노을교회 아랫마을에 시집온 년인데, 못살아서 나왔대. 서방놈은 마누라를 찾지도 않는다는구만.

─잘 나갔다 싶을 거야. 소개비는 돌려받으면 되니까.

바다사자를 돌려보내자면 아무래도 손수레에 실어서 갯고랑 수로까지 끌고 가서 거기서부터 작은 배에 싣고 방조제 너머로 나가야 하니까, 저 연놈에게 부탁하는 게 좋겠다고 횟집 마을 번영회장이 사내들에게 말했다.

─그게 좋겠어. 저 연놈들은 기왕에 갯고랑을 왔다갔다하는 놈들이니까.

번영회장이 장철수에게 다가왔다. 장철수는 땅바닥에서 일어섰다. 번영회장의 부탁은 명령과 같았다.

─어려울 게 없겠지. 남의 마을에 들어와서 살려면 그 정도는 해야 돼.

바다사자는 계속해서 수조 난간을 향해 뛰어올랐다. 뒷지느러미가 찢어져 너덜거렸다. 뛰어오르는 높이가 점점 낮아졌다.

─왜, 먹지 그러시오. 팔든지.

─이봐, 자네가 살 텐가? 헛말하지 말고 시키는 대로 해.

바다사자는 혀를 뽑아서 마른 콧구멍을 적시며 숨을 헐떡였다. 수조 난간에 걸터앉아 있던 예비군복 차림의 사내가 말했다.

— 저놈 콧김이 뜨거워. 속에서 열이 받치는 모양이네. 뒈지려고 저러나.

장철수가 바다사자를 바라보면서 번영회장에게 말했다.

— 알았소. 내일 오후에 오리다. 그때까지 잘 살려두시오.

— 갯고랑에 풀어주면 길을 못 찾을 거야. 배에 싣고 나가서 방조제 너머 바다에 풀어주라구.

— 알았소. 내일 오리다.

장철수가 다시 손수레를 끌었다. 후에가 뒤에서 밀었다. 횟집마을에서 염전 뚝방길을 지나면 염전이 끝나는 공터에 고철 야적장이 있었다. 염전에 소금이 내렸고 소금 위에 노을이 내렸다. 바닷물이 말라가는 동안의 시간의 무늬와 그 시간 속을 스쳐간 바람의 무늬가 소금 위에 깔려 있었다. 사내들이 밀고 나가는 삽날 앞에서 소금은 노을에 버무려졌다. 소금은 노을의 알맹이처럼 보였다. 소금창고 지붕의 윤곽이 어스름 속에서 풀려 있었다. 붉은 소금을 지게로 져다 창고에 쟁여놓고 사내들은 돌아갔다. 장철수는 손수레를 끌고 염전 뚝방길을 지났다. 오르막길이 없는 평지에서도 장철수는 허리를 깊이 숙여서 수레를 끌었다. 뚝방길 아래쪽으로 손수레를 끄는 장철수의 그림자가 지나갔다. 긴 허리가 풀숲을 스쳤다. 저녁 해가 기울어서 허리의 그림자는 더욱 길었다. 손수레 바퀴의 그림자가 굴러갔다. 바퀏살의 그림자가 풀 위에 떴다. 바퀴가 굴러갈 때 그림자의 바퀏살 사이에서 노을이 흔들렸다. 그 뒤로, 수레를 미는 후에의 그림자가 흘러갔다. 후에의 그림자는 가는 허리를 흔들며 가볍게 출렁거렸다. 해가 내려앉을수록 그림자는 더 길게 늘어졌고, 느리게 흘러갔고, 붉은 기운 속에 풀어져갔다. 그림자가 어둠에 녹아서 사라질 무렵에 장철수의 손수레는 야적창고에 도착했다.

남은 보이지 않았고 관리인이 창고를 지키고 있었다. 장철수는 수레를 밀어서 저울 위로 올렸다. 총 중량에서 수레의 무게를 뺀 나머지가 포탄 껍데기의 무게였다. 포탄 껍데기는 1킬로그램에 300원, 탄두는 쇠가 더 단단해서 1킬로그램에 350원씩 받았다. 80킬로그램짜리 포탄 껍데기 한 개는 2만 4천원이었다. 녹이 심하게 슬어 있는 물건은 팔지 못하거나 반값 정도를 받았다.

남은 언제나 현장에서 현찰로 계산해주었고 관리인도 마찬가지였다. 장철수의 1.5톤짜리 목선을 알선해준 것도 남이었다. 보상받고 떠나는 어민의 배를 남이 소개해주었고, 엔진 교

체에 따른 비용 2백만원을 남은 장철수에게 꾸어주었다. 장철
수는 그 2백만원을 포탄 껍데기로 갚았다.

80킬로그램짜리 포탄 껍데기 두 개를 넘기고 장철수는 빈
수레를 끌고 염전 뚝방길로 나왔다. 후에가 수레 뒤를 따랐다.
길 옆 수풀 속에 들어 있던 새들이 수레바퀴 소리에 푸드덕거
리며 날아올랐다. 장철수가 뒤를 돌아보며 소리쳤다.

—타.

—타?

—그래, 타.

—또?

—타라니깐.

후에가 빈 수레에 올라탔다. 후에는 적재함 귀퉁이에 쪼그
리고 앉았다. 장철수는 허리를 숙여서 수레를 끌었다. 수레에
실린 후에의 몸은 가벼웠다. 다리에 힘을 주어 첫걸음을 떼고
나면 후에의 몸은 더욱 가볍게 느껴졌다. 후에의 몸무게는 장
철수의 허벅지에 감기고 허리에 걸렸다. 혼자서 끌기에 알맞
은 무게였다. 오르막에서도 감당할 만했다. 장철수는 어두워
지는 염전 뚝방길로 수레를 끌어서 돌아갔다.

후에를 태운 장철수의 수레는 다시 횟집마을을 지나서, 방

246

천석이 버리고 간 농가에 도착했다. 방천석의 농가는 슬레이트 가옥이었다. 안채에 안방, 마루, 건넌방, 부엌이 일자로 붙어 있었고 대문 옆에 헛간과 행랑채가 딸려 있었다. 오금자가 안에서 문을 열어주었다. 논에서 돌아온 오금자는 마당 우물가에서 머리를 감고 있었다. 장철수는 수레를 끌고 마당 안으로 들어갔다. 후에가 수레에서 내렸다. 오금자가 후에의 잠수복과 납띠를 받았다. 오금자가 후에를 향해서 얼굴을 씻는 시늉을 하면서 말했다.

─애, 저리 들어가서 좀 씻어.

장철수가 우물물을 퍼서 대야에 부었다. 후에가 대야를 들고 뒤란으로 돌아갔다. 후에는 팬티를 벗고 쪼그리고 앉아서 씻었다. 우물물이 차가워서 후에는 진저리쳤다. 오금자와 후에는 안채를 썼고 대문 옆 행랑을 개조한 방이 장철수의 방이었다.

횟집마을 수조에서 바다사자는 새벽에 잠들었다. 바다사자의 잠은 깊지 않았다. 자면서 바다사자는 이따금씩 뒷지느러미로 타일 바닥을 쳤고 수조 벽에 머리를 부딪쳤다.

저녁 썰물에 맞추어, 장철수는 손수레를 끌고 횟집마을로 갔다. 후에가 수레 뒤를 따라왔다. 횟집 주인들은 바다사자를 그물망에 가두어놓고 떠나보낼 준비를 하고 있었다.

　—뭘 좀 먹여 보낼래도 처먹지를 않는구만.

　—먹을 놈이 아니지. 뒈지지 않은 것만도 다행이야.

　—빨리 보내야 해. 저놈이 여기서 뒈지면 안 좋아.

　횟집 주인들이 그물망을 당겨서 바다사자를 장철수의 수레에 실었다. 번영회장이 상수도 호스를 끌고 와서 떠나는 바다사자에게 물을 뿌려주었다. 번영회장은 호스 끝을 눌러서 꼬챙이 같은 물줄기로 바다사자의 콧구멍을 쑤셨다. 바다사자는 재채기를 하면서 그물망 사이로 혀를 내밀어서 물을 핥아먹었다. 번영회장이 말했다.

　—다시는 오지 마. 여기는 올 데가 아냐. 여긴 다들 떠나는 데라구.

　장철수가 수레를 끌었다. 후에가 뒤에서 밀었다. 수레 위에서 바다사자는 콧구멍을 바다 쪽으로 내밀고 숨을 헐떡였다. 깨진 머리에서 진물이 흘렀고 찢어진 지느러미가 너덜거렸다. 갯고랑 수로에서 썰물이 시작되고 있었다. 장철수와 후에가 그물망을 맞들어서 바다사자를 목선에 실었다. 바다사자가 배 바닥에 실렸고 후에는 고물 쪽에 앉았다. 장철수가 먼 바다 쪽을 바라보며 시동을 걸었다. 엔진이 폭음을 토했고 푸른 연기가 날렸다. 바다사자가 엔진 폭음에 몸을 뒤틀었다. 배가 흔들렸다. 장철수가 전진기어를 당겼다. 1.5톤 목선이 갯고랑 수로를 따라 바다로 나아갔다. 그믐 썰물에 목선이 들까불렸다. 물보라가 뱃전을 넘어 날아들었다. 수문을 지나서 장철수는 남쪽으로 방향을 틀었다. 방조제 끝에서 장철수는 배를 멈추었다. 물밑에서 쇠붙이를 건져올리는 자리였다.

바다사자는 바람 부는 쪽으로 콧구멍을 벌름거렸고 그물망 사이로 혀를 내밀어 배 바닥에 고인 물을 핥았다.

베트남의 동해안에는 아침마다 남중국 바다의 해가 떴다. 해안도로는 후에에서 하이반 고개를 넘어 다낭으로 이어졌다. 하이반 고개 아래 해안단애는 바다사자의 서식지였다. 바다사자들은 남중국해를 건너다니며, 연안에서 연안으로 이동했다. 사람의 마을에는 사내들이 없었다. 사내들은 전쟁에서 죽었거나 풍문으로 떠돌면서 흩어져 돌아오지 않았다. 전쟁이 끝나자 바다사자들은 하이반 고개 아래 해안단애로 돌아왔다. 바다사자는 단애 아래 물가 바위에 올라가서 아침 해를 맞았다. 생선도 아니고 짐승도 아닌 그것들은 일어서지 못하고 꿈틀거리며 뒤챘다. 바다사자는 작은 눈으로 멀리 보았고, 유선형의 대가리로 물살을 파고들었다. 멀리 보는 그것들의 눈동자에서 아침 해가 빛났고, 그것들은 고개를 쳐들고 수염을 내돌려서 먼 바다의 풍향을 감지했다. 후에가 수초를 건지러 바다로 나가는 아침에, 해를 받는 바다사자들의 새빨간 눈알들이 일출에 번뜩였다. 후에는 그것들이 바람이나 물결처럼 흘러다니면서 땅이나 물 위에 아무런 흔적을 남기지 않고, 쌓이는 삶을 이루지 않는다는 것이 신기했다. 전쟁이 끝난 후에도 후에는 그 바닷가에서 살았고 후에의 생리혈은 바닷물에 씻겨갔다. 바닷가라지만 파도와 해풍과 아침의 일출만 바다였지, 어업은 영세했고 삶의 멍에는 산간농촌에 묶여 있었다.

그물망에 갇힌 바다사자의 눈에 해망의 노을이 비쳤다. 후에는 그 바다사자가 하이반 고개 해안단애의 바다사자로 느껴졌다. 바다사자는 종족이 아니라 한 마리의 개체로서 후에의 기억 속을 헤엄쳐서 남중국해를 건너 해망의 해안으로 다가왔다. 이제 풀어주면 바다사자는 다시 하이반 고개 아래의 바다로 돌아갈 것이었다.

장철수가 바다사자를 들어서 뱃전에 올려놓았다. 배가 기울었다. 장철수가 식칼로 그물망을 찢었다. 바다사자는 뒷지느러미로 뱃전을 때리면서 물속으로 뛰어내렸다. 배가 뒤집힐 듯 기우뚱거렸다. 장철수가 밧줄을 당겨서 배를 수습했다. 후에가 말했다.

―가. 가. 가. 잘 가.

장철수가 후에를 따라서 말했다.

―가. 가. 가.

후에가 말했다.

―또 와, 또. 꼭.

장철수가 말했다.

―또 와? 또 와는 아니야. 다시는 오지 마.

후에가 말했다.

―마? 마? 오지 마? 가!

저무는 해가 수평선 위에 닿았다. 해에서부터 연안으로, 빛
의 다리가 출렁거렸다. 바다사자는 온몸을 흔들며 물 위로 나
아갔다. 바다사자의 뒤로 물이랑이 일었다. 배에서 멀어지자
바다사자는 물속으로 깊이 잠겼다. 물이랑이 지워졌고, 바다
사자의 진행방향은 알 수 없었다.

후에가 허리에 납띠를 매달고 물속으로 내려갔다. 바다사
자가 떠나던 날 저녁에도 장철수는 80킬로그램짜리 포탄 껍
데기 두 개를 건졌다. 목선은 자정 무렵에 갯고랑 수로로 돌아
왔다.

후에는 하이반 고개 아래 산간농촌에서 태어났다. 전쟁이

언제 시작되었는지는 마을의 노인들도 기억하지 못했다. 전쟁은 오래된 일상이었다. 후에의 집안에는 남자가 없었다. 마을에도 남자는 드물었다. 절름발이나 벙어리, 장님 그리고 늙어서 고부라진 남자들뿐이었다. 남자들이 다 어디로 간 것인지 후에는 알지 못했다. 후에의 아버지는 닭과 오리를 기르던 농부였는데, 후에가 태어나기 2년 전에 민족해방전선의 군대에 나갔다. 그 2년 동안 후에의 아버지가 마을에 나타난 걸 보았다는 사람은 없었다. 후에가 태어났을 때 후에의 어머니 누애는 27살이었다. 누애가 딸을 낳자 마을 사람들은 그 아비가 누구인지를 놓고 수군거렸다. 누애는 후에를 낳고 나서 몸을 추스르지 못했다. 하혈이 심했고 골밀도가 빠져서 등뼈가 삭았다. 누애는 두 다리로 서기 어려웠고 대부분의 시간을 누워서 보냈다. 마을의 임산부들에게 흔히 있는 일이었다. 사람들은 그 증세가 폭격의 화약 연기를 많이 마신 결과거나, 밀림을 태우는 고엽제가 바람에 실려와서 일으키는 산독産毒이라고 수군거렸을 뿐 원인을 알지 못했다.

외할머니 누앙이 몸져누운 딸의 수발을 들었고 외손녀 후에를 길렀다. 누앙의 남편도 누애가 태어날 무렵에 군대에 가서 돌아오지 않았다. 전쟁은 대를 물려가며 계속되었다. 여자들은 일찍 혼인했다. 여자들은 누구나 혼인했고, 애를 뱄고, 애

를 낳았다. 남편이 군대에 가던 해에 누앙은 23살이었다. 혼인
은 사랑이나 열정이라기보다는 자연현상에 가까웠다. 누앙이
누애를 낳고 누애가 후에를 낳는 동안 집안에는 남자가 없었
다. 밀림을 건너오는 바람이 포연을 실어올 때 여자들은 그 연
기 속에서 사내의 냄새를 맡았다.

　누앙은 바닷가에서 자랐다. 물고기를 잡을 수는 없었지만
해초를 건질 수 있었고, 먹는 풀과 먹지 못하는 풀을 구별할
수 있었다. 하이반의 바다는 낮은 경사를 이루었다. 물은 멀리
나가서 서서히 깊어졌고, 수평선 너머가 남중국의 바다였다.
물은 낮게, 서서히 깊어졌다. 햇볕이 물밑에까지 닿았고 해초
가 우거졌다. 물밑에 뿌리를 박은 것들도 있었지만, 뿌리가 없
이 물 위에서 흐느적거리는 것들도 있었다. 누앙은 외손녀 후
에에게 물질을 가르쳤다. 후에는 몸이 작고 팔이 길었다. 후에
는 몸의 힘으로 물과 맞서지 않았고 몸의 부드러움으로 파도
의 힘을 피해나갔다. 후에는 파도에 실려서 나아갔고 파도에
밀려서 돌아왔다. 고무 튜브 위에서 후에는 수직으로 물에 박
혔고 수직으로 솟아올랐다. 솟아오를 때마다 한 망태씩 해초
를 건져올렸다. 후에는 자맥질하는 물고기처럼 보였다.

　돌아앉은 바위가 바람을 막아주는 자리에서 누앙은 해초를
햇볕에 말렸다. 젖은 풀이 마르면서 잔바람에 버스럭거렸다.

햇볕이 풀 속에 저장되어 있던 심해의 냄새를 콧구멍 속으로 밀어넣어주었다. 수억 년의 시간이 싱싱한 풋것으로 살아 있는 냄새였다. 냄새에 짠 기운이 돌았는데, 아직 태어나지 않은 소금의 먼 냄새였다.

하이반 고개가 시작되는 해안도로변이나 마을의 장터에서 누앙은 말린 해초를 팔았다. 선글라스를 낀 외국인 관광객들은 누앙의 해초를 들여다볼 뿐 사지는 않았다. 약재를 수집하는 중간상인들이나 마을 사람들이 누앙의 말린 해초를 샀다. 누앙은 한 달에 열흘은 물일을 했고 열흘은 말린 해초를 팔았다. 바람 불고 비오는 날은 일하지 못했다. 장사를 하는 날, 누앙의 하루 매출은 5달러 정도였다. 가끔씩 물밑에서 건진 약재가 팔리는 날은 10달러가 넘었다.

누앙은 말린 해초를 빻은 가루로 몸져누운 딸 누애의 허리와 팔다리를 뜸질했다. 누앙은 누애의 아랫도리를 벗겨서 해초를 태우는 화로 위에 앉혀놓고 성기 속으로 연기를 몰아넣었다. 누앙은 해초 가루에 쌀을 넣고 죽을 끓여서 누애의 입속으로 밀어넣어주었다. 누애의 병세는 별 차도가 없었다. 외할머니 누앙이 장터 좌판에서 말린 해초를 팔 때, 후에는 장터 미용가게에서 손톱을 물들였다. 장터에는 손톱을 다듬어서 칠해주고 얼굴의 솜털을 정리해주는 노점상 미용가게가 있었다.

물밑에서 해초를 건져올릴 때 후에의 손톱은 바위에 스쳐서 이가 빠졌다. 미용가게 주인여자는 후에의 손톱을 줄로 갈아서 가지런히 하고 매니큐어를 칠해주었다. 팽팽한 실 두 가닥을 비벼서, 턱과 귓바퀴에 돋은 솜털을 뽑아주기도 했다. 여자아이들이 미용가게 멍석 둘레에 모여서 손을 내밀고 얼굴을 들이밀었다. 쪼그리고 앉은 여자아이들의 가는 허리 아래로 엉덩이가 도드라졌다.

B-52 편대가 하이반 고개를 폭격하고 고개 너머 다낭에서 몇 달씩 전투가 계속될 때도 포성이 멎는 날 아침에는 작은 시장들이 여기저기서 열렸고 노점 미용가게에는 여자아이들이 모였다. 여자아이들의 팔목은 가늘었고 햇볕에 그을려서 잔주름이 잡혀 있었다. 여자아이들은 그 팔을 뻗어 손을 내밀었고, 얼굴을 들이밀고 무릎걸음으로 바싹 다가왔다. 후에는 팔이 길어서 손을 내밀면 팔목부터 팔꿈치까지가 아래로 휘었다. 작고 가는 손가락이었다. 손가락 마디에서 가는 핏줄이 드러나 있었다. 푸른 정맥이 가는 금을 그리며 뼈마디를 넘어가고 있었다.

— 이 손으로 물밑에서 해초를 캐니?

— 그럼요. 해초는 뿌리가 깊지 않아요.

— 넌 손톱 밑이 따듯해서 밝은 색이 맞겠다.

미용가게 주인이 후에의 작은 손을 자신의 손바닥 위에 올려놓고 손톱을 다듬었다. 밝은 에나멜을 칠하자 손톱 밑의 분홍색이 피어올라서 반짝였다. 매니큐어를 칠한 손톱은 각질의 단단함이 예리해지면서 새로 태어난 몸으로 느껴졌다. 미용가게 주인은 실 두 줄을 비벼서 귓바퀴와 목 뒤의 솜털을 깎아주었다. 여자아이들은 얼굴을 내밀고 차례를 기다렸다. 솜털을 깎을 때, 사각사각, 가느다란 바람 소리가 들렸다. 멀리서 한목소리로 우는 벌레 소리 같기도 했다.

—귀 밑에 솜털이 많으면 못된 남자들이 꼬인다. 귀 밑 살은 뽀얗고 말개야 예쁘다. 아무한테나 보여주지 마.

후에의 귀 밑 솜털을 깎아주면서 미용가게 주인은 그렇게 말했다. 솜털을 다 깎고 나면 얼굴은 바람 앞에 새로웠다. 목덜미와 귀 밑에 와 닿는 작은 공기의 흐름, 스치는 사람들의 숨결까지도 핏줄처럼 선명했다. 얼굴의 솜털을 다 깎고 나면 후에는 버릇처럼 얼굴을 이쪽저쪽으로 내돌리며 바람을 쏘였다. 남자들이 없고 먹을 것이 없는 마을에서도 여자아이들은 손톱을 물들였고, 물든 색을 지우고 다른 색을 칠했고, 얼굴을 들이밀어 솜털을 깎았다.

전쟁이 끝나고 몇 년이 지나자 사내들은 돌아왔다. 목발을 짚거나 안대로 한쪽 눈을 가리고, 집을 나간 지 10여 년 만에 늙어서 돌아오는 사내들도 있었다.

아침마다 남중국 바다에서 해가 떠올랐다. 수평선의 아래쪽, 보이지 않는 물밑에서 피어나는 빛들이 대양의 하늘을 가득 메우고 육지 쪽으로 다가왔다. 하롱 만에서 메콩 강 어귀에 이르는 해안선이, 알몸으로 해를 맞았다.

3천2백 킬로미터의 해안선은 여자아이들의 몸매를 닮아서 허리가 가늘었고, 엉덩이가 도드라졌고, 작은 굴곡과 포구 들을 길렀고, 엉덩이 아래쪽으로 강의 하구가 터져 있었다. 길고 잘록한 해안선이었다. 아침마다 빛들은 태초의 시간으로 연안에 당도했다. 산맥에 부딪치는 빛들은 난반사로 뻗쳤다. 아침에 그 해안선은 그늘 속도 환했고, 깊은 동굴 속까지도 붉고 투명한 빛의 입자들이 흘러들었다. 강은 해안선의 엉덩이 아래쪽에서 큰 하구를 열어서 바다의 밀물을 받아냈다. 하구에 당도한 아침의 빛들은 밀물로 거스르는 강물을 따라서 아직 어둡고 푸른 내륙 깊숙이 들어갔고, 바다의 새들이 아침의 강물 빛을 따라서 내륙으로 향했다.

그 바닷물 밑에, B-52 폭격기들의 잔해와 폭격기들이 수년 동안 퍼부어놓은 포탄 껍데기와 탄두가 깔려 있었다.

맑고 바람 없는 가을날, 하이반 고개 밑 해식동굴 진지에서 쏘아올리는 지상포의 화망火網 사격에 맞아서 불덩어리로 변해 바다로 떨어지는 B-52 폭격기들을 마을 사람들은 흔히 볼 수 있었다.

고공에서 급강하하거나 원양에서 수평비행으로 달려들던 B-52 폭격기들은 갑자기 그 맹렬한 추동력을 상실하고 돌멩이처럼 바다로 떨어졌다. 검은 연기가 허공에 수직선을 그렸다. 동굴 진지의 사격수들이 함성을 질렀다. 사격수들은 다시 화망을 짜서 뒤에서 달려드는 폭격기를 조준했다. 급강하하던 B-52들은, 돌연 죽었다. 삶과 죽음 사이에서 B-52들은 방향을 바꾸지 못했다. B-52들은 죽음을 향해 돌진했다. 완벽하고도 돌이킬 수 없는 죽음이었다. 간혹, 덜 죽은 폭격기들은 긴 연기를 끌고 사선으로 떨어져내렸다. 삶이 죽음과 직결되면서, 삶 속에서 죽음이 폭발했고 폭격기들은 문득 쓰레기로 변했다. 폭격기들은 허연 배때기를 뒤집고 날개를 거꾸로 휘저으면서 추락했다. 폭격기들이 바다에 박힐 때, 물기둥이 치솟았고 물보라가 날렸다. 파도가 물기둥을 지워버리고 바람이 물보라를 쓸어내고 폭격기들이 물속으로 잠기면 바다는 다시 제 리듬으로 돌아갔다.

늙은이들은 바다로 떨어지는 폭격기들을 두 눈으로 분명히 보았다고 말했지만, 전쟁이 끝난 뒤에 태어난 아이들은 그 말이 풍문이거나 고통스런 전설처럼 들렸다. 보았다는 사람들은 죽었고, 사실이 풍문처럼 흩어지는 동안에 B-52 폭격기들과 포탄 껍데기들은 바다 밑에서 녹슬었다.

전쟁에서 돌아온 사내들이 바다 밑을 뒤져서 녹슨 쇠붙이를 건져올렸다. 사내들은 들판과 골짜기에 버려진 미군 자동차의 폐타이어에서 튜브를 꺼냈다. 찢어진 튜브를 본드로 때워서 공기를 채우고 튜브 6개를 삼줄로 묶었다. 사내들은 튜브 위에 널빤지를 깔고, 뒤쪽에 야마하 엔진을 달아서 배를 만들었다. 배는 동력은 약했지만 부력이 좋아서 무거운 하중을 감당했고 파도 위에서 운신이 가벼웠고 뒤집혀도 가라앉지 않았다.

썰물이 멀리 빠져서 바다의 수심이 낮아지고 바람이 잠들어서 바다가 고요한 날 아침에 사내들은 배를 몰고 일출의 바다로 나아갔다. 엔진 파열음이 바다에 울렸다. 놀란 새들이 날아올랐다. 엔진이 없는 배들은 노를 저어서 나아갔다.

물가 바위에서 몸을 말리면서 후에는 바다로 나아가는 사내들을 바라보았다. 해를 향해 나아가는 사내들은 빨간 아침의 빛 속에서 새카만 실루엣으로 멀어져갔다.

수평선이 허리에 걸리도록 배를 저어간 사내들은 물 위로 솟은 돌기둥에 의지해서 배를 멈추었다. 산소통을 메고 물안경을 쓴 사내들이 물밑으로 내려가 녹슨 B-52를 분해해서 쇳

조각을 뜯어냈다. 수심은 깊지 않았다. 잠수부들은 오랫동안 물밑에 머물렀다. 잠수장비가 없는 사내들은 물밑 펄에 얹힌 포탄 껍데기에 갈쿠리를 걸고 물 위로 솟아올랐다. B-52는 덩치가 커서 수십 년을 뜯어내도 다 파먹을 수가 없고, 속으로 파고들어갈수록 더 비싼 쇠가 나온다고 사내들은 말했다. 물 결이 잠들고 햇살이 깊어서 물밑이 훤하던 날, 폭격기 앞 유리 창 쪽으로 헤엄쳐가서 개흙을 닦고 안쪽을 들여다보았더니, 미군 조종사의 백골이 벨트에 묶인 채 조종석에 앉아 있었다 고 말하는 사내들도 있었다. B-52뿐 아니라 헬리콥터 건십들 도 물속으로 떨어졌는데, 바다 물밑 펄에 얹힌 헬기 조종칸에 서도 벨트에 묶인 백골을 보았다고 사내들은 말했다.

사내들의 솜씨는 조금씩 나아졌고 일의 규모도 커졌다. 물 속에서 쓸 수 있는 절단기와 용접기를 구입했고, 비행기의 설계도면을 들여다보면서 분해의 절차를 익히는 사람들도 있었다.

고철수집상들이 마을에 와서 쇠붙이를 사갔다. 수집상들은 닷새나 열흘에 한 번씩 트럭을 몰고 와서 물가에 쌓인 쇠붙이 를 걷어갔다. 수집상들이 다녀가면 해안 마을들에 돈이 돌면 서 작은 장터들이 복작거렸다. 도회지의 옷과 플라스틱 제품, 화장품을 파는 행상들이 마을로 들어와 좌판을 벌였다. 노점

상들은 바다로 흘러드는 하천 유역의 공터에 모였다.

그 장터에서 누앙은 말린 해초를 팔았고 후에는 손톱을 물들였다. 여자아이들이 화장품을 파는 좌판에 모여들어 머리를 마주 댔고, 후에는 머리 감는 미용수를 샀다. 도회지 공장에서 만든 미용수에서는 낯선 향기가 났다. 작은 하천들은 동쪽으로 흘러서 바다에 닿았다. 작은 하천들은 더 큰 강에 합쳐지지 않고 혼자서 독립수계를 이루며 바다에 닿았다. 동쪽으로 흐르는 물에 후에는 머리를 감았다. 흐르는 물속에서 긴 머리카락이 동쪽으로 흐느적거렸고, 가는 물고기들이 머리카락 사이를 스쳤다.

혼인계약서에서 신부가 '갑'이었고 신랑이 '을'이었다. 한국 사회에서는 늘 남자가 먼저이고 여자가 나중인데, 혼인계약서에서 신부는 '갑'으로, 신랑을 '을'로 정한 것은 이 국제결혼에서 신부측인 베트남 여성을 우대하고 존중하는 특별한 배려라고 결혼중개회사의 출장사원은 말했다. 후에가 '갑'이었고 남편감인 최인수가 '을'이었다. 출장사원이 데리고 온 통역원이 '갑'과 '을'을 설명해주었다. 갑과 을은, 소와 말, 꿩과 닭처럼 들렸는데, '갑'이 '을'보다 우월하다는 까닭을 후에는 이해할 수 없었다.

결혼중개회사 출장사원은 베트남에서 신붓감을 구하는 한국 사내 다섯 명을 데리고 후에 시에 와서 호텔에 묵었다. 해안마을의 베트남 여자 40명이 호텔에 모여 선을 보았다. 사내들과 대면하기 전에 출장사원은 베트남 여자들에게 한국 TV 연속극을 비디오로 보여주었다. 피부가 매끄럽고 몸매가 날씬한 남녀가 소파에서 끌어안거나 와인바 복도에서 키스했다. 여자들은 대체로 울거나 웃거나 소리지르며 싸웠다. 여자들은 화장하거나 먹거나 전화했다. 여러분이 시집가게 되는 곳의 환경이 반드시 저렇지는 않지만 저 드라마의 배경이 한국 사회의 일반적 분위기라고 보아도 좋다고 출장사원은 설명했다.

남자들이 한 방에 한 명씩 먼저 자리잡고 여자들은 다섯 명이 한 조가 되어 방으로 들어갔다. 남자가 마음에 드는 여자를 점찍고 점찍힌 여자들을 따로 모아서 다시 점찍었다. 여자들은 남자를 점찍지 않았지만 최후의 낙점에 동의 여부의 의사표시를 했다.

후에는 TV 드라마에서 본 풍경이 한국이라고는 생각하지 않았다. 후에는 한국을 짐작할 수 없었다. 몸으로 세상을 훑어서 살아야 하므로 하이반 고개 아래 바닷가 마을과 한국은 별로 다르지 않으리라고 후에는 자신에게 우겼다. 철새나 들소들이 먹이와 살 자리를 찾아서 옮겨다니고, 겨우내 살던 자리를 봄에 떠나고, 봄에 당도한 자리를 가을에 떠나는 이동과 같을 것이었다. 마을에 한국 사내들이 혼처를 구한다는 소문이 돌 무렵에 외할머니 누앙은 왼쪽 무릎 관절이 쑤셔서 해초 장사를 하지 못했고 어머니 누애는 늘 뜸통을 허리에 올려놓고 누워 있었다.

혼인이 합의되면 신랑은 신부의 가족들에게 지참금을 지불했다. 동양 사회의 혼인에서 지참금은 본래 신부가 시댁에 가져오는 돈이지만 베트남 여자를 신부로 맞이하면서 한국 남자들은 거꾸로 신부 댁에 지참금을 주는 것이라고 통역원은 설명했다. '을'은 '갑'이 지정하는 '갑'의 친인척에게 합의된 액수의 지참금을 혼인 전에 지급한다고 계약서에 명기되었다.

후에의 신랑감 최인수는 후에보다 열세 살이 많았고 거주지는 한국의 서쪽 바닷가이고 생업은 어업이라고 통역원은 설명해주었다. 최인수 이외에도 후에를 점찍은 사내가 한 명 더 있었다. 강원도에서 감자, 메밀 농사를 짓는 사내였다. 농부는 후에보다 서른 살이 많았다. 출장사원이 중재에 나서서 농부를 단념하도록 설득하면서 최인수가 지불해야 할 지참금 액수를 올려잡았다. 최인수는 그 차액의 반을 늙은 농부에게 주었다. 농부는 혼처를 구하지 못했다. 출장사원은 최인수와 농부 사이의 거래를 후에에게 알려주지 않았다. 최인수는 후에의 외할머니와 어머니에게 지참금으로 1만 달러를 지급했다. 후에는 '갑'이 되어 '을'에게 영수증을 써주었고, 통역원이 보증인으로 입회해서 서명했다.

최인수는 처가식구들을 만나지 않았다. 누앙과 누애도 대면을 원치 않았다. 처가식구들이 몸이 아파서 손님을 맞기 어렵다고 통역원이 최인수에게 설명했다.

누앙이 지참금으로 받은 1만 달러는 100달러짜리 지폐 100장이었다. 마을에는 은행이 없었다. 누앙은 지폐 100장을 소쿠리에 담아서 천장에 매달아놓았다. 말린 생선에 쥐나 뱀이 얼씬거리지 못하게 하는 방식이었다.

후에가 한국으로 떠날 때 누앙과 누애는 끌어안고 울었다. 모녀는 둘 다 눈물이 말라서 메마른 울음소리만 흘러나왔다. 후에는 외할머니와 어머니의 울음이 그치기 전에 돌아서서 공항으로 가는 버스에 올랐다.

버스 안에서, 후에는 혈육의 인연을 만들지 않고 알에서 태어나서 흩어져 날아가는 바다의 새를 생각했다. 끼룩끼룩 우는 새들의 울음소리가 오랫동안 후에를 따라왔다.

최인수는 키가 작고 목이 굵고 몸매가 다부졌다. 버스 안에서 최인수는 후에의 등뒤로 팔을 돌려서 어깨를 안았다. 후에의 머리카락에서 아열대 바다의 햇볕 냄새가 났다. 후에는 이 사내야말로 낯선 새들이 내려앉는 이국의 해안선임을 느꼈다. 공항 청사에 딸린 호텔에서 최인수와 후에는 첫날밤을 치렀다. 서울행 비행기는 다음날 아침 9시에 출발 예정이었다. 최인수는 프런트에 아침 7시 모닝콜을 부탁했다. 최인수는 베트남 말을 몰랐고 후에는 한국말을 몰랐다. 성교는 밤 11시에 끝났다. 짧은 성교였다. 우기의 밤은 무덥고 끈끈했다. 후에는 욕실에서 땀을 씻었다. 최인수는 에어컨 눈금을 올렸다. 둘은 침대에 누워서 천장을 바라보았다. 최인수가 담배를 피웠다. 후에는 또 바다를 건너가는 새들의 울음소리를 생각했다. 바닷가 마을에서 자라난 후에는 일찍부터 처녀는 아니었다.

해망 공유수면 매립지 용도계획은 3차 변경을 거쳐서 확정 고시되었다. 국토관리청은 매립지를 동서로 관통하는 4차선 도로와 방조제 도로가 연결되는 T자형 간선을 교통의 축선으로 삼고 도로의 남쪽에 공업지구, 북쪽에 위락지구와 상업지구를 배치했다. 공업지구 안에 미루나무 백양나무 참나무 오동나무 같은 키 큰 활엽수를 중심으로 하는 대규모 녹지대를 조성하겠다고 국토관리청은 보도자료에서 밝혔다.

매립지 용도계획의 베이직 가이드라인은 토지의 이용도를 제고시키는 것이 아니라 인간중심적이고 자연친화적인 환경을 조성하는 것이라고 국토관리청은 밝히면서, 언론에 이 대목을 부각시켜달라고 당부했다. 이 가이드라인에 따라 상업지구와 위락지구 안에서 건폐율, 용적률을 대폭 낮추어 건물과 건물, 시설과 시설이 생활소음이 들리지 않을 정도의 거리를 두고 구획별로 설계했으며, 개별 건축물은 이 기본 설계의 틀에 따라서 허가될 것이라고 국토관리청은 밝혔다. 관리청 주무 이사관은 보충설명에서 존재와 존재가 적당한 거리로 떨어져 있을 때 도시의 품격은 유지되는 것이며, 이 떨어짐은 전체의 실용성과 개별적 존재의 품격을 동시에 보장해주는 것이라고 말했다. 매립지 북쪽을 흐르는 갯고랑 수로는 간만에 맞추어 수문을 여닫아서 일정한 수량을 유지하고, 내수를 끌어와 해수에 연결시켜서 밀물과 썰물이 살아 있는 독립수계의 감조減潮하천으로 살려내서 회귀성 어류와 새 들의 서식환경을 제공할 것이라고 이사관은 기자들에게 설명했다. 이사관의 설명은 매립지 용도구역별 건설사업이 끝나는 8년 뒤의 청사진이었다.

억새의 세력은 매립지 가장자리를 돌아서 방조제 북쪽에까지 진출했다. 민들레의 세력은 두 갈래로 나뉘었다. 민들레의 주력은 갯고랑 수로를 따라 바다 쪽으로 전개되었고, 또 한 가닥은 바람을 타고 수로를 넘어서 남쪽으로 나아갔다. 처음에, 풀들은 내륙화가 시작되는 갯벌의 가장자리에 겨우 들러붙었으나, 일단 교두보를 확보한 풀들은 조금씩 말라가는 펄 안쪽으로 서식지를 넓히면서 바다를 뭍으로 바꾸었고, 다른 풀의 종자들을 불러들였다.

풀들의 세력은 풍매하는 솜털 씨앗으로 피어났다. 그것들은 가볍고 사소했다. 그것들은 정처없었다. 그것들은 먼지와 같고 가루와 같아서 존재의 흔적이나 중량을 버렸다. 그것들은 바람을 닮아서, 바람에 불려가서 바람에 포개졌다. 풀씨는 그 가벼움에 실려서 퍼졌다. 풀들의 세력은 바람 속으로 산개散開했고 풍향에 따라 전개되었다. 그것들은 바람에 올라타서 이동했고 바람의 끝자락에서 착지했다. 한 점의 솜털로 떠돌던 그 하찮은 것들은 땅 위에 재집결해서 세력을 확장했고, 뿌리를 박으면 물러서지 않았다. 바람에 흔들리고 바람에 끄달리면서 그것들은 또다른 연안에 당도했다. 그것들은 매립지를 뒤덮고 방조제 너머 바다 위로 흩어졌고, 8년간의 폭격으로 모든 동식물의 종자가 멸절된 뱀섬 그루터기의 가장자리에 들러붙기 시작했다.

마른 펄이 품어내는 소금기가 바람에 날려서 연안마을로 밀려왔다. 펄은 숨을 쉬듯이 소금기를 품어냈다. 마른 펄 위에 허옇게 엉겨 있던 소금의 입자들은 내륙풍에 실려 마을에 내려앉았다. 공유수면매립법은 염분재해에 따른 농업 보상규정이 없었다. 벼포기에 달린 낟알의 3분의 1 정도가 쭉정이로 말라서 떨어졌다. 논물에 소금먼지가 내려앉아서 벼포기의 쭉정이가 늘어난 것이라고 주민들은 주장했다. 빨랫줄에 널어놓은 기저귀에 소금먼지가 내려앉아서 10개월 된 여자아이가 손으로 성기를 긁으면서 울고 있다고 횟집마을 노파가 중학생 손자를 시켜서 인터넷에 글을 올렸다. 비바람이 없는 날에도, 새들이 가지를 건드리면 사과가 떨어졌다. 떨어진 사과는 꼭지가 시들어 있었고, 껍질을 핥으면 짠맛이 났다. 과수원 주인들이 짠 사과를 모아서 군청 앞에 쌓아놓고 보상을 요구했다. 과수원 주인들은 '사과는 왜 짠가'라고 쓴 피켓을 흔들었다.

공유수면은 공유公有의 수면이고 사유私有의 수면이 아니므로 매립에 따른 연안어업에 대한 보상은 권리에 대한 보상이 아니라 생계의 관행에 대한 보상이며 염분에 의한 농업 피해 보상문제는 아직 입법되지 않았는데, 입법 이전에 입증이 필요하다고 군청공보관은 주민들에게 설명했다.

보상문제가 정리되기 전에 매립지 용도계획이 먼저 확정 고시되자 연안주민연대는 격렬히 저항했다. 마른 펄에 설치된 측량사무소와 지적도근점에 청년들이 인분을 끼얹었다. 인분이 마르면 소금먼지에 똥먼지까지 날아온다며 노인들이 청년들을 말렸다. 염분피해에서 벗어나려면 하루 속히 매립지를 아스팔트로 덮고 건물을 들어앉혀야 한다고 국토관리청 차장이 지역신문 인터뷰에서 말했다. 관리청 차장은 이 말이 염분피해의 실태를 긍정하는 것은 아니라고 덧붙였다.

소금을 뿜어내는 마른 펄에 농업용 비닐을 깔아서 염분 피해를 막자는 아이디어는 주민대표자회의에서 나왔다. 주민들은 이 절묘한 아이디어를 앞세우고 군청으로 몰려갔다. 펄이 하부지층에 내장한 소금기는 언젠가는 결국 모두 발산되어야 하는 것이며 펄이 말라가면서 소금기를 토해내는 것은 순조로운 자연현상이므로 비닐로 덮어서 될 일은 아니라고 국토관리청은 주민들에게 배포한 팸플릿에서 말했다. 국토관리청은 또 펄을 비닐로 덮었을 때 발생하는 많은 토양학적 문제들을 그림을 곁들여서 설명했다. 사타구니와 겨드랑을 긁으며 우는 아이들이 늘어났다. 신생아에서부터 초경을 맞는 아이까지, 여자아이들에게 더욱 심했다. 군청은 생리대 회사의 협찬을 받아서 종이기저귀와 티슈를 주민들에게 나누어주었다.

해망을 떠날 때 방천석은 농경지와 가옥을 처분하지 않았다. 개발의 기대이익에 휩쓸려서 절대농지 지가는 형성되지 않았다. 방천석은 농경지와 가옥을 오금자에게 맡겼다. 오금자는 아들이 개에게 물려 죽은 후 서울 외곽의 비닐하우스 마을로 돌아가지 않았다. 오금자는 아들의 장례식에도 나타나지 않았고, 죽은 아들의 주변에 얼씬거리지 않았다. 오금자는 법원에 공탁된 위로금을 수령하지 않았다.

오금자는 아들의 죽음을 TV뉴스로 알았다. 화면에서, 죽은 아들은 웃고 있었고 아들을 죽인 개는 긴 혀를 빼서 앞발을 핥고 있었다. 화면은 비닐하우스 안쪽, 빨랫줄에 걸린 아들의 개 그림을 보여주었다. 아들이 그린 색동 개는 천사의 날개를 달고 기초생활보장수급자 밀집 마을의 하늘을 날고 있었다. 오금자는 아들의 목에 박히던 개 아가리의 힘을 생각했다. TV를 보는 순간 오금자는 졸도했다. 다시 깨어난 오금자에게 그 죽음은 인연의 완성, 종결 혹은 소멸로 다가왔다. 인연은 풀려서 흩어졌다. 그것은 애초부터 없었던 것이었다. 부재하는 것들의 한시적 응집일 뿐이었다. 자궁은 증발하고 혈연은 해체되었다. 삽시간에 벌어진 일이었다. 그 증발과 해체는 숨막혔고 스산했다. 오금자는 그 스산함에 실려서 한동안 두 발로 땅을 디딜 수 없는 모양새로 떠났다. 오금자는 어머니와 함께 살던 노을길 끝동네의 집으로 돌아가지 않았고 노을교회에도 얼씬거리지 않았다. 오금자는 허드레 품을 팔던 버스터미널 옆

선짓국집에도 나타나지 않았다. 오금자는 해망 읍내 수산물시장에서 굴을 까거나 식당 주방에서 시간제로 설거지를 했다. 읍내에는 오금자를 알아보거나 말을 걸어오는 사람은 없었다.

방천석은 쓰던 콤바인을 처분하러 읍내에 나갔다가 오금자를 만났다. 방천석은 백반집에서 점심을 먹고 있었고 오금자는 식당 마당에서 설거지를 하고 있었다. 해안마을에서 자란 방천석은 오금자와 안면이 있었다. 서울의 무허가 비닐하우스 마을에서 개에게 물려 죽은 아이의 어머니가 오금자라고 해안마을 사람들은 수군거렸는데, 뉴스가 나온 지 한 달쯤 지나자 수군거림은 사라졌다. 방천석은 오금자에게 아들의 일을 묻지 않았다. 기한을 정하지 않고, 가옥과 농경지의 관리를 맡아달라는 방천석의 부탁을 오금자는 받아들였다. 방천석은 관리에 따른 수고비를 오금자에게 지급하지는 않았다. 오금자는 월세를 안 내고도 비를 피할 수 있는 지붕 밑으로 들어갈 수 있었고, 농경지가 팔리기 전까지는 경작에 따른 소출을 차지할 수 있었다. 담장이 허물어지거나 지붕이 새거나 구들이 내려앉는 사고는 오금자의 책임이 아니라고 방천석은 관리책임의 한계를 분명히 해주었다.

그날, 방천석은 읍내에서 콤바인을 처분하지 못했다. 콤바인은 방천석의 집 마당에 세워져 있었다. 중고상은 물건을 보지도 않았다. 중고상은 쓰던 콤바인의 기계성능을 인정하지 않고, 고철로 무게를 달아서 값을 불렀다. 방천석은 팔기를 단념하고 콤바인을 오금자에게 맡겼다. 방천석은 가끔씩 들르겠다고 오금자에게 말했다. 방천석은 자신의 행선지나 연락처를 말하지 않았다. 오금자는 난데없는 빈집에서 혼자 살기로 하고 방천석의 집으로 들어갔다. 오금자는 대리경작인 자격으로 영농사업자 등록을 했다.

방천석은 논 9백여 평과 밭 3백 평을 매물로 중개업자에게 맡겼으나 거래는 이루어지지 않았다. 염분 피해가 커지면서 소출이 줄어들자 농경지 가격은 떨어졌다. 개발계획이 진척되면 농지는 용도변경되리라는 소문 속에서도 지가는 계속 떨어졌다. 소출이 줄어들자 작은 필지를 가진 농부들은 논농사를 포기했다. 마른 논에 억새와 민들레 씨앗이 내려앉아 싹을 틔웠다.

— 논 한 평이 두부 한 모 값이고 과수원 한 평이 묵 한 모 값이다.

늙은 농부들은 말했다.

읍내 부동산업계에서는 매립지 개발이 본격적으로 시작되면 지금의 절대농지는 모두 주상복합지구나 준상업지구로 용도변경되어 땅값이 1천 배 이상 뛸 것이라는 소문도 있었다. 소문은 읍내를 긴장시켰고, 그 소문의 힘 앞에서 이주나 전입은 불가능했다. 사람들은 엉거주춤 들떠 있었고, 들뜬 상태에서 주저앉아 있었다. 투기단속반이 읍내 부동산업계 안에 상주했다. 해망 연안 일대는 토지거래 허가구역으로 지정되었고 투기단속반의 정보원들이 외지 차량의 번호판을 사진 찍었다. '절대농지 용도변경 계획안 병两' 이라는 도면을 들고 다니는 중개인들도 있었다. 2만5천분의 1 지도에 용도구역별로 표시가 되어 있었고 국토관리청의 관인이 찍혀 있었다.

용도변경이 되지 않더라도 염분 피해에 대한 농업 보상계획이 확정되면 그 보상액은 절대농지의 고시가격보다 클 것이므로 마른 펄에 비닐을 깔지 말고 소금먼지가 그대로 날리도록 내버려두는 쪽이 마을의 살길이라는 주장이 마을회관 홈페이지에 올라왔다. 공유수면매립지에 인접한 절대농지의 지가는 형성되지 않았고 시장은 신기루로 떠서 흘러다녔다. 헛것이 헛것을 불러들여서 땅값은 부풀었는데, 실거래가는 오히려 떨어졌다. 거래는 이루어지지 않았고 어쩌다가 팔리는 땅값은 여전히 두부 한 모나 묵 한 모 값이었다.

방천석의 농협 빚 4천만원은 영농자금 명목으로 융자받은 돈이었지만 비료값과 콤바인 구입비 2천만원을 제외하면 모두 생활비로 나갔다. 죽은 딸 미호의 학비로 들어간 부분이 가장 많았다. 해마다 조금씩 빌려 쓴 돈이 7년 동안 누적되었고 거기에 연체이자가 붙었다.

해망을 떠나기 전날, 방천석은 농협 빚을 갚았다. 딸이 크레인에 치여 죽고 나서 위자료로 받은 1억2천만원 중에서 4천만원을 온라인으로 농협계좌에 입금시켰다. 전액, 일시불 상환이었다.

농협 빚을 갚던 날 저녁에 방천석은 방조제 도로에 나갔다. 개통을 며칠 앞둔 4차선 도로는 깔끔히 정리되어 있었다. 아스팔트에서 기름 냄새가 풍겼고 차선 표시가 선명했다. 방천석은 딸이 치여 죽은 자리가 어디쯤인지 알지 못했다. 사건 당일 방천석은 현장에 나오지 않았다. 딸의 몸이 무한궤도의 중간쯤에 깔린 상태에서 크레인이 다시 후진했다는 얘기만을 들었다. 그 자리는 아스팔트에 덮여서 더이상 이 세상에 존재하지 않는 공간일 듯싶었다. 도로 북쪽, 수문 아래 길가에 죽은 딸 방미호의 추모비가 세워져 있었다. 아직 제막하지 않았으나 형태는 온전히 갖추어져 있었다. 방천석은 가까이 다가갔다. 방천석은 비석을 세우는 일에 간여하지 않았다. 수군만호를 지낸 9대조 이래 세거한 연안 마을에서 뿌리뽑히고, 가족들이 위자료를 받아서 떠난 매립지 바닷가에 죽은 딸의 기념물이 들어서는 일은 스산했다. 방천석은 딸의 자취가 남아 있지 않기를 바랐고 죽은 딸이 추모되어야 하는 까닭을 알 수 없었지만 추모비 건립을 드러내놓고 반대할 수도 없었다. 마을 청년회 간사가 비석의 설계도면을 들고 와서 의견을 구했으나 방천석은, 다 알아서 하라면서 거들떠보지 않았다. 방천석은 죽은 딸의 비석에 무슨 문구가 새겨지는지를 알지 못했다. 방천석은 비석에 다가가서 비문을 읽었다.

……미호야, 너의 죽음으로 우리는 인간의 존엄과 생명의 고귀함을 알게 되었다……

그 말은 멀고도 아득했다. 말들이 새떼처럼 노을 속으로 흩어지는 환영을 방천석은 느꼈다. 자신이 해망을 떠난 뒤에도 죽은 딸의 비석과 수군만호를 지낸 입향조入鄕祖의 무덤이 이 노을 속에 남아 있을 것이었다.

죽은 방미호의 키와 똑같이 비석의 높이를 1미터 60센티미터로 정했다는 설명이 기단에 새겨져 있었다. 비석 위쪽에는 바람에 날리는 여고생의 머리카락 형상을 돌에 새겼다. 날리는 머리카락이 비석 위로 늘어져 있었다. 돌에 새긴 딸의 머리카락이었다. 돌에 까만 칠을 입혀서 노을에 머리카락의 결이 드러나 보였다. 해가 멀리 내려앉으면서 돌에 새겨진 머리카락의 결에 석양이 흘러내렸다. 비석은 바다 쪽으로 걸어나가는 듯싶었다.

……미호야, 가니? 가?

터져나오려는 말을 방천석은 속으로 밀어넣었다. 말을 참는데 진땀이 흘렀다. 다시 해망으로 돌아오는 일은 없을 것임을 방천석은 예감했다.

국토관리청은 뱀섬 인근 해저에 폭격의 잔여물로 쌓여 있는 고철의 물량과 활용방안에 대한 정보판단을 국가정보국 해망분소와 해망경찰서에 의뢰했다. 관리청의 요청은 총리실을 경유해서 하달되었으므로 협조 요청이라기보다는 업무 지시에 가까웠다.

정보국 해망분소는 미군측에서 넘겨받은 훈련일지를 분석해서 해저에 쌓여 있는 포탄 껍데기와 탄두의 총량을 1만 톤정도로 추산했다. 폭격은 공여지의 경계 밖에서도 장기간 진행되었으므로 고철은 뱀섬 주변 공유지 면적 2배에 해당하는 해저에 흩어져 있을 것으로 정보국 해망분소는 판단했다.

1만 톤의 고철이 해저에서 녹슬면서 연안 생태계를 파괴하고 있다는 환경운동가들의 주장은 검증된 것은 아니지만 녹슨고철이 생태계에 우호적으로 작용하고 있지는 않을 것이라고 정보국 해망분소는 보고했다. 연안 생태계 오염보다도 더 중요한 것은, 10년 후 매립지에 신도시가 조성될 때까지 해저 고철 문제가 해결되지 않는다면 신도시의 국제적 이미지는 크게 훼손되고 외국의 투자와 관광객을 유치하는 데 장애요인이 될 것이라고 정보국 해망분소는 전망했다. 해저 발굴사업에 경험이 있는 민간인 업체를 선정해서 신도시 조성 이전에 해저 고철을 인양하는 것이 신도시의 미래나 해망 지역경제를 위해 바람직한 일이며 시급히 착수되어야 할 과제라고 정보국 해망분소는 건의했다. 또 해망 해저에서 인양되는 고철과 앞으로 매립지 공단지구 안에 들어서게 되는 철강 재생업체와 생산과정을 연계시켜서 자원을 활용하는 방안을 강구할 것을 정보국 해망분소는 건의했다.

해망경찰서의 상황예측 보고는 지역의 동태에 좀더 밀착해 있었다. 매립지 보상문제가 일단락되면 해저 고철 인양사업은 연안 소규모 사업가들의 경쟁대상이 될 것이며, 보상비로 풀린 부동浮動자금이 투기화되면서 인양사업으로 몰릴 조짐이 이미 지역 자금 흐름의 저변에서 나타나 빠르게 확산되고 있다고 해망경찰서는 보고했다.

해저 인양사업으로 쏠리는 이 유동자금이 아직 조직된 자본의 기동력과 집중력을 형성하지 못하는 까닭은 우선 사업지망자들이 해저탐색기술과 인력을 확보하지 못했고, 뱀섬 인근 해저에 불발탄이 제거되지 않고 있어서 민간인 접근금지 구역으로 지정되어 있기 때문이라고 해망경찰서는 보고했다.

해망의 부동성 군소자금이 경쟁적으로 이 사업에 뛰어들면 바다에서의 안전사고 위험이 증대될 것이며 해저의 업권 다툼으로 해망 연안 주민사회는 공유수면 매립의 충격과 맞먹는 갈등과 와해를 겪게 될 것이라고 해망경찰서는 전망했다.

국토관리청은 정보국 해망분소와 해망경찰서의 보고를 종합해서 검토하고 정책안을 총리실에 제출했다. 국토관리청은 양측의 보고를 모두 타당성 있는 것으로 판단했다. 해저 고철 인양사업은 매립지 개발정책의 중요한 시발점이며 착수를 서둘러야 할 것이었다.

국토관리청은 해저 고철 물량의 방대함과 그 사업의 공익성에 주목했다. 국토관리청은 해망군청 산하에 중앙정부의 출자지원을 받는 지방 공기업을 설립해서 이 공기업으로 하여금 해저 고철 인양사업을 맡게 하고 그 이익금은 출자비율에 따라 해망군청과 중앙정부가 나누어 갖는 사업계획안을 짜서 총리실에 제출했다.

총리실은 국토관리청의 공기업 설립계획을 승인하지 않았다. 주둔군 폭격연습의 잔여물로 발생한 고철을 인양, 수거하는 수익성 사업을 위해 별도의 지방 공기업을 설립하는 것은 지방정부의 위신을 해치는 일이며, 애국적이고 민족주의적인 세력의 저항을 자초하는 결과가 될 수 있다고 총리실은 판단했다. 야당이 그 부분을 정쟁화하려는 조짐을 총리실은 포착하고 있었다.

우선 해저 고철의 물량 전체를 관할 지방정부인 해망군청의 소유로 귀속시키는 대통령령을 제정해서 이를 관보에 싣고 나서 실력 있는 민간업자를 선정해서 그 인양 및 처분권을 한시적이고도 독립적으로 허가해주는 방안을 총리실은 확정했다. 민간업자가 자신의 투자와 위험부담으로 고철을 인양해서 처분하고, 그 수익금의 일부를 기부체납 형식으로 해망군청에 제공하고, 기부체납의 비율은 해망군청이 우선적으로 제시하고 인양업자가 동의하는 방식에 따른다고 총리실은 결정했다. 그것이 지방 재정의 확충과 민간업자의 사업 안정을 동시에 도모할 수 있는 방안이라고 총리실은 설명했다. 총리실의 정책 지침은 국토관리청과 도청을 경유해서 해망군청에 시달되었다.

해망경찰서 정보과장은 해저 고철 인양사업과 관련된 연안 주민 동태보고서를 해망경찰서장에게 제출했다. 보고서는 주민등록미필자 장철수와 가출녀 후에의 인양작업의 실태와 그에 대한 정보판단을 포함하고 있었다. 보고서에 따르면, 38세 장철수는 경남 창야에서 수년간 계속된 학원소요 사태의 외곽 출신이며 그가 학원사태에 연루된 혐의는 창야경찰서에서 불기소처분으로 내사종결되었다. 그후 장철수는 주민등록 없이 해망으로 이주했고, 현재는 민법상의 주거지가 일정하지 않았고, 고용되어 있지 않았다. 연령 미상녀 후에는 결혼이민으로 노을길 아랫마을에 이주한 베트남 여성인데, 혼인생활에 적응치 못하고 가출해서 연안 일대를 떠도는 주거부정자로, 이 양인의 관계가 내연인지 여부를 보고서는 판단하지 않았다. 이 양인은 주민등록을 이전하지 않고 무단전출한 방천석의 경작 대리인 오금자와 함께 방천석 소유의 가옥에서 3인이 동거하고 있다고 보고서는 기록했다.

장철수와 후에의 해저 고철 인양사업이 민간인 접근금지 구역에서 이루어지는 불법행위이기는 하나 그 규모가 극히 영세하며, 이들이 작업중 인지하게 된 해저 고철의 분포에 대한 정보와 이들이 체득한 작업방식은 향후 본격적인 인양사업의 시발단계에서 매우 요긴한 도움이 될 것으로 보고서는 정보판단했다.

따라서 이들의 불법작업을 단속해서 처벌하기보다는, 큰 사고를 저지르지 않는 한 묵인, 방치한 상태에서 주시하는 쪽이 바람직하다고 보고서는 건의했다. 보고서는 말미에 장철수와 후에가 작업 때 드나드는 갯고랑 수로의 도면을 첨부했고, 장철수의 목선과 작업 장면의 사진을 첨부했다. 원거리에서 망원으로 찍은 사진이었다. 해망경찰서장은 정보과장의 보고서를 도경에 보냈다. 도경은 영세 무허가업자에 대한 단속과 처분은 일선 관서의 소관이라고 회신했다.

장철수가 창야경찰서 최형사의 소개장을 들고 해망에 왔을 때, 고철수집업자 '남'은 해저 고철에 접근할 만한 인력이나 장비를 갖추지 못하고 있었다. 그의 사업은 계획과 탐색의 단계였다. 최형사는 미리 남에게 전화를 걸어서 장철수의 일을 부탁해놓고 있었다. 처음 만났을 때 남은 말했다.

— 창야에서는 지내기가 어렵게 되었다고 들었소.

— 최형사가 그런 말을 하던가요?

— 대충 그렇다고 그럽디다. 하지만 여기도 좀 일찍 오셨소. 나도 아직 안정되지 못해서……

— 일이 없더라도, 당분간 여기서 버틸 생각입니다.

— 우선 숙소를 알아보시오. 내놓은 집들이 많아서 방 구하기는 어렵지 않을 거요.

장철수는 오금자의 집 행랑채에 월세로 입주했다. 부동산 중개인은 집주인이 방천석이며 오금자가 대리 관리인이라는 점을 설명했다. 부동산 중개인은 또 방천석의 딸 방미호의 사망사고와 위자료를 수령해서 농협 빚을 갚고 고향을 떠난 방천석의 잠적과 방조제 도로 북쪽 끝에 세워진 방미호의 추모 비석에 관하여 장철수에게 설명해주었다.

월세방은 갯고랑 수로에서 가까웠다. 긴 물줄기를 따라 바다의 기척이 전해왔고, 무리를 이탈한 새들이 물을 따라 마을까지 날아왔다. 갯고랑이 마을에 닿는 언저리에 신석기 조개무지의 그루터기가 공터로 펼쳐졌다. 벼랑 끝에서 행글라이더가 날아올랐고 이따금씩 모터사이클의 대열이 맹수의 비명을 지르며 마른 펄을 건너갔다.

알아보는 사람이 없어서 홀가분하기는 했지만, 해망은 겹겹이 쌓인 지층처럼 숨막혀 보였다. 창야를 떠날 때 최형사가 말했듯이, 이 아쌀하게 인연 없는 바닷가 마을에서 손아귀에 악력이 돋아나고, 새로 돋아난 그 악력으로 사물을 쥐면서 살아갈 수 있기를 장철수는 바랐다. 해망에 온 후 한동안 장철수는 해저 고철을 잊고 있었다. 거기에 접근할 방도는 없었다. 장철수는 창야의 농가와 전답을 처분한 돈으로 오금자에게 월세를 내면서 바닷가를 어슬렁거렸다. 펄에 물이 빠져서, 방미호의 추모비가 들어선 방조제 도로까지 걸어서 갈 수 있었다.

추모비 위에 이따금씩 갈매기들이 내려앉았다. 대륙으로 가는 길목에서 겨우 네댓 마리씩 나타나는 도요새들도 그 비석 위에 내려앉았다. 비석 윗부분이 하얀 새똥에 덮여 있었다.

—미호야, 너의 죽음으로 우리는……

비문의 글자들에도 새똥이 흘러내려 있었다. 돌에 새긴 머리카락이 바람에 날리는 듯했다. 연고가 없는 비석이었다. 날이 저물면, 비석 위에 앉아서 수평선 쪽을 바라보던 새들은 숲으로 돌아가거나 원양으로 나아갔다.

장철수는 딸의 비석을 바닷가에 버려놓고 잠적했다는 방천석의 행방을 생각했다. 인연 없는 인간의 행방이 간절히도 궁금한 까닭은 알 수 없었다. 방천석도 아쌀하게 인연 없는 땅, 말하자면 창야의 어느 산골쯤으로 들어간 것일까. 아마 그럴 수도 있을 것이라고 장철수는 생각했다.

후에는 장철수보다 앞서 오금자의 집에 입주해 있었다. 안방, 마루 건넌방, 부엌이 일자로 붙은 안채를 오금자와 후에는 함께 썼다. 후에가 오금자의 세입자로 보이지는 않았다. 오금자는 안방, 후에는 건넌방에서 잤으나, 방을 서로 넘나들었고, 두 여자는 마루에 상을 차려놓고 함께 밥을 먹었다.

오금자는 밭을 임대 주려 했으나 작자가 나타나지 않았다. 오금자는 밭농사를 포기했다. 오금자는 방천석의 논 9백여 평중에서 4백 평에만 모를 심었다. 오금자는 추수 때도 삯꾼을 쓰지 않고 콤바인을 몰아서 혼자서 일했고, 후에가 볏단을 묶었다. 일할 때 오금자는 자주 논두렁에 앉아서 쉬었다. 오금자는 혼자서 겨우겨우 일했고 후에가 오금자 뒤를 따라가며 거들었다. 오금자의 작업은 노동이라기보다는 생리현상으로 보였다. 장철수는 그렇게 느꼈다.

들일을 마치고 돌아온 저녁에 두 여자는 마당 우물가에서 몸을 씻었다. 두 여자는 젖을 드러내놓고 목물을 했다. 장철수가 문간방에 들어앉아 있을 때도 여자들은 스스럼없이 마당에서 옷을 벗었다. 후에의 허리는 가늘었고 엉덩이가 도드라졌다. 엎드린 후에의 젖은 삼각형으로 아래를 향했고 그 끝에서 젖꼭지가 찬물에 오그라들어 있었다. 장철수는 엎드린 후에의 몸이 물고기와 같다고 느꼈다. 물고기 같기도 했고 새 같기도 했다. 포유류와 조류와 어류를 합쳐놓은, 혹은 종족이 분화되기 이전 지층시대의 생명체처럼 느껴졌다.

오금자가 우물물을 퍼서 후에의 등에 끼얹었다. 후에의 등에 소름이 돋았다. 소름은 겨드랑과 허벅지 쪽으로 빠르게 번졌다. 후에가 외마디 비명을 질렀다.

—아, 차, 차.

—차? 차지? 찰 거야.

284

—또 좀. 더.

—그래 더.

후에는 외마디 한국어로 비명을 질렀고 오금자가 외마디로 대답해주었다.

후에의 남편은 가출한 후에를 찾지 않고 그 대신 결혼중개업자에게 지참금과 여비의 환불을 요구하고 있다는 소문을 장철수는 듣고 있었다. 후에가 오금자의 집에 입주하게 된 경위를 장철수는 알지 못했다. 그 외마디 소리로 어떻게 두 여자가 의사를 소통해가며 일을 하는 것인지도 장철수는 알지 못했다. 후에가 물밑 일을 할 수 있고 해저에 접근할 수 있는 작업 능력을 갖추고 있다는 것을 장철수는 몇 달 후에 알았다.

극동군사령부 대변인 샘 워커 중령은 해망 연안의 해저 고철을 인양하려는 한국 정부의 사업계획을 긍정적으로 평가하는 성명을 발표했다. 대변인 성명은 주둔군의 극동 진출 150주년을 기념해서 열린 학술세미나 자리에서 보도자료 형식으로 발표되었다. 학술세미나의 주제는 '군의 장기 주둔이 극동 지역의 사회와 경제 전반에 미친 영향'이었다. 세미나에는 한·중·일과 베트남, 인도네시아의 대학교수들과 민간 연구기관의 석학들이 참가했고, 군사령부는 관련국의 기자들을 초청했다.

　대변인 성명은 폭격훈련장 주변의 민간인들과 우호적 관계를 회복하고 유지하는 것이 군사령부의 장기 연구과제이며, 해망 고철 인양사업은 그같은 관계회복에 기여하게 될 것이라고 전망했다. 군사령부는 장기간에 걸친 폭격훈련의 잔여물로서 발생한 해저 고철에 대한 소유권을 주장할 의사가 없으며, 고철의 처분에 따른 수익이 연안지역 경제 발전에 도움이 되기를 바라며 아울러 해저 환경정화에도 기여할 것으로 기대한다고 대변인 성명은 말했다. 성명은 이어 해저 고철 인양사업이 착수되는 날 극동군사령부는 해망과 뱀섬 상공에 폭격기편대를 보내서 오색 비행운을 날리는 축하비행을 계획중이라고 밝혔다. 문정수는 기자회견장에서 군사령부 대변인 성명을 영문 원문대로 본사에 전송했다. 차장이 문건을 읽고 나서 문정수에게 전화를 걸어왔다.

　ㅡ문장력 좋구나, 씨발놈.

　씨발놈, 을 내뱉고 차장은 전화를 끊었다. 혼자서 허공을 향해 씨발놈, 을 해대고 있을 차장의 모습이 떠올랐다.

　해망 해저 고철 인양사업 계획은 총리실 원안대로 확정되었다. 총리실 원안은 해망의 일선기관들이 보고한 현장 정보와 실태분석에 기초해 있었다. 총리실이 정보를 종합하고 기관들의 이해관계를 조정해서 정책을 현장에 안착시키는 통괄기능을 수행한 것으로 도의회는 평가했다. 총리실은 지자체들의 위신을 존중했고 수익에는 간여하지 않았다. 해망 출신 여당 국회의원은 지역 TV방송에 나와서 총리실의 정책을 현장친화적이고 미래지향적이라고 말했다. 총리실의 사업계획안은 입법절차를 거쳐서 해저 고철의 물량 전체에 광업권鑛業權에 속하는 국유공물國有公物의 지위를 부여해서 해망군청의 소유로 귀속시키고, 군청이 그 인양 및 처분의 사업 시행을 민간업자에게 허가하는 내용이었다. 군청은 사업자를 선정하는 권한을 갖고, 인양물 처분에 따른 수익금 배분의 비율은 군청과 업자 간의 자유로운 협상 결과에 따르기로 했다. 자금과 기술에 관한 사항은 모두 업자의 책임소관이며, 군청은 작업의 안전을 감독하고 허가된 해역의 범위를 통제관리하며, 업자는 인양된 물량의 무게와 거래내역을 문서로 군청에 보고하고 군청이 파견하는 감사역 공무원 한 명의 업체 내 상주를 허용하고 그의 감사업무에 협조키로 했다.

총리실은 이 사업의 성격을 해저 환경정화사업으로 분류해서 환경의 명분을 여론에 부각시키고 지자체의 수익은 사업의 부수적 조건이라고 설명했다. 해역에 간만의 차이가 커서 해저 작업의 위험성이 크고 불발탄의 사고 가능성이 있으므로, 바다에서 업체들간의 경쟁적 조업을 허가할 수는 없고, 자금력과 기술력을 갖춘 업체 1개를 선정해서 독점적으로 사업을 허가해주는 것이 바람직하다고 총리실은 권고했다.

해망군청은 사업계획이 확정고시된 후 8개월 동안 물밑의 불발탄 제거작업을 벌였다. 군청은 해군 탄약처리반에 작업을 의뢰했고 작업비용의 30퍼센트를 향후 선정될 인양업체에 부담시킬 계획이었다. 해저 탐색장비를 짊어진 잠수부들이 물밑을 뒤져서 불발탄 20여 개를 건져올려서 해체했다.

장철수는 해군 탄약처리반을 피해서 밤에만 작업했다. 해군은 방조제 도로 남쪽에 '해저 접근 금지'라는 경고판을 붙였지만 야간에 초병을 세우지는 않았다.

후에의 물밑 작업은 숙련이 빨랐다. 네댓 번의 작업으로 후에는 어두운 물밑의 굴곡과 바위 들의 위치를 알았고, 고철이 한 군데로 몰린 물밑 분지를 찾았다. 후에는 물밑에서, 손에 닿는 바위들을 지표로 삼아 물살이 빠르고 수압이 높은 자리를 피해갈 수 있었다. 후에는 정확한 자리로 잠수했고, 짧게 더듬었고, 빠르게 솟구쳤다.

해군이 불발탄 수색을 시작하자 장철수의 작업은 줄어들었다. 해군이 돌아간 뒤 밤에만 작업을 나갔는데, 가끔씩 해군 보트들이 탐조등을 밝히고 물밑을 뒤지는 바람에 장철수는 작업할 수 없었다. 보름만조 때 바닷물은 갯고랑 수로를 가득 메우고 달려들었다. 1.5톤 목선은 만조를 거스를 수 없었다. 장철수는 보름밤에 작업할 수 없었고 바람이 불거나 안개가 끼는 날은 나가지 못했다. 하룻밤 작업에 70킬로그램짜리 두 개를 건졌다. 세 개 이상은 목선 위에 추슬러 실을 수 없었다. 더이상 작업할 수 없는 날이 가까이 다가오고 있음을 장철수는 알았다. 장철수가 보기에 후에는 다가오는 그날을 모르고 있는 것 같았다. 모르고 있는지 알고 있는지, 장철수는 확실히 알지는 못했지만 아마도 알고 있는지도 모른다고 장철수는 생각했다. 근거 없는 생각이었지만 왠지 그럴 것 같기도 했다. 장철수는 다가오는 그날을 후에에게 말해주지 않았다. 장철수는 대체로 새벽 2시쯤 배를 돌렸다.

—후에, 가자.

—가? 그만?

—그래, 가자. 배고프지? 초코파이 먹어.

—또?

—그래 또. 먹는 건, 계속 또 먹는 거야.

—더? 또?

—그래. 춥지? 덮어.

후에가 물 위로 솟구칠 때, 젖은 잠수복이 바람에 부딪히면서 추위가 몰려왔다. 수압에서 벗어난 몸속으로 추위가 파고들면 후에는 가랑이 사이로 오줌을 조금씩 지렸다. 후에는 허벅지를 타고 내려가는 뜨거운 오줌을 느꼈다. 후에는 오줌을 모두 물에 버리고 배에 올랐다. 배 위에서 후에는 납띠를 풀고 잠수복을 벗었다. 후에는 아랫도리를 담요로 말아서 싸고 고물 쪽에 쪼그리고 앉았다. 수로 어귀에서 기어를 바꾸면 엔진소리가 낮아졌다. 장철수가 돌아보면 배 뒤쪽에 실린 포탄 껍데기 위에 쪼그리고 앉은 후에의 몸은 언제나 한움큼이었다. 후에는 초코파이를 먹고 페트병에 담아온 물을 마셨다. 양재기로 갓을 씌운 30촉 전등이 바람에 덜그럭거렸다. 흐린 불빛 아래서, 후에의 어깨에 소름이 돋아 있었다.

—하나 더. 맛있지?

—또? 더?

후에가 초코파이를 삼킬 때, 가늘고 긴 목이 꿈틀거렸다. 후에는 목구멍이 좁아서 큰 덩어리를 넘길 때 목젖이 눌렸다. 후에는 먼 대륙으로 건너가는 길목에, 반도의 서쪽 연안에 중간 기착한 새처럼 보였다. 후에의 한국어는 늘지 않았다.

고철수집업자 남은 장철수가 손수레에 포탄 껍데기를 싣고 올 때마다 현금으로 계산했다. 고철값은 오르지 않았다. 남은 녹슨 고철은 사지 않겠다고 통고했다. 그는 구매 대상에서 제외되는 정도를 샘플로 제시했다. 후에는 물밑에서 고철의 녹슨 정도를 가늠할 수 없었고 건져올린 후에야 알 수 있었다. 작업은 점점 어렵게 되어갔다.

고철을 내려놓고 돌아올 때 후에는 빈 수레에 올라탔고 장철수가 끌었다. 후에는 가벼웠다. 장철수는 중량감을 느낄 수 없었다. 수레가 가벼워서 후에가 없어진 것이 아닌가 싶었다. 장철수가 뒤돌아보면, 후에는 돌아앉아서 꼬부린 등과 머리카락을 보이고 있었다.

고철을 팔고 돌아온 저녁에, 장철수는 받은 돈의 절반을 후에 몫으로 주었다. 후에는 돈을 오금자에게 맡기는 것 같았으나 장철수는 물어보지 않았다. 후에는 물밑 작업을 나가지 않는 날에는 오금자의 농사일을 거들었다. 바람이 부는 날 후에는 오금자와 함께 빈방에서 지냈다. 오금자와 후에가 어떻게 의사소통을 하는지 장철수는 알지 못했다. 한국말도 아니고 베트남말도 아닌 말이 그 두 여자들 사이에 통용되는 것 같았다. 오금자는 후에에게 닥친 일들을 알고 있었다.

후에의 남편은 전처가 낳은 아들이 둘 있었다. 나이는 아홉 살과 일곱 살이었다. 전처와는 별거중이었다. 후에는 남편의 결혼경력을 알지 못했다. 남편은 영어鬝漁사업가로 등록되어 있었으나 면세유를 받기 위한 위장등록이었고, 어촌계에서 할당받은 갯벌에 나가 바지락을 캐는 일 이외에는 실직자에 가까웠다. 남편의 전처는 간통으로 고소하지 않는 조건으로 돈을 요구했다. 남편은 전처와 돈 액수를 놓고 협상중이었다. 남편은 후에에게 전처가 낳은 아들 둘을 양육할 것과 갯벌일, 밭일을 요구했다. 요구라기보다는 자연스런 일상으로서 순응하기를 원했다. 후에가 가출하자 남편은 후에의 베트남 가족들에게 준 지참금의 반액을 위약금으로 돌려줄 것을 결혼중개회사에 요구했다. 계약서에 명기된 사항이었다. 결혼중개회사는 지급을 미루고 있었다. 중개회사는 후에를 윽박질러서 위약금 전액을 내놓든지 남편에게 돌아가든지 양자택일을 요구했다. 중개회사는 한국의 간통죄를 후에에게 설명해주었다. 재판의 결과에 따라서는 교도소를 가거나 베트남으로 강제추방되어야 한다고 중개회사는 말했다.

장철수는 오금자로부터 후에의 일을 들었다. 장철수가 보기에는, 후에는 자신에게 닥친 일을 전혀 알지 못하는 것 같았다. 알지 못하지야 않겠지만, 이미 속수무책이어서 거기에 얽매이지 않는 사람의 낙천성이 후에에게는 있었다. 작업을 나가는 밤에, 후에는 외마디 한국말로 말했다.

―또 가! 또! 바다에? 두 개?

해저 고철 인양의 사업권을 놓고 여러 업체들이 경합하고 있으며 군청이 심사를 진행하고 있다는 소문이 돌았다. 군청 기획실장이 업자들과 함께 다녀간 후 횟집마을에서는 가장 유력한 업체의 이름까지 나돌았다. 후에와 함께 물밑을 뒤지는 날도 끝나가고 있음을 장철수는 알았다. 다시 해망을 떠나야 하는 것인지를 장철수는 생각했다. 배 뒤쪽에서 후에는 늘 한 움큼이었다.

해군의 불발탄 제거작업이 끝나자 해망군청은 인양사업자 선정 절차에 착수했다. 군청은 신청업체들의 자본력, 해저 접근 기술력, 지역사회 기여도, 고철 유통망 확보 정도를 선정 기준으로 삼았다. 8개 업체가 경합했다. 서울의 회계법인 이사들과 기업 컨설팅회사 실무자들, 그리고 도청 산하 산업정보연구소 이사들이 선정위원으로 참가했다. 군청은 열세 번의 선정위원회의를 거쳐서, 해망해저자원개발공사를 사업자로 최종 확정했다. 자본력은 크지 않았으나 대표가 해망 출신의 기업인으로 지역사회에 공헌이 많았고, 또 전무이사로 등기된 박옥출이 전직 소방관으로 소방청장의 표창을 네 번 받은 국가유공자라는 점을 특별히 고려했다고 군청은 선정 이유를 밝혔다. 박옥출은 해망군청, 경찰서, 정보국 분소, 그리고 전국 철강업계에 새로 출범하는 사업체 전무이사의 인사장을 보냈다. 사업체 선정이 발표되던 날 해망 군민회관에서는 해망 상공인협회 주최로 축하연이 열렸다. 이 자리에서 상공인협회 이사장은 신생 사업체가 건실한 기업으로 성장해서 공유수면 매립 보상절차의 지연으로 위축되어 있는 지역경제를 크게 일으키고 나아가 전국 철강업계의 발전에 기여하기를 바란다고 축복했다.

사업자가 선정되자 해망군청은 허가된 해역에 사업자 이외의 민간인의 접근을 단속해줄 것을 해망경찰서에 요청했다. 군청이 제시한 단속의 사유는 안전과 보안이었다. 군청의 요청은 사업자의 요청에 따른 것이었다.

새벽에 해망경찰서 형사 두 명이 갯고랑 수로에서 장철수와 후에를 연행했다. 장철수는 80킬로그램짜리 탄피 두 개를 목선으로 끌고 바다에서 돌아오는 참이었다. 형사들은 목선과 탄피를 사진 찍고 '증거물' 딱지를 붙였다. 형사들은 장철수와 후에를 지프에 태워 본서로 데려갔다. 형사들은 두 사람에 대한 신원조회를 이미 끝내놓고 있었다. 형사가 후에를 신문했다.

— 당신, 혼인신고 한 거야? 주민번호 대봐.

— 왜?

　— 가출했지? 집에 연락해줄까?

　— 집? 왜?

　형사는 베트남어 통역을 구할 수 없었다. 형사는 후에를 신문하기를 단념하고 후에에 관한 사항을 장철수에게 물었다.

　— 당신, 저 여자 유부녀인 거 알았어, 몰랐어?

　— 알았지만 나하고는 관련 없는 일이오.

　— 한 집에서 산다면서? 몇달 됐어?

　— 일 년 반 되었소. 하지만 방을 따로 썼소. 집주인 오금자한테 물어보시오.

　— 일 년 반 됐는데 따로따로였다, 이거지. 이봐, 정황증거라는 게 있어.

　— 따로따로가 정황 아니오.

　— 그럼, 당신 저 베트남 여자와 무슨 관계야. 설명해봐.

　— 물일을 잘해서 배에서 같이 일했소.

　— 일만 했다 이거지? 그걸 말이라구 하나! 하지만, 그 부분은 저 여자 남편이 아직 고소하지 않았으니까 더이상 따지지 않겠어.

　— 저 여자한테도 따지지 마시오.

　— 알뜰하구만. 말을 알아들어야 따지지. 이봐, 당신 창아에

서 왔지? 창야서 해망으로 이주한 동기가 뭐야?

— 거주이전의 자유에 따른 것이오.

— 당신, 창야에서 대학 소요 언저리에 있었다면서. 역시 그쪽 냄새가 나는군. 거주이전의 자유라! 좋지. 자유 좋다. 자유가 있으니까 왔겠지. 자유는 그렇고, 동기가 따로 있을 거 아냐. 그걸 말하라는 거야. 물밑 고철을 건져먹으려고 왔다든지 뭐 그런 게 있을 거 아냐.

— 해망에 와보니 그리 되었소. 살려고 이리로 온 것이오.

형사는 장철수를 아침까지 신문했다. 형사는 장철수의 불법 작업일수를 300일, 인양 물량을 45톤으로 조서에 기록했다. 장철수는 조서의 페이지마다 손도장을 찍고 경찰서에서 풀려났다.

해망경찰서 수사과장은 장철수가 물밑에서 인양한 고철 45톤의 법률적 지위에 관하여 관할 검찰청 검사에게 자문을 구했다. 물밑에 쌓인 고철을 점유이탈물로 볼 것인지, 유실물로 볼 것인지, 아니면 매장물로 볼 것인지, 수사과장은 판단할 수 없었다. 점유이탈물이나 유실물로 본다면 장철수가 건져올린 45톤에 횡령혐의를 적용할 수 있을 것이고, 미채굴 광물로 본다면 국유재산을 훼손한 혐의가 성립될 수 있을 것이었다.

검사는 해저 고철을 무주물無主物로 판단했다. 해저의 포탄 껍데기와 탄두는 자연현상으로 빚어진 것이 아니므로 국유재산인 매장광물로 볼 수 없고, 폭격기에서 포탄을 쏘고 난 후 그 잔해에 대한 소유권을 폭격 주체에게 인정해주기 어렵기 때문에 점유이탈물로 볼 수도 없다는 판단이었다. 또 극동군사령부 대변인 성명이 폭격 잔여물에 대한 소유권을 주장할 뜻이 없음을 밝혔고, 해저 고철을 국가소유로 규정한 법령은 그후에 공포되었으므로 장철수가 인양한 고철 45톤은 물고기나 날아다니는 새나 펄에 묻힌 조개처럼 무주물이며, 그 소유권은 선점자에게 귀속하는 것이라고 검사는 회신했다.

따라서 장철수의 인양 물량 45톤을 점유이탈물 횡령이나 국유재산절취 혐의로 기소할 만한 법적 근거가 없으며 다만 그가 장기간에 걸쳐 민간인 접근금지 구역에 출입한 행정법규 위반행위를 약식기소해서 벌금형을 부과할 수는 있을 것이라고 검사는 의견을 보내왔다.

경찰서에 다녀온 뒤에도 장철수는 후에를 배에 태우고 나가 야간작업을 계속했다. 마지막 며칠이 흘러가고 있음을 장철수는 알았다. 후에는 오금자한테 들어서, 작업의 끝날이 다가오고 있다는 것을 알고 있었다. 장철수는 후에가 끝날을 알고 있다는 걸 알았다. 장철수는 후에에게 끝날에 관하여 말하지 않았다. 후에는 초코파이를 좋아했다. 초코파이의 맛은 아늑했고 입안에 가득 찼다. 달려드는 맛이었다. 초코파이의 맛은 쉽고 분명해서 자꾸만 목젖을 당겼다. 돌아오는 배에서 후에는 초코파이를 세 개씩 먹었다. 빈 수레에 후에를 태우고 돌아올 때, 장철수는 창야경찰서 최형사가 말했듯이 손아귀에서 조금씩 살아나고 있는 악력을 느꼈다.

　—맛있니? 물도 먹어.

　—맛? 더?

　형사는 사건을 종결하기 전에 다시 한번 장철수를 경찰서로 불렀다. 아침에 고철을 넘겨주고 나서 장철수는 읍내 경찰서로 갔다. 형사는 조서를 받지는 않았다. 형사는 상담원처럼 말했다.

　—이봐, 그 베트남 여자, 집으로 들어갔나?

　—그것 때문에 불렀소?

　—아직 안 들어간 모양이군. 빨리 들여보내. 그게 좋아. 결혼중개업자가 나보고 그 여자를 입건해놓고 위약금 받아달래. 한국의 간통죄를 그 여자한테 좀 설명해주라구. 그러다가 추방될 수도 있어. 당신들 위해서 하는 말이야.

　그렇겠구나…… 그럴 수도 있겠구나…… 장철수는 대답하지 못했다. 형사가 말했다.

―이봐. 당신이 지금까지 건져서 팔아먹은 고철은 다 당신 꺼래. 혐의가 없다는 거야. 검사가 그랬어. 어때?

―고맙소.

―그러니까 남은 문제에 협조해. 당신, 접근금지 구역에 300번 이상 들락거렸잖아. 지난번에 조서에서 진술한 대로 그걸 별도로 자술하라구. 각서 써.

장철수는 등록이 말소된 1.5톤짜리 폐선에 원동기를 불법 부착해서 허가 없이 운행했으며, 접근이 금지된 해역에 상습적으로 무단잠입한 사실을 인정하고 이를 반성하며, 앞으로는 출입금지 해역에 들어가지 않겠다는 내용의 각서를 제출했다.

해망경찰서장은 검사의 의견에 따라 장철수의 고철 인양 및 처분을 무혐의 처리하고 금지구역 출입행위를 불구속 송치했다. 수사과장은 검찰로 가는 송치서류에 "행정법규 위반의 행위가 장기간에 걸쳐 상습적으로 자행되었으나 생계유지 이외의 목적이 없었던 것으로 사료됨"이라고 의견서를 첨부했다.

해망경찰서는 장철수의 1.5톤 목선을 압류했다. 전경들이 마른 펄 위에서 목선을 해체했고 엔진을 경찰서로 가져갔다.

박옥출은 회사가 사업자로 선정되기 1년 전에 해망으로 내려왔다. 읍내에 임대사옥을 정하고 갯고랑 수로 근처에 현장

사무소와 창고를 장만했다. 박옥출은 소방관서에서 받은 퇴직금과 동료들이 모아준 전별금을 창업자금으로 투자하고 전무이사로 취임했다. 박옥출은 해망해저자원개발공사의 이사로 등기했다. 캐피털백화점 화재 현장에서 빼돌린 귀금속을 처분한 돈은 신장염이 급하게 되었을 때 치료비나 이식수술비로 쓸 작정으로 주식형 펀드에 넣었다. 그해 하반기에 주가가 좋아서 펀드는 30퍼센트 수익을 올렸다.

회사 대표는 제철회사의 상무 출신으로, 철강유통업계에 경험과 정보가 있었고 해망이 고향이었다. 박옥출이 소방서에 처음 들어왔을 때 그의 회사 사옥에 작은 화재가 났었는데 박옥출 팀의 초동진화로 큰 피해는 없었다. 그것이 박옥출과 회사 대표의 인연의 발단이었다. 소방유공자 박옥출이 회사의 전무이사로 참여하고 있는 사실은 사업자 선정과정에서 유리한 명분으로 작용했다. 사업자로 지정되었을 때 회사는 해군수중공작대 출신 잠수부 열 명을 고용했고 작업용 선박 세 척, 고철 운반용 10톤 트럭 다섯 대와 잠수장비와 음파장비를 확보하고 있었다. 해망해저자원개발공사는 지방 공기업이 아니라 군청의 용역을 받은 개인기업이었다. 사업자 선정 경쟁에서 탈락한 지역 상공인들이 공사公社라는 명칭을 바꿀 것을 요구했으나 회사 대표는 公社가 아니라 功社라고 우기면서 공사라는 상호로 법인 등기했다.

소방관서를 떠난 후 박옥출의 신장염은 만성 신부전증으로 악화되었다. 몸이 붓고 피부에 물기가 빠져서 전신이 가려웠다. 긁으면 허연 비듬이 떨어졌다. 얼굴에 핏기가 가시고 볼이 늘어졌다. 얼굴빛이 어두운 데서 보면 파랗고 밝은 데서 보면 허옜다. 아래턱이 처져서 입술이 말린 생선 주둥이처럼 제 힘으로 다물어지지 않았다. 노폐물이 쌓이는 내장 속의 악취가 입밖으로 퍼져나왔다. 오줌발이 뻗치지 못하고 고드름처럼 똑똑 떨어져서 화장실을 자주 들락거렸다. 새벽에는 잠자리에 오줌을 쌌다. 요에서 지린내가 났다. 낮에는 졸았고 밤에는 잠들지 못했다. 입안이 말라서 음식을 삼킬 때 목젖이 쓰렸고 가만히 앉아서도 숨을 헐떡였다.

박옥출은 이틀은 회사에서 일하고 다음날은 읍내 병원에서 피를 투석했다. 박옥출은 일주일에 두 번 투석했다. 온몸의 피를 모두 몸 밖으로 뽑아내서 인공신장기로 걸러낸 뒤 다시 몸속으로 넣었다. 피가 기계를 한 바퀴 돌아서 다시 몸속으로 들어가는 데 네 시간이 걸렸다. 박옥출은 침대에 누워서 팔목의 혈관을 빠져나가 비닐호스 속으로 들어가는 피의 대열을 바라보았다. 피는 기름처럼 끈끈해 보였다. 노폐물을 걸러내지 못한 무거운 피였다. 혈관을 떠날 때 피는 검었고 필터를 통과해

나올 때 피는 붉었다. 비닐호스의 길을 따라서, 피는 멀리 떠나갔다. 필터를 돌아나온 피는 전기펌프에 떠밀려서 다시 혈관으로 돌아왔다. 박옥출의 투석실은 9층이었다. 저녁이면 해망 바다의 노을이 병실 안으로 번졌다. 누워서 바라보면, 피는 노을 속으로 떠나가고 있었다. 피는 대열을 이루며 나아갔다. 피가 혈관을 떠날 때 몸이 까무룩이 가라앉고 의식이 증발해버릴 것 같은 조바심이 피를 따라 몸을 빠져나갔다. 귀 기울이면, 피가 빠져나가는 팔목의 정맥에서 새액새액 소리가 들렸다. 멀리서 우는 풀벌레 소리와도 같았다. 새액새액 소리는 맥박의 박자 위에 실려 있었다. 살아서 흘러가는 피의 소리였다. 피가 핏줄을 훑어내리는 소리였다. 그 소리를 들으면서 박옥출은 죽어서는 안 된다고 다짐했다. 산다는 것은 그 새액새액 소리를 살려나가는 일처럼 느껴졌다. 그 소리가 꺼져버리는 사태를 박옥출은 견딜 수 없었다. 먼 길을 떠나는 피의 대열이 필터의 저쪽으로 건너가서 다시 돌아오지 않을 것 같아서 박옥출은 조바심쳤다. 피는 전기박동에 실려서 돌아왔다. 피가 다시 혈관으로 들어갈 때도 새액새액 소리가 났다. 비닐호스 속으로 밀려나는 피가 소방 20년간의 불구덩이의 기억들을 눈앞으로 당겨주었다. 무너지는 건물에서 빠져나가던 순간의 뜨거움과 주저앉은 슬래브 밑에 고립되어서 동료들의 구조를 기다리던 암흑이 떠올랐다.

어디야? 어디…… 여기야, 여기라니깐……고함은 목구멍을 치받을 뿐 입 밖으로 터져나오지 못했다. 그 뜨거움과 어두움, 무너짐과 고립의 기억이 쌓여서 삶을 이루는 것이라고 피의 대열은 말하고 있는 것 같았다. 피는 지나간 시간을 통과해서 흘러갔다. 박옥출은 죽을 수는 없었다. 새액새액 소리는 죽지 마라 죽지 마, 라고 속삭이고 있었다. 내가 없어져서, 새액새액 소리가 끊기고 그 뜨거움과 어두움의 기억이 소멸하는 적막을 박옥출은 견디어낼 수 없었다. 박옥출은 죽지 않아야 한다고, 주먹 쥔 손에 힘을 주었다.

투석은 신장의 기능을 기계적으로 보완하는 대체용법일 뿐 치료는 아니라고 의사는 말했다. 박옥출의 신부전증은 혈중 칼슘의 감소로 골다공증으로 번졌다. 의사는 신부전증의 말기 증세로 진단했다. 투석은 치료가 아니라 유지일 뿐이며 신장 이식만이 살길인데, 체질에 맞고 윤리에 맞는 신장을 구하는 일은 쉽지 않다고 의사는 말했다. 의사는 신장이식 대기자 명단에 등록하자고 제안했다. 박옥출은 동의했다.

장철수는 방조제 도로 노을보기 카페에서 장기매매 브로커를 만났다. 만날 장소와 시간을 브로커가 정했다. 대낮의 카페에는 손님이 없었다. 브로커는 정장 차림의 사십대 남자였다. 그는 카페에 먼저 와 있다가 장철수에게 악수를 청하면서 말했다.

—어려운 결정이지만, 못 할 일은 아닙니다.

그는 자신의 이름을 '오씨'라고만 밝혔다. 오는 자신도 몇 년 전에 왼쪽 신장을 떼어서 팔았는데, 그때 이 바닥 사정을 알게 되어 이 길로 나섰다고 말했다. 장기밀매 브로커는 파는 쪽의 브로커와 사는 쪽의 브로커가 따로 있어서 양쪽 브로커들끼리 점조직으로 만나 거래가 이루어지는 것이 보통인데, 자신은 혼자서 양쪽을 겸하고 있기 때문에 정보가 샐 염려가 없어 더 믿을 수 있고, 비용도 덜 드는 것이라고 오는 말했다.

—나도 내 나름대로는 양쪽에 모두 좋은 일을 하고 있다고 생각합니다.

장기가 몰래 거래되고 있는 까닭은 장기매매가 불법이기 때문이고, 장기매매가 불법인 까닭은 법에 그렇게 되어 있기 때문이라고 오는 말했다.

—법은 사회가 필요로 하는 위선을 옹호할 수밖에 없을 것입니다.

라고 말할 때 오는 학식이 있어 보였다.

신장을 팔려면 혈액검사, 항원검사, 고혈압, 당뇨검사를 해야 하는데, 적합 판정이 나오면 신장의 적합 정도에 따라서 3천 5백만원에서 4천5백만원 정도를 지급하겠다고 오는 말했다. 오는 또 여러 가지 주의사항을 장철수에게 알려주었다. 검사 비는 50만원 정도인데 모두 파는 사람의 부담이다. 파는 사람 은 신장을 받는 사람의 신원을 알려고 해서는 안 되고, 받는 사람이 신장값으로 얼마나 냈는지를 알려고 해서는 안 되고, 중개인의 소개료 액수를 알려고 해서는 안 된다. 수술 장소와 날짜는 모두 중개인의 지시에 따라야 한다는 것이었다.

주의사항은 계속되었다. 신장을 꺼내는 수술을 하기 전에 병 원 의료윤리 담당직원이 면담을 하는데, 그 직원 앞에서는 돈 받고 파는 것이 아니라, 종교적 신앙과 박애의 양심에 따른 헌 납이라고 말하면 병원 직원도 오래 해본 사람이라 다들 눈치 가 있어서 말을 알아듣는다고 오는 설명했다. 오는 또 공신력 있는 교회의 신자증을 만들어줄 테니 면담할 때 병원에 제출 하라고 말했다. 검사 결과 적합 판정을 받아서 임자를 만나면 신장 대금의 10퍼센트를 우선 지급하고 나머지는 이식수술이 끝나는 시간에 온라인으로 통장에 입금시키겠다고 오는 말했 다. 장철수와 마주 앉아 있는 동안에 오는 자꾸 걸려오는 전화 를 받았다. 검사비 냈어? ……그건 적합 판정났어. ……그건 안 돼. 물건이 안 좋아…… 수술날짜 잡혔다고 저쪽에 통고해

줘……라고 오는 전화에 대고 말했다.

  ─이건 문서로 계약할 수 있는 일이 아니니까, 내 말을 믿고 조용히 연락을 기다리시오.

  오는 자리에서 일어서며 말했다. 장철수는 마른 펄을 가로질러서 숙소로 돌아왔다.

  억새의 세력이 끝나는 자리에서 장철수의 1.5톤짜리 목선이 썩어가고 있었다. 엔진은 경찰이 뜯어갔고 목재 부분이 뭉그러졌다. 배의 백골이 흔적으로 풍화되어가고 있었다. 장철수가 숙소에 도착했을 때 오금자와 후에가 밭에서 돌아와 몸을 씻고 있었다. 마당 우물가에서 후에가 엎드리고 오금자가 후에의 등에 찬물을 끼얹었다. 등허리에 찬물이 닿으면 후에는 발을 구르며 입으로 푸우푸우, 물을 뱉어냈다. 차……차…… 후에는 소리쳤다. 장철수는 마루에 걸터앉아 마당의 여자들을 바라보았다. 여자들은 장철수의 시선에 아랑곳하지 않았다. 얼마 남지 않은 마지막 날들의 시간이 몸을 조여오는 것을 장철수는 느꼈다.

  박옥출은 주식형 펀드를 매각했다. 화재 현장에서 빼돌린 귀금속을 처분한 돈은 두 배쯤으로 커져 있었다.

  ─한창 오르는데 왜 파십니까? 더 가지고 계시면 좋을 텐

데……

　펀드를 현금으로 바꾼 통장을 내주면서 은행의 상담직원이 말했다. 박옥출은 대답하지 않았다. 박옥출은 장기 브로커 오에게 온라인으로 신장대금을 보냈다.

　병원 직원이 장철수가 누운 침대를 제2수술실로 밀고 들어갔다. 마취된 장철수의 팔에 링거가 꽂혀 있었다. 인접한 제3수술실에는 박옥출이 마취되어 있었다. 장철수는 옆 수술실의 박옥출을 알지 못했고 박옥출도 장철수를 알지 못했다. 그들은 사소한 인연도 없는 타인으로 인접 수술실에서 마취되어 있었다. 의사가 장철수의 옆구리를 가르고 복막을 열었다. 장철수의 살점에서 경련이 일었다. 장철수가 혼수상태에서 입맛을 다셨다. 장철수는 복막이 열리는지 알 수 없었다. 의사가 절개구에 복강경을 들이댔다. 장철수의 복막 안쪽이 비디오 화면으로 확대 복사되었다. 화면에서 붉고 검고 푸른 장기들과 흰 기름덩어리들이 꿈틀거렸다. 의사는 장철수의 옆구리에 열린 절개구와 비디오 화면을 번갈아 들여다보면서 시야를 확보했다.

　의사가 긴 집게를 절개구 안으로 넣어서 장철수의 신장을 끌어냈다. 신장 윗부분이 집게에 물려서, 천천히 절개구를 빠져나왔다. 신장이 빠져나오자 절개구는 오므라들었다. 신장은 발갛게 살아 있었다. 모세혈관이 할딱거리며 숨쉬었다. 표면에서 윤기가 흘렀다. 신장은 몸속의 온도로 따스했다. 의사가 신장에 딸려나온 요도와 혈관을 가위로 끊었다. 신장은 장철수로부터 단절되었다. 혈관이 끊기자 신장은 붉은 핏기가 사위었고 모세혈관이 숨을 죽였다. 신장은 적막으로 내려앉았다. 의사가 신장을 비닐봉지에 담아서 옆방으로 보냈다.

제3수술실에서 의사가 박옥출의 옆구리를 열었다. 박옥출은 깊이 마취되어 있었다. 박옥출은 복막이 열리는지 알 수 없었다. 복막의 횡측선을 따라서 칼이 들어갔다. 의사는 다리로 내려가는 혈관을 잘라서 봉합했다. 의사는 박옥출의 옆구리 절개구 안으로 집게를 벌려서 공간을 확보했다. 의사는 물건을 기다렸다. 옆방에서 신장이 넘어왔다. 의사는 장철수의 신장을 박옥출의 복막 안에 들여앉혔다. 의사는 박옥출의 혈관과 요도를 장철수의 신장에 연결시켰다. 의사가 혈관을 누르던 집게를 풀었다. 박옥출의 피가 장철수의 신장 속으로 흘러들어갔다. 피를 받은 신장이 발갛게 피어났다. 혈압이 살아나서 모세혈관이 할딱거렸고 요도로 오줌방울이 흘러내렸다. 의사는 박옥출의 요도를 방광에 연결했다. 박옥출의 혈관과 신장과 방광이 피와 오줌으로 연결되었다. 피가 신장에서 걸러져 맑아졌고 오줌이 노폐물을 몸 밖으로 실어냈다. 다시, 붉게 살아난 신장 속에서 실핏줄들이 모여 숨쉬었다. 흐르는 피의 먼 끝에서 오줌이 맺혔고, 오줌이 걸러지면서 피를 살려냈다. 의사는 절개구를 봉합하고 수술을 끝냈다.

병원 로비에 설치된 전광판이 제3수술실의 수술이 완료되었음을 알렸다. 전광판은 환자의 이름과 수술 내용을 점멸등으로 지웠다. 전광판을 들여다보던 장기 브로커 오가 자리에서 일어나 병원 구내은행으로 갔다. 브로커 오는 직원에게 통장을 내밀었다. 박옥출에게서 받은 신장값이 통장에 들어 있었다. 브로커 오는 장철수의 통장으로 신장 판매대금 잔액을 온라인 입금시켰다. 그 차액이 브로커 오의 통장에 남았다.

매립지 기반조성공사는 예정보다 빠르게 진척되었다. 매립사업의 지표 측정에서부터 완공에 이르는 모든 사업비를 시공업체가 부담하고, 국가는 사업비 총액에 해당하는 만큼의 매립지를 시공업체에게 공여하는 조건이었다. 국가는 예산을 절약할 수 있고, 시공업체는 정부의 결재과정 없이 사업비를 집행할 수 있고, 또 완공 후 매립지 안에 기업의 근거지를 확보할 수 있었다. 국가와 시공업체 사이의 이 새로운 계산법은 사업의 속도와 자금 유통의 합리성을 제고한 결재방식으로 신문에 크게 보도되었고 경영대학원의 강의시간에 소개되었다. 연안의 관행적 어업에 대한 보상은 정부의 별도 지출항목은 아니었고 시공업체의 사업비 총액 안에 잡혀 있었다. 지방선거가 다가오고 있었다. 기반조성공사는 정치 일정과 맞물려서 빠르게 진행되었다. 여당은 완공 후 매립지의 지가를 산정하고 사업비를 토지로 갚아주는 과정에서 시공업체의 이익을 고려하겠다는 조건으로 선거 전에 사업비 총액의 반 이상을 방출해줄 것을 요구했고 시공업체는 여당의 요구를 받아들였다. 매립지 안에는 용도 구획선에 따라 단지 내 도로가 착공되었고 도로 예정지 밑으로 간선 상하수도관과 통신케이블이 깔렸다.

해망해저자원개발공사는 사업자로 선정된 후 8개월 만에 인양작업과 그에 따른 영업활동을 개시했다. 그 8개월 동안 회사는 해저를 탐색해서 도면을 작성했고 갯고랑 수로 끝에서 창고에 이르는 8킬로미터 구간에 고철 운반용 협궤레일을 깔았다.

개업식은 방조제 도로 북쪽 끝 노을맞이 광장에서 열렸다. 광장의 남쪽 끝, 도로가 시작되는 지점에 방미호의 추모비가 서 있었고 그 앞쪽으로 간이 연단과 천막이 설치되었다.

도지사와 군수, 지역 상공인들, 임해공단 철강 관계자들이 앞줄에 앉았고, 극동군사령부 대변인 샘 워커 중령이 주둔군을 대표해서 참가했다. 회사의 작업용 보트들이 방조제 너머 바다에 떠서 오색 풍선을 날렸다. 잠수부들이 건져올린 300킬로그램짜리 대형 탄두 두 개가 행사장 앞에 전시되었다. 탄두는 찌그러진 구석이 없이 온전했다. 탄두에 꽃다발이 걸려 있었다. 녹을 벗겨낸 탄두는 쇠의 푸른 속살로 햇빛을 튕겨냈다.

샘 워커 중령은 축사에서 해저 고철 인양사업을 장기간에 걸친 군의 공습훈련의 결과가 지역경제 발전에 도움이 되는 행복한 사례로 꼽았다. 군은 앞으로도 공습훈련지역 주민들의 사랑과 지지를 획득하는 방안을 장기 전략과제로 삼아 연구해나가겠다고 샘 워커 중령은 말했다.

문정수는 기자석에 앉아 있었다. 씨발놈, 문장력 좋구나……라던 차장의 욕설이 문정수의 귓속에서 살아났다. 연설을 마친 샘 워커 중령은 극동군사령관이 회사 대표들에게 보내는 기념품을 전했다. 참석자들이 박수쳤다.

식순에 따라, 해망고등학교 학생 대표가 방미호의 추모비에 헌화했다. 참석자들은 묵념했다. 학생 대표가 추모비의 비문을 낭독했다.

─미호야, 너의 죽음으로 우리는 인간의 존엄과 생명의 고

귀함을 알게 되었다……

노을교회 성가대가 노래를 봉헌했다.

강 건너편 언덕에서

주님 나를 손짓해 부르시네.

나는 건너가리니.

주여 못 박힌 그 손으로

내 눈물 닦아주소서.

식순에 따라, 회사 전무 박옥출이 사업의 연혁을 보고했다.
박옥출은 공습훈련과 공유수면 매립사업의 전개과정을 설명
하고 해저 고철의 추정 물량과 인양사업의 전망을 수치로 제
시했다. 박옥출은 또 방조제가 완공되었을 즈음에 해망으로
흘러들어온 외지인 장철수와 베트남 여성 후에가 원시적인 방
법으로 소량의 고철을 인양했으며, 그들의 인양작업은 불법이
기는 했지만, 자원의 활용 가능성을 보여준 선구적 의미를 지
닌다고 말했다.

공식행사가 끝나고 야외에서 리셉션이 열렸다. 박옥출이 와
인잔을 들고 문정수에게 다가왔다.

—취재 왔구나. 우리 행사를.

―그래. 해망엔 자주 오게 되는군.

박옥출은 건강해 보였다. 팽팽해진 피부에 혈색이 돌았고 목소리에 힘이 들어 있었다.

―건강해 보인다. 불구덩이 속보다 물밑이 더 좋은 모양이지.

―다 마찬가지야. 뜨겁고 차가운 차이지만. 냉온탕을 왔다 갔다하는 거지.

―그래도 몰라보게 좋아졌구나. 윤기가 돈다.

―이식했어. 일 년쯤 됐는데, 적응이 좋은 편이야. 거부반응도 없고.

―맞는 신장을 용케 구했네. 복이 많구나. 가족 중에 기증자가 있었니?

―나도 몰라. 목숨은 하늘이 주시는 거라잖니.

―모를 리가 있나? 너 요즘 교회 다니냐.

박옥출이 와인잔을 내려놓고 문정수를 빤히 쳐다보았다.

―교회는 안 다녀. 지금 취재하는 거냐?

―취재가 아니야. 안부를 묻는 거야.

―안부를 너무 거칠게 묻는구나. 야, 안부는 됐다. 그만 해.

해망경찰서 정보과장이 잔을 들고 다가왔다. 박옥출이 잔을 들어 부딪쳤다. 문정수도 잔을 부딪쳤다. 정보과장이 말했다.

—이 사업은 사실 허가만 받으면 다 끝난 겁니다. 물속을 뒤진다지만, 땅 짚고 헤엄치기보다 쉬운 일이지요. 물량은 넉넉하고 수요는 크고 명분은 고상하고 경쟁은 없고…… 축하하오, 박전무. 앞으로 지역 일에 잘 협조해주시오.

　박옥출이 정보과장에게 고개를 숙이고 잔을 들어 부딪쳤다. 정보과장이 샘 워커 중령의 자리로 갔다. 박옥출이 문정수에게 말했다.

　—야, 저자 말이 틀리진 않아. 인양 시작하면 바로 현금이 돌 거야. 일 년 안에 창업비 빼고도 남는 게 있을 거야.

　—그렇겠구나. 돈보다두 새 신장을 잘 모셔라.

　—내가 불 끄러 다닐 때 니가 고맙게 해준 거, 내가 잊지 않고 있다.

　—이러지 마. 다 잊으라구.

　—고마워. 내가 다 갚을게. 잘 풀리고 있잖냐.

　문정수가 너 신장 얼마 줬니? 라고 말하려던 순간, 박옥출이 먼저 말했다.

　—야, 장기매매 같은 건 기사 쓰지 마. 내가 다 갚을게. 넌 쓴 기사보다 안 쓴 기사가 더 좋다. 그게 더 진실돼. 안 그래?

　문정수는 대답하지 못했다. 브라스밴드가 해망군민의 노래를 연주했다. 리셉션이 끝났다. 사람들이 악수하고 돌아갔다.

박옥출이 행사장 입구에 서서 돌아가는 하객들에게 인사했다.

당직차장이 전화로 문정수를 불렀다.

—야, 문정수. 거기 별거 있냐?

—행사가 지금 끝났습니다. 사업전망 좋다고, 다들 그럽니다.

—야, 길게 쓰지 마. 지방판 2단이야. 공짜 고철, 이윤 많다는 게 기사가 되겠냐. 하나 마나 한 소린 하지 마. 니기미, 야, 두어 줄만 써서 빨리 보내. 그리구 너두 쉬어. 거기서 쉬라구. 야, 넌 아무래두 해망 처자한테 장가들어야겠다. 인연이 아주 각별하구만, 니미.

문정수는 18시께 송고했다.

해망의 빈 시간은 난감했다. 저녁의 빈 시간들은 엉성했다. 갯고랑 수로의 밀물이 노을에 붉었고 공룡 발자국에 고인 구정물이 붉었고 원효의 동굴 천장에서 떨어지는 물방울이 붉었다. 시간의 미립자들 틈새로 노을은 스몄는데 노을이 시간의 그물 구멍 사이로 빠져나가서 시간에는 노을이 묻지 않았다. 여관에 딸린 식당에서 문정수는 혼자 저녁을 먹었다.

밤에 문정수는 해망경찰서 정보과장 강민 경감을 만났다.

강경감이 전화를 걸어왔다. 객지에서 만났으니 소주나 한잔 대접하겠다는 것이 초청의 말이었다. 강경감은 서울 서북경찰서 정보과에 근무할 때부터 문정수와 안면이 있었다. 강경감은 서울에서 일 계급 승진해서 경감을 달았고, 해망은 승진 후 첫 보임지였다. 강경감은 경찰에 들어온 후 정보계통에서만 근무했다. 그는 경찰이 입수한 정보들 중에서 보존할 가치가 없는 것들을 기자들에게 흘려주고, 기자들로부터 경찰 지휘부의 인사이동과 정책 판단에 관한 정보를 수집했다. 그는 박옥출이 해망으로 내려올 즈음에 해망경찰서에 부임했다.

문정수는 강경감에게 박옥출이 연혁보고에서 언급했던 장철수라는 인물에 관하여 물었다. 강경감은 장철수의 과거와 해망에서의 행적을 소상히 파악하고 있었다.

박옥출의 신장이식은 장기밀매에 의한 것이며 그 제공자가 장철수라는 사실을 강경감은 문정수에게 말해주었다. 강경감의 정보원은 병원 내부에도 박혀 있었다. 장기대금이 오고 간 정황을 포착했으나 장철수는 병원에 신자증을 제출했고 브로커 오의 주변이 잡히지 않아서 아직 사건을 수사과에 넘기지 않고 첩보 차원에서 주시하는 단계라고 강경감은 말했다. 해망경찰서 정보과는 장철수가 접근금지 해역 무단출입 혐의로 조사를 받고 나간 후 장철수의 동태를 눈여겨보고 있었다.

장철수는 불구속으로 풀려났지만 약식 기소에서 벌금형을 받았다. 벌금은 범법행위 1회분 벌금에 행위횟수 300을 곱한 액수였다. 두 달 안에 납부하지 않거나, 일부만을 납부하면, 차액을 날짜로 계산해서 노역형을 부과한다는 환형규정이 벌금고지서에 첨부되어 있었다.

장철수는 신장을 떼어주고 받은 돈으로 벌금을 냈다. 지방법원 창구에서 장철수는 전액을 일시불로 납부했다. 그리고 돈이 남았다. 장철수는 남은 돈을 후에에게 주었다. 후에는 한국인 남편이 베트남의 가족들에게 준 지참금과 결혼비용의 반환을 요구하는 결혼중개업자에게 장철수에게서 받은 돈을 주었다. 가출한 후에의 혼인 빚은 그것으로 다 정리되지는 않으나, 집으로 다시 들어가라는 압력은 피할 수 있었다.

지역에서 벌어지는 결혼중개업자들의 영업행태를, 역시 첩보 차원에서 계속 주시하고 있다고 강경감은 말했다.

신장을 떼어낸 후 장철수의 건강은 급속히 악화되었다. 허리를 펴기가 어려웠고 쉽게 피로해졌다. 장철수는 신장을 팔고 나서 같은 병원에서 수술한 부위를 한 번 치료받았다.

가을에 장철수는 고향 창야로 돌아갔다. 돌아갈 때, 장철수는 거의 돈이 없었다. 창야경찰서에서 장철수를 하룻밤 동안

신문했던 최형사가 장철수의 귀향을 해망경찰서 정보과장 강 경감에게 통고해주었다.

장철수의 고향집은 홍수로 무너져버린 창야저수지 뚝방 위쪽 산간마을이었다. 복합영농 하는 마을에서, 장철수의 부모는 세상을 떠났고 남동생이 복합영농의 삶을 이어가고 있었다. 장철수는 남동생의 집에 의탁했고, 창야 농촌지도소의 비육우 담당 임시직원으로 취직했다. 창야 노학연대 쪽과는 접선하고 있지 않아서 장철수는 더이상 관찰 대상이 아니라고 최형사는 통고해왔다.

방천석은 해망에 나타나지 않았다. 염분 피해에 대한 농업 보상은 입증절차가 진행되고 있었다. 보상의 앞날이 불투명해서 농경지 가격은 형성되지 않았다. 절대농지가 준상업지구로 바뀐다는 소문에 땅값은 신기루처럼 부풀었고 염분 피해 입증은 불가능하다는 소문에 땅값은 주저앉았다. 거래는 이루어지지 않았다. 방천석의 농토와 가옥은 매물로 남은 채 팔리지 않았다. 방천석은 가끔씩 읍내 부동산 중개인에게 전화를 걸어와 매기買氣를 물었다.

오금자는 법원에 공탁된 위로금을 찾아왔다. 아들이 개에게 물려 죽은 후 전국 애완견협회와 식육견 사육인 단체, 교회,

학교에서 보내온 성금이었다. 오금자가 사고 현장에 나타나지 않자 동네 교회에서 돈을 접수해서 법원에 공탁했었다.

장마 때 방천석의 집 기와가 흘러내리고 처마가 내려앉았다. 오금자는 법원에서 찾아온 돈으로 방천석의 집을 수리했다. 오금자는 그 돈으로 방천석의 가옥과 농경지의 일부를 사서, 그곳에서 후에를 데리고 눌러앉기로 했다. 가옥을 우선 사고, 농지는 돈이 자라는 만큼만 잘라서 살 생각이었다. 오금자는 읍내 부동산 중개인에게 집주인 방천석에 연락해서 가격을 조정해달라고 부탁해놓고 소식이 오기를 기다리는 중이었다.

정보과장 강경감은 지역의 사소한 동태와 거래를 민감하게 살피고 있었다. 오금자, 후에, 장철수, 그 세 사람이 모두 특이한 경력의 소유자들이었고 그들이 한 집에 모여 살게 된 경위를 사회 동요의 차원에 주시했으나 이제는 각자 그 나름대로 안정되어서 특별한 관찰의 대상이 아니라고 강경감은 말했다.

강경감이 전해주는 장철수, 오금자, 후에의 이야기를 들으면서 문정수는 새벽까지 마셨다. 새벽에 강경감이 대리운전을 불러서 문정수를 여관에 데려다주었다. 술이 잠을 나락으로 몰고 갔다. 문정수는 깊이 잠들었다. 해망에 자주 왔으나, 해망에서 깊이 잠들기는 처음이었다.

아침에, 문정수는 갈증에 몰려서 눈을 떴다. 입안이 목구멍까지 말라서 혀가 버스럭거렸다. 혓바닥이 돌멩이처럼 입안에 떨어져 있었다. 속이 뒤집히고 골이 패었다. 술이 덜 깨서, 세상이 멀어서 아득해 보였는데, 멀어 보이는 세상이 술 덜 깬 망막으로 사정없이 밀려들었다. 문정수는 간밤에 강경감이 준 드링크를 마셨다. 인삼을 흉내낸 인공향료 냄새가 목젖을 치받았다. 칫솔을 입안에 넣자, 창자의 먼 끝에서부터 구역질이 올라왔다. 구역질 끝에 노란 위액을 토했다. 토사물에서 드링크의 인공향료 냄새가 났다. 문정수는 아침을 먹지 못했다.

또 한번의 해망 출장이 끝났다. 문정수는 방조제 도로를 따라서 서울로 자동차를 몰았다. 아마도 다시는 해망에 올 일은 없을 것 같은 느낌이 들었다. 강경감의 말처럼, 해망은 해망의 방식대로, 조금씩 자리를 잡아가고 있었다. 오금자는 해망에서 눌러살려는 모양이었다.

차를 돌려서, 오금자와 후에가 살고 있는 집을 찾아가볼까 하다가, 그만두었다. 냅둬, 제발 좀 냅둬……라던 노목회의 말이 떠올랐다.

박옥출의 복막 안에 이식된 신장은 장철수라는 사내의 것이었다. 이식이 되었으니까 이제는 박옥출의 피를 걸러서 박옥출의 오줌을 내보내는 박옥출의 신장이었다. 해망경찰의 정보에 따르면 그러했다. 신장을 팔고 해망을 떠난 장철수를 만나서 장기밀매의 뒷이야기를 들어보고 싶은 생각도 있었으나 장철수는 이미 창야로 돌아갔다. 해망에서 창야는 멀었다.

노목희가 출국하기 전에 다시 라면과 김밥을 놓고 하룻밤을 지낼 수 있다면, 신장을 팔아서 벌금을 내고 베트남 이주여성의 혼인빚 일부를 갚아주었다는 장철수라는 사내에 대하여 노목희에게 말해주고 싶었다.

……전에 내가 불 속에서 도둑질한 소방관 박옥출이 얘기해준 적 있잖아. 그 자식이 신장병으로 다 죽게 됐는데, 그 자식한테 신장을 떼서 팔아먹은 놈이 장철수라는 자야. 그자 고향이 창야래. 너하고 같은 고향이고, 창야대학 나왔다니까 너네 학교 선배야. 너도 얼굴 보면 알지 몰라. 아마 서너 학번 위일 거야. 이름은 장철수고. 재작년 홍수 때 저수지 뚝방 터져서 싹 쓸려버린 동네 있잖아. 그 뚝방 위쪽 산간마을이 장철수 고향이래. 너도 잘 아는 동네잖아. ……그때 홍수 나던 밤에 내가 야근 마치고 너한테 와서 잤잖아. 너 장철수라고 몰라?

방조제 도로가 끝나는 인터체인지에서 문정수는 당직차장의 전화를 받았다. 어제, 기사가 넘쳐서 해망발 2단짜리 행사 기사는 지면에 싣지 못했다고 차장은 말했다.

—야 문정수, 해망엔 휴가 갔던 걸로 하자. 니기미. 차 안막히냐?

가을에 타이웨이 교수의 두번째 책이 나왔다. 중동지역에서 유럽으로 건너가는 문명기행서였다. 타이웨이 교수는 지중해의 여러 섬들을 지나서 이집트의 알렉산드리아 항구를 거쳐 동유럽으로 나아갔다. 노목희는 고대 알렉산드리아 항구 파로스 등대의 폐허 사진을 책의 표지로 삼았다. 한없이 계속되는 전쟁의 세기 속에서 모든 적들을 모든 적에게 인도했고, 또 거꾸로 인도했던 파로스 등대의 불빛에 대하여 타이웨이 교수는 아무 쪽도 편들지 않는 긴 글을 썼다. 문정수는 타이웨이 교수의 두번째 책을 읽지 못했다. 문정수는 신문 광고에서 그 책의 출간을 알았다. 광고 속에서 파로스 등대를 재구성한 그림이 세로로 우뚝 서 있었다. 노목희가 그린 색연필 그림이었다. 광고를 보면서 문정수는 타이웨이는 등대의 편이겠구나, 라고 생각했다.

두번째 책을 출고시킨 다음날 노목희는 출국했다. 해망에서 올라온 후 문정수는 한동안 노목희를 만나지 못했다. 노목희는 타이웨이의 두번째 책에 색연필로 그림을 그려넣느라고 밤샘작업을 계속했다. 작별을 위하여 하룻밤을 함께 지낸다는 것은 쑥스럽고 또 부질없는 일처럼 보였다. 노목희는 작별을 위한 의전을 준비하지 않았다. 바젤에서의 학기 시작이 임박해서 출국을 미룰 수는 없었다. 프랑크푸르트행 비행기는 아침에 이륙했다. 이륙 직전에 노목희는 핸드폰으로 문정수에게 전화했다. 문정수는 자동차를 운전하면서 전화를 받았다.

—지금 공항이야. 갈게.

—그래, 언제 오니?

—이 년인데, 그때 가봐야 알겠어. 어제 또 야근했니? 목소리에서 야근한 냄새가 난다.

어제 또 야근했니? 라고 말할 때, 노목희의 목소리는 '파 사왔니?' '튀김은 먹지 마' '국물 뜨거워?'라고 말하던 새벽의 목소리처럼 가벼웠고 무심했다.

해망에서 올라온 후 문정수는 노목희의 고향선배 장철수에 대하여 노목희에게 말해줄 기회가 없었다. 공항 출국장에서 걸어온 노목희의 전화를 받으면서 문정수는 그것이 아쉬웠다. 야근을 마친 새벽에, 라면이나 김밥을 놓고 노목희에게 한쪽 신장이 없는 장철수에 대하여 이야기하고 싶었던 충동이 노목희의 전화로 살아났다.

—어제는 야근 안 했어. 오늘 야근이야.

—야근 너무 많이 하지 마. 이젠 새벽에 갈 데도 없잖아.

—그래 잘 가. 빨리 타.

노목희가 전화를 끊었다. 강변의 아침안개 속에서 자동차들이 밀려 있었다. 문정수는 서울 서북경찰서를 나와서 서울 동남경찰서로 차를 몰아갔다. 서북경찰서 야간 당직사건 중에는 기삿거리가 없었다. ■

작가의 말

　나는 나와 이 세계 사이에 얽힌 모든 관계를 혐오한다. 나는 그 관계의 윤리성과 필연성을 불신한다. 나는 맑게 소외된 자리로 가서, 거기서 새로 태어나든지 망하든지 해야 한다. 시급한 당면문제다.

　나는 왜 이러한가. 이번 일을 하면서 심한 자기혐오에 시달렸다.
　쓰기를 마치고 뒤돌아보니, 처음의 그 자리다. 남은 시간들 흩어지는데, 나여, 또 어디로 가자는 것이냐.

2009년 가을에

김훈 쓰다

김훈

1948년 서울 출생. 장편소설 『칼의 노래』 『달 너머로 달리는 말』 『하얼빈』, 소설집 『저만치 혼자서』, 산문집 『연필로 쓰기』 등이 있다.

문학동네 장편소설

공무도하

ⓒ 김훈 2009

| 1판 1쇄 | 2009년 10월 8일 |
| 1판 9쇄 | 2022년 9월 23일 |

지은이 김훈

책임편집 조연주 서현아 박지영

마케팅 정민호 이숙재 박치우 한민아 이민경 안남영 김수현 정경주

브랜딩 함유지 함근아 김희숙 박민재 박진희 정승민

제작 강신은 김동욱 임현식

펴낸곳 (주)문학동네 | **펴낸이** 김소영

출판등록 1993년 10월 22일 제2003-000045호

주소 10881 경기도 파주시 회동길 210

전자우편 editor@munhak.com | **대표전화** 031)955-8888 | **팩스** 031)955-8855

문의전화 031) 955-2689(마케팅) 031) 955-2675(편집)

문학동네카페 http://cafe.naver.com/mhdn

인스타그램 @munhakdongne | **트위터** @munhakdongne

북클럽문학동네 http://bookclubmunhak.com

ISBN 978-89-546-0899-2 03810

잘못된 책은 구입하신 서점에서 교환해드립니다.

기타 교환 문의: 031) 955-2661, 3580

www.munhak.com